고려속요의 전승과 확산

고려속요의 전승과 확산

김명준 지음

보고사

책머리에

고려속요에 관심을 갖고 공부한지 10여 년이 지났다. 그간 문헌 연구를 시작으로 몇 편의 개별 작품론과 다른 갈래와 관계 등 당시의 관심과 여건에 따라 나름의 답을 찾고자 하였다. 그러한 가운데 필자가 비교적 중요하게 생각한 것이 고려속요는 무엇으로부터 시작하였는가, 어떻게 고려·조선시대까지 이어져 왔는가 그리고 앞으로 어떻게 계승할 것인가 하는 점이었다. 다른 갈래들에 비해 전승의 기간이 길었고 그런 만큼 논란도 적지 않았으며 여전히 매력적이라 여겼기 때문이다. 이에 이 고민들을 묶어 보았다.

제1부에서는 고려속요의 전승의 전제가 되는 기원과 형성에 대한 글을 두었다. 제2부에서는 고려속요 전승사에 단승의 위기에 관한 글과 전승사의 대표적 두 작품에 대한 글을 실었다. 그리고 제3부에서 고려속요의 대내외적 확산과 그에 따른 정리 방안에 대한 글을 담았다.

이렇게 한 매듭씩을 엮어 보았지만 여전히 성글기만 하다. 논의를 구상할 때의 범위와 결과가 의도에 이르지 않았기 때문이리라. 이제야 초학 때의 '호기'가 '만용'이었음을 깨닫게 되는 모양이다. 하지만 앞으로도 이들을 '만용' 대신 '인내'로 숙제 삼고자 한다.

끝으로 이번에도 출판의 부탁을 흔쾌히 허락하신 보고사 김흥국 대표님과 난삽한 원고를 보기 좋게 다듬어준 보고사 편집팀 여러분께 고마움을 전한다.

2013년 9월

김명준

차 례

제2부 전승

제3부 확산

제1장 고려속요의 현대역 현황과 과제

제2장 고려속요의 외국어 번역 현황과 과제

❖ 제1부 ❖

기원

고려속요 형성에 관여한 외래적 요인

1. 서론

이 글의 목적은 고려속요의 형성과 전개 과정에서 외래적 요소를 검출하여 그것이 갖는 의미를 밝히는 데 있다.

그동안 고려속요의 형성 동인(動因)을 외적 측면에서 탐색한 논의는 있어왔다. 비교문학적 측면에서 전래 민요가 궁중 속악(고려속요)으로 상승하는데 송사(宋詞)[1] 혹은 원 산곡(散曲)이 영향을 끼쳤다는 견해와[2] 음악적 차원에서 당악(唐樂)이 결정적인 역할을 수행했다는 주장[3] 등이 대표적이다. 이들 간 발생 시기, 영향 정도 면에서 견해 차이는 존재하지만 원곡이 송사를 바탕으로 확장된 양식이라는 점과 이 두 양식이 궁중 연향에서 당악의 가사로 사용되었다는 것을 상기

---

1) 朴魯埻, 『高麗歌謠의 硏究』(새문社, 1990), 25~31면 ; 김쾌덕, 『고려노래 속가의 사회배경적 연구』(국학자료원, 2001), 117~144면.

2) 成昊慶, 『제2판 韓國詩歌의 類型과 樣式 硏究』(영남대학교 출판부, 1997), 266~275면.

3) 宋芳松, 「高麗 唐樂의 音樂史學的 照明」, 한국예술종합학교 전통예술원 편, 『한국 중세사회의 음악문화』(한국예술종합학교, 2001), 188면.

할 때 배타적으로 이해할 필요는 없겠다. 다시 말해 당악의 수입은 고려시대 전후로 지속했으며 그 과정에서 사(詞)와 곡(曲)도 동반 유입되어, 결국 이것들이 고려속요의 형성과 발전에 일정 정도 영향을 주었다고 할 수 있기 때문이다.

이처럼 앞선 연구를 통해 우리는 고려속요의 형성에 중국 문화가 관여했음을 알 수 있었다. 하지만 이들 선행 연구에도 불구하고 학계의 다수는 고려속요를 여전히 민요와 가까운 노래로 보고 있으며, 외래적 영향을 살핀 논의들도 송(宋)의 사(詞)와 원(元)의 산곡(散曲)만으로 한정하고 있어 보다 거시적 차원의 뿌리를 찾는 데 한계가 있다고 할 수 있다. 송과 원의 궁중 문화가 전대의 문화사를 계승한 것이고 그것이 고려 궁중과 궁중 연향에 영향을 주었다면, 고려속요의 탄생에 송·원을 넘는 것들과 고려속요의 성격 역시 민요 이외의 것들이 존재하리라 생각한다.

한편 문학은 국경을 넘어 전파와 수용되는 것은 보편적인 현상이며, 시가 장르인 경우 음악과 무용이 함께 동반 교류하는 것은 자연스러운 일이다. 이런 교류가 구체적이고 직접적인 근거가 있을 때 나라 간 영향 관계를 분명히 파악할 수 있으나, 그렇지 못한 경우라면 많은 장애를 만나게 된다. 하지만 최근의 비교문학 방법론이 엄격한 실증주의적 차원에서 벗어나 국제적 시각에서 한 나라의 문학을 다른 나라의 문학과 예술 전반까지 확대하는 경향이 대세이며[4] 필자의 시각도 이에 의지하고자 한다. 왜냐하면 어떤 문화 현상을 가능한 한 다양한 측면에서 살피는 것이 그것의 온전한 모습을 파악할 수 있다고 생각하기 때문이다.

---

4) 李昌龍, 『比較文學의 理論』(一志社, 1990), 12~35면.

따라서 필자는 앞서의 가설과 시각에 따라 중국 당악의 원천과 한국의 당악 수용사를 살피고, 당악과 고려속요와의 연관성을 찾고자 한다. 또한 논의의 결과가 일정 정도 용인될 수 있다면 고려속요를 이해하는 데 도움이 되리라 기대한다.

2. 당악의 원천과 중국에서의 전승

당악은 좁게는 당의 음악을, 넓게는 당·송·원의 음악문화를 가리킨다. 고려시대의 당악이 당의 음악만을 지칭하는 것이 아니기 때문에 본서에서는 후자의 의미로 사용하고자 한다. 또한 앞서 언급한 바와 같이 당악을 통시적 개념으로 이해하겠으나 공간과 기능상의 범주를 궁중 안에 놓고자 한다. 이는 당·송·원과 고려의 연향악으로서의 공통점에 좀 더 집중하기 위함이다.

1) 수(隋)와 당(唐)

중국이 외래 음악을 받아들인 것은 수·당 이전부터 있어왔다. 기원전 2015년 전후로 방이(方夷) 족이 악무를 바쳤으며,[5] 주대(周代)에 제사와 향연에 외국 음악을 들여왔고, 목왕 때에는 많은 외국의 예인들이 입국하기도 하였다. 또한 서한에 이르러 서역과의 교통로를 개척하면서 아시아 각 민족의 음악이 중국에 이입되었으며 대표적 예가 〈호가십팔박(胡笳十八拍)〉과 횡취곡이다. 특히 횡취곡은 장건이 실크로드를 통해 가져온 악곡을 이연년이 개편한 것이다. 이후 삼국·양진

---

5) 『路史』 後記, "少康卽位 方夷來賓 獻其樂舞."

·남북조 시대를 지나면서 중국 주변 민족의 음악이 대거 유입되었으며 이들을 바탕으로 수와 당은 음악적 발전을 이룰 수 있었다.

수·당 시대는 전대의 음악을 계승하면서 궁중 연악의 일으키는 데 주력하였다. 궁중 연악(燕樂)으로서 당악이 여기서 비롯했다고 할 수 있다. 연악으로서의 당악은 수나라의 칠부악과 구부악 그리고 이것을 바탕으로 하는 당나라의 구부악과 십부악이 대표적이다.[6]

시대	수		당	
	개황(開皇) 초 (581년 이후)	대업(大業) 중 (605-618)	무덕(武德) 초 (618년 이후)	정관 16년 (642)
악명	칠부악	구부악	구부악	십부악
내용	청상기 국기 구자기 안국기 천축기 고려기 문강기	청상 서량 구자 소륵 강국 안국 천축 고려 (예필)	청상 서량 구자 소륵 강국 안국 부남 고려 (예필)	청상 서량 고창 구자 소륵 강국 안국 부남 고려 (연후)

위 표에서 보다시피[7] 수의 구부악은 1. 국기(國伎)-서량악(西涼樂), 2. 청상기(淸商伎)-중국의 속악, 3. 고려기(高麗伎)-고구려 음악, 4. 천축기(天竺伎)-인도 음악, 5. 안국기(安國伎)-보카라 음악, 6. 구자기

6) 양인리우, 『중국고대음악사』, 이창숙 옮김(솔, 1999), 313~360면 ; 리우짜이성, 『중국음악의 역사』, 김예풍·전지영 옮김(민속원, 2004), 264~291면.
7) 양인리우, 같은 글, 344면.

(龜玆伎)-고차(庫車) 음악, 7. 소륵기(疏勒伎)-카시가르(Kashgar) 음악, 8. 강국기(康國伎)-사마르칸드(Samarkand) 음악, 9. 문강기(文康伎)-진(晉)의 가면극 등으로 이 가운데 국기(서량악), 천축기, 안국기 등은 모두 서역의[8] 음악이다. 수 이전부터 중국은 서역과의 통교(通交)를 통해 구자에서 호융지악(胡戎之樂)과 필률(篳篥), 요고(腰鼓), 갈고(羯鼓) 등의 서역 악기를 들여왔으며[9] 그 결과 이들 음악이 수 궁중 연악으로서 칠부악에 편입된 것이다. 이후 이들 음악은 수의 구부악과 당의 구부악에 그대로 수용되었다. 당 건국 후 당은 정관 14년(640)에 고창(高昌 : 투르판)을 통일하고 '고창악'를 십부악으로 편입하였다.[10] 특히 당 궁중은 서역 각 민족의 악무를 비중 있게 여겨 파미르고원 서쪽의 '강국악', '안국악', 실크로드 북쪽 길의 '소륵악', '구자악', '고창악' 등을 적극 수용하였다. '구자악'은 서역 음악의 대표 음악이며, 서량악은 서역과 중원의 융합 음악이며, 청상악은 한족의 전통 음악이라는 점과[11] 당 궁중에 서역 음악만을 담당하는 호부(胡部)를 둔 것은 당나라 궁중이 외래 음악과 전통 음악의 상생적 조화를 이루면서 연향악의 발전을 꾀했던 것으로 이해할 수 있다.

---

8) 본서에서 서역의 범위는 한을 아우른다.

9) 吳熊和, 『唐宋詞通論』, 李鴻鎭 譯(啓明大學校出版部, 1991), 20면.

10) 『樂府詩集 近代曲辭』序. "唐武德初 因隋舊制 用九部樂 太宗增高昌樂 又造燕樂而거禮畢曲 其著令部者十部 一曰燕樂 二曰淸商樂 三曰西凉 四曰天竺 五曰高麗 六曰龜玆 七曰安國 八曰疏勒 九曰高昌 十曰康國 而總謂之燕樂 聲辭繁雜 不可勝記." "당 무덕 초에는 수의 구제에 따라 구부악을 사용하였다. 태종이 고창악을 보태고 다시 연악을 만들어 예필곡을 없앴다. 그 중 법령에 규정된 10부는 1. 연악, 2. 청상악, 3. 서량, 4. 천축, 5. 고려, 6. 구자, 7. 안국, 8. 소륵, 9. 고창, 10. 강국으로서 이를 통틀어 연악이라고 부르는데 성사가 번잡하여 이루 다 기록할 수가 없다."

11) 리우짜이성, 같은 글, 283면 ; 오웅화, 같은 글, 23면.

악기와 음악가 또한 "당대에는 한족 고유의 악기와 서역에서 들어온 외래악기가 모여 40~50종의 악기에 달했으며, 특히 비파, 필률, 오현, 갈고, 공후, 호가, 금, 쟁, 적, 생 등이 널리 유행하여, 기예 수준이 높은 기악예술가들이 넘쳤다. 비파는 당대에 가장 번성했던 악기이고, 비파 명인의 수도 급격하게 많아졌음"을[12] 알 수 있다. 연악 악기 가운데 으뜸은 비파로(〈그림 1, 2〉) 그 연원은 흉노와 구자에서 전래되었다고 하지만 원천은 아리비아계 또는 인도로 본다.[13] (비파의 기원을 어디에 두든지 간에) 보다 중요한 것은 당대 수많은 비파의 명수들은 대부분 서역의 호인 출신이라는 점이다.[14] 이것은 비파와 호악이 매우 밀접한 관계임을 보여주는 예라 할 수 있다. 이렇듯 당은 외래 음악, 외래 악기, 외래 음악인 수용에 매우 적극적이었음을 알 수 있다.

〈그림 1〉 당비파

〈그림 2〉 돈황 벽화. 곡향비파를 타는 기생

---

12) 리우짜이성, 같은 글, 333면.
13) 양인리우, 같은 글, 351면.
14) 오웅화, 같은 글 26면.

한편 당나라 궁중은 이러한 음악에 맞추어 새로운 문학적 양식인
사(詞)[곡자사(曲子詞)]를 창출했다. 사의 기원에 대해 중국 문학의 내
적인 요소도 작용했지만 보다 중요한 요인으로 "주(周)·수(隋) 이래
서북(西北) 각 민족으로부터 전래된 호악(胡樂), 즉「연악(燕樂)」"을 들
고 있다.[15] 중국 역사 이래 외래 음악 수입은 계속되었으며 당 천종
(天宗) 13년(754)에 이르면 서역 음악은 연악으로 자리를 굳건히 하였
고 이와 같은 악곡에 어울리는 문학적 양식인 사(詞)를 탄생시켰다는
것이다.[16] 이후 사는 다양한 형식으로 발전해 나간다. 당나라 초·중
엽에 짧은 형식인 소령(小令)[영(令)], 오대(五代)에 이르면 가사와 악
절을 증가시킨 근(近), 북송(北宋) 후기에 오면 만사(慢詞)[만(慢)] 등으
로 확대해 갔다.[17] 당사(唐詞)의 소재는 농촌, 궁인 생활, 남녀의 연정
등이었으며, 시어는 속어(俗語)를 비교적 많이 사용하였다.[18]

요컨대 수와 당은 넓어진 영토만큼 여러 민족 음악을 적극적으로
활용하여 궁중 연향악을 만들었으며, 특히 그 음악 가운데 호악(胡樂)
인 서역 음악과 호악기(胡樂器)인 비파를 중심에 놓았던 것이다. 또한
이러한 외래 음악의 수용은 중국문학사 상 새로운 양식인 '사(詞)'의
탄생을 가져왔던 것이다. 이러한 수·당 궁중의 연향악 확대는 이후
궁중 연향 문화의 발전적 초석이 되었다는 점에서 의의를 갖는다.

---

15) 許世旭, 『中國古典文學史(上)』(法文社, 1997), 453면 ; 金學主, 『中國文學槪論』(新
  雅社, 1991), 212면.
16) 허세욱, 같은 글, 454면.
17) 朴恩玉, 『高麗史 樂志의 唐樂研究』(민속원, 2006), 20~22면.
18) 양해명, 『당송사사(唐宋詞史)』, 송용준·류종목 공역, 제2판(신아사, 2007), 64~
  66면.

2) 송(宋)

송 건국 이후에도 송 궁중은 전대 연향악을 대부분 계승하였다. 『송
사』악지에 건국 초 옛 법제를 따라 궁중의 연회를 설행했다는 기록에
서도 이를 알 수 있다. 이는 당나라 때부터 이어져 온 외래음악의 수용
을 뜻하는 것이기도 하다.

그리고 송 역시 새로운 외래 악기들이 수입되었다. 공후, 비파, 필
률, 강적, 갈고와 11세기 전후로 궁현악기(弓弦樂器)인 호금(胡琴)류 악
기를 들여왔다. 특히 호금(胡琴)의 전신은 해금(奚琴)인데(〈그림 3, 4〉),
이 악기는 본래 오랑캐의 악기로 중국 진출 이후 궁정과 민간에서 널
리 애용되었다.[19] 그리고 송사 가운데 서역 악곡인 소막차(蘇幕遮)조
가 적지 않았다.[20] 이렇듯 송은 기존의 음악과 새로운 악기를 받아들
이면서 궁중 음악을 더욱 확장하였다.

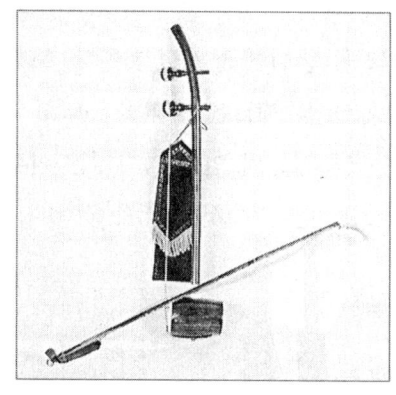

〈그림 3〉 해금

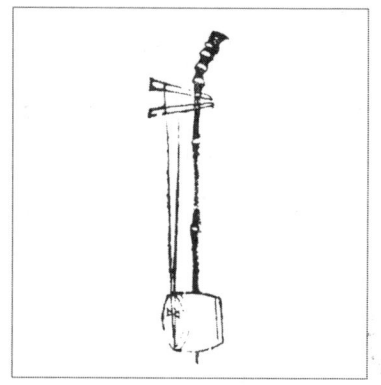

〈그림 4〉 해금

---

19) 리우짜이성, 같은 글, 433~416면.
20) 오웅화, 같은 글, 139면.

이들 음악에 맞추어 불린 사(詞)는 송대에 이르러 더욱 발전하였다. 앞서 언급한 바 있듯이 사(詞)는 "수·당 무렵 북방의 중국음악이 호악화(胡樂化)된 서정 음악의 가사"로[21] 시대의 흐름에 따라 형식과 내용이 다양하게 변모해 갔다. 송대 장선(張先, 990~1078)과 유영(柳永, 1045 전후)에 오면 장편의 만사(慢詞)가 유행하게 된다. 내용도 기존의 사(詞)에 비해 주로 도시 남녀의 음정(淫情)과 애환, 향락과 유랑 등을 담게 되었다.[22]

한편 송대에 유행한 가무 가운데 대곡(大曲 : 대형 가무곡),[23] 곡파(曲破 : 대곡의 入破 이후 부분), 법곡(法曲 : 대곡의 일부) 등이 있는데 이는 모두 당의 대곡을 계승한 것들이다. 대곡은 대형 가무곡으로 여러 음악과 춤이 함께 하기 때문에 화려한 궁중 잔치에 적합한 양식이라 할 수 있다. 이미 당나라 시대 교방(敎坊 : 궁중 음악을 위해 음악의 수집, 교습 그리고 창작을 담당했던 기관)에서 많은 대곡을 만들어 냈고, 송에 이르러 더욱 발전하였다. 『교방기』의 당 대곡 46곡과 『송사』 악지의 대곡 40곡 등에서 이를 확인할 수 있다.[24]

대곡이 대형 가무곡이므로 이에 따른 사(詞)가 여러 편이 수반된다. 대개 2~7편의 사가 하나의 대곡에 불리며 곡에 따라 사의 형식이 영, 인, 근, 만 등에서 선택적으로 결정된다. 이처럼 대곡의 발전과 함께 사의 수요도 많아지기 때문에 송대에는 기존의 사를 수용하면서 새로

---

21) 양해명, 같은 글, 51면.
22) 김학주, 같은 글, 217~218면 ; 許世旭, 『中國古典文學史(下)』(法文社, 1998), 95면.
23) 기악·성악·무도를 종합한 대형 예술 형식으로, 구성은 절주가 자유로운 기악 연주인 산서(散序), 절주가 고정된 기악 연주와 무도인 중서(中序), 무도가 중심인 파(破) 등으로 나뉜다. 양인리우, 같은 글, 351~352면.
24) 오웅화, 같은 글, 149면.

운 사 창작에 적극적이었던 것으로 보인다.

다만 여기서 우리가 주목할 점은 송사의 창작이 두드러졌다 할지라도 사는 가무악의 테두리에 있다는 것이다. 다시 말해 당송사(唐宋詞)가 주로 궁중 연악의 가사라는 점을 상기할 때, 당·송대를 거쳐 사가 발전했다면 그것은 궁중 음악의 발달과 영향 안에서의 발전이라는 점이다. 중국 궁중이 호악(胡樂)에 대한 관심이 북제(北齊) 이후부터 시작되었으며[25] 이후 궁중 연악의 기원과 전통이 되었다는 사실에 비추어 볼 때 당송사는 호악의 자기장에 놓여 있다고 할 수 있다.

요컨대 송 시대에 궁중 연향악은 전대의 연향악을 계승하는 한편 외래 음악과 악기를 수입하면서 연향악의 확대를 가져왔으며, 가무악인 대곡의 발달로 그 가사인 사(詞) 역시 질적 상승과 양적 팽창을 이루었던 것이다. 이렇듯 송나라의 연향악이 전대의 계승과 당대의 수용을 통해 곡과 사의 풍부한 자산을 확보하였지만 그 종자돈은 서역악이며, 발행권자는 호(胡)라 할 수 있다.

3) 원(元)

원의 등장으로 중국 문화사는 커다란 변화를 가져왔다. 주지하다시피 원은 몽골족이 세운 나라로 그 영향력을 중앙아시아와 유럽에까지 확대하였고, 이로써 원은 동서 문화 교류의 중심이 되었다. 특히 원은 이슬람 문화의 수입 과정에서 다양한 악기와 악곡을 받아들이게 된

---

25) 『文獻通考』樂二. "自宣武(北齊)以後 始愛胡聲……按此音所出 源西域." ; "북제 때 후주(後主) 고위(高緯)는 호직 호악만을 감상하였으며, 서역에서 온 악인 조묘달, 안미약, 안마구 등은 심지어 봉왕(封王), 개부(開府)의 총애를 받기도 하였다." 오웅화, 같은 글, 21면.

다. 흥륭생(興隆笙), 전정생(殿庭笙), 개량된 호금(胡琴), 화불사(火不思)
등의 악기와 회회음악(回回音樂), 회회가곡(回回歌曲) 등이 대표적인
악기와 악곡들이다.[26] 이에 원 궁중은 전조에서 계승한 37종 이외에
새로 28종의 악기와 새로운 궁중 음악을 추가하게 되었다.

새로운 악기 가운데 화불사는 신강(新疆) 위구르 지역에서 유행하
던 악기로 이전에 중앙아시아, 고대 아라비아 지역에서 유입된 것이
며, 칠십이현 비파는 신강 위구르족의 36현 카룽과 동류로 이 역시
아라비아에서 전해진 것으로 보고 있다.[27] 그리고 흥륭생은 원나라
중통(中統) 연간에 바그다드[回回國]에서 세조 즉위를 축하하기 위해
보낸 관악기로 수용 이후 궁중 연악에서 오랜 동안 사용되었다.[28]

신악기의 유입에 따라 궁중의 악곡도 증가하였다. 원의 악곡은 크
게 대곡, 소곡, 회회곡으로 나뉘며 회회곡은 회족(回族)의 음악이다.
회회곡 가운데 무하메드당당[馬黑某堂堂]은 신강에서 유행한 고전 가
무극인 〈12무캄〉의 근원이기도 하다.[29] 이처럼 원 궁중은 전조의 악
기와 음악을 계승하면서도 새로운 악기와 음악을 수용함으로써 궁중
연향의 확대를 가져왔다.

원이 받아들인 회족의 음악은 이슬람의 무캄, 인도와 파키스탄의
라가 등에서 많은 영향을 받았다.[30] 이는 신강이 지리적으로 아랍과
아시아를 연결했던 실크로드에 놓여 있기 때문으로 보인다. 이러한

---

26) 金鍾國, 「東西의 交流와 元代의 文化」, 東洋史學會 편, 『槪觀 東洋史』(지식산업사, 1983), 206면.
27) 양음류, 『중국고대음악사고 하』, 이창숙 옮김(소명출판, 2007), 250~251면.
28) 양음류, 같은 글, 254~256면.
29) 양음류, 같은 글, 260~262면.
30) 박창호, 『세계의 민속음악』(현암사, 2006), 125면.

관련성은 아프카니스탄의 바미안 벽화(i굴 벽화)와 돈황 벽화에서 찾을 수 있다. 바미안 벽화 가무도는 악인을 인도인으로, 무희는 페르시아인으로 묘사하고 있으며, 이러한 모습은 돈황의 가무도에서 자주 보인다.[31] 따라서 원이 수입한 음악은 원 제국의 영토만큼 넓은 영역에 걸쳐 있다고 할 수 있다.

한편 원이 중원을 장악함에 따라 문학적 양식도 변화를 맞게 된다. 새롭게 탄생한 양식은 산곡(散曲)과 잡극(雜劇)으로 양태 상 전자는 서정적인 시문학과, 후자는 가무극과 비슷하지만 대체로 이들은 같은 범주 안에 있다고 볼 수 있다. 이 두 양식의 발생이 대곡(大曲), 당송사(唐宋詞) 등에서 나왔고 음악 체계 또한 금(金) 원(元) 시대에 북방 및 서역에서 수입된 것들을 함께 하고 있기 때문이다.[32] 그리고 잡극의 대본 또한 산곡 작품이 차용되기 때문에 이 둘은 밀접한 관계를 맺고 있다고 볼 수 있다.

송사를 계승한 산곡은 이전 한·위(漢·魏)의 악부(樂府), 수당(隋唐)의 가곡(歌曲), 송대(宋代)의 사(詞)와 원대(元代)의 곡(曲)과 완전히 같은 계통의 가요라고 볼 수 있으며, 곡의 조(調), 조명(調名), 노래의 형식 등에서 사(詞)와 가깝다고 할 수 있다.[33] 또한 산곡은 이전의 당곡, 당송사, 송사, 송잡극, 호곡(胡曲) 등 다양한 양식의 영향으로 형성했다고 할 수 있다. 특히 (당곡과 같은) 〈대안락(大安樂)〉은 당 입부

---

31) 후지이 도모아끼, 『아시아 민족음악순례』, 沈雨晟 譯(동문선, 1990), 38~40면.

32) 金學主·丁範鎭, 『中國文學史』(同和出版公社, 1983), 279면 ; 許世旭, 『中國古典文學史(下)』(法文社, 1998), 323면 ; 李昌集, 『中國 古代散曲』, 金德煥 옮김(문영사, 2001), 제1장 북곡의 연원과 형성 ; 王國維, 『宋元戲曲史』, 권용호 역(學古房, 2001), 183~188면.

33) 金學主, 『中國文學概論』(新雅社, 1991), 249~253면.

기(立部伎) 팔부(八部)의 초두(初頭) 안락(安樂)으로 호곡(胡曲)에서 비롯하였으며, (송잡극과 연관된) 〈태평령(太平令)〉은 호곡(胡曲)을 근본으로 하고 있으며, [북곡(北曲) 본생(本生) 곡패(曲牌)인] 〈호십팔(胡十八)〉, 〈야불라(也不羅)〉 등은 대부분 호곡(胡曲)으로 볼 수 있다. 그리고 형식적인 측면에서 연장체인 산곡은 당대의 청악대곡(淸樂大曲)과 이악대곡(夷樂大曲) 등에서 그 연원을 찾을 수 있다.34) 이처럼 원대를 대표하는 산곡은 송사 이외에도 전대의 다양한 양식과 이국(異國)[호(胡), 이(夷)]적 요소를 기반으로 형성한 양식이라 할 수 있다. 이렇게 형성된 산곡은 통속적인 표현을 많이 사용하며 생활의 사물이나 감정을 주로 노래했다.35)

요컨대 원나라 궁중의 연향악은 이전과 마찬가지로 전대 음악의 계승과 외래 음악의 수용으로 발전했다고 할 수 있다. 전보다 두드러진 점은 이민족의 음악을 적극적으로 수용했다는 것이다. 바그다드와 신강 위구르 지역의 악기와 음악을 활용하면서 자연스럽게 중앙아시아 음악까지 포용하는 결과를 낳기도 하였다. 이와 함께 이국적 요소가 반영된 산곡과 잡극의 등장도 궤를 같이 하였다. 이렇듯 원 시대 서역적 문화물의 적극적 이입이 가능했던 이유는 원이 몽골족이 수립한 정권이라는 것 이외에도 수·당 이후 서역 음악의 수입 전통과 수용 음악의 정착 등이 토대가 되었기 때문이라 생각한다. 이는 중국이 여러 민족과 넓은 지역을 통합하면서 유연하게 각 민족의 문화를 포섭하여 그들의 문화 수준을 제고하려는 노력의 결과라 할 수 있다.

---

34) 李昌集, 『散曲形式發展史』, 金德煥 譯(문영사, 2006), 제1~2장.
35) 김학주, 같은 글, 264면.

3. 당악(唐樂)의 수용(受用)

1) 신라(新羅)

당악의 수용은 신라 때부터 이루어졌다. 664년(문무왕 4) 3월 문무
왕은 성천(星川)과 구일(丘日) 등 28인을 부성(府城 : 부여)에 보내어 당
악을 배우게 하였다.[36] 당시 신라는 통일 전쟁 중이었고 이 때 신라에
파견된 당군(唐軍)을 위해 당나라 측에서 위문공연단을 보내었다. 위
문단의 공연 종목에 노래, 춤, 기예 등이 포함되었을 것인데 이 기회
에 문무왕은 그들의 음악을 배우게 한 것으로 보인다. 그 때의 당악에
대해 고취악과 당의 속악(연향악)일 경우가 모두 가능하며, 이후 당악
은 일반 백성층보다는 왕실과 귀족층을 중심으로 뿌리내리게 된다.[37]

비슷한 시기에 당악기인 박판, 대고, 당비파, 피리의 수입도 이루어
진 것으로 보인다.[38] 박판이 정재에서 중요한 역할을 하고, 대고는
교방고와 비슷한 악기로 이 역시 정재에서 사용되었을 가능성이 크기
때문에 신라 궁중에서 당악 정재와 비슷한 공연을 실행했을 가능성을
추정해 볼 수 있다. 실제 고려시대 〈아박정재(牙拍呈才)〉와〈동동(動動)〉
〈무고정재(舞鼓呈才)〉의(〈정읍(井邑)〉)의 무구(舞具)가 박과 무고였음을
상기할 때 개연성이 크다고 할 수 있다. 그리고 비파는 수·당 시대에
유입된 대표적인 서역 악기로 연악의 중심 악기인데, 이것이 신라에
안착했다는 사실은 당악의 신라 궁중 유입의 실례라 할 수 있다.

---

36) 『三國史記』卷6, "遣星川丘日等二十八 於府城 學唐樂."
37) 宋芳松, 『증보 한국음악통사』(민속원, 2007), 112~116면.
38) 송방송, 같은 글, 113~116면 ; 김성혜, 「통일신라 전돌[塼]에 나타난 비파」, 『音樂學
論叢』(韶巖權五聖博士華甲紀念論文集刊行委員會, 2000), 157~173면.

이처럼 비파, 피리 등의 수입은 두 가지 경로를 추정할 수 있다. 먼저 당을 통한 간접 수용의 가능성이다. 신라 시대 여러 불상 등이 중국(당)—서역의 조상(彫像)과 비슷하며,[39] 돈황 벽화에(220, 335, 332, 237호) 고대 한국인들이 다수 등장하며, 누란고성의 반비가 우리의 저고리와 같은 형태를 가졌다는 점에서 이를 짐작할 수 있다.[40] 하지만 미술사에서 언급한 바 있지만 신라와 서역 간의 직접 교류 또한 배제할 수 없다. 용강동(龍江洞)의 토용들, 괘릉의 무인상, 대성동 29호분의 청동복, 각종 유리공예품, 감은사지 사리장치에 사교(獅嚙) 장치 그리고 혜초의 천축 답사 등은 신라와 아랍과의 직접교역의 사례라 할 수 있다. 실제 아랍의 문서에서 신라와의 직교(直交) 사실을 찾을 수 있다.[41] 따라서 신라의 외래 악기 도입은 당악이 수용과 함께 이루어진 간접 수용과 기타 교류를 통한 직접 수용 등에 의해 이루어졌다고 할 수 있다. 이는 최근의 실크로드 연구가 3대 간선인 초원로, 오아시스로, 해로 등을 찾고 이것이 한반도까지 연장되었다는 결과와도 무관하지 않을 것이다.[42]

이처럼 신라 시대 당악과 당악기의 수입은 신라 음악과 궁중 연향의 다양성을 확보하는 데 기여했으며 이후 한국 예술사 발전에 초석이 되었다고 할 수 있다.

---

39) 임영애, 『서역불교조각사』(一志社, 1996), 276~302면.

40) 김용문, 「실크로드의 복식문화」, 국립제주박물관 편, 『실크로드의 역사와 문화』(서경문화사, 2008), 156~157면.

41) 『왕국과 도로총람』. "중국의 동쪽 깐수의 맞은편에 신라라는 나라가 있다……신라로 진출한 무슬림들은 자연환경의 쾌적함 때문에 영구 정착하여 떠날 줄을 모른다."

42) 국립제주박물관 편, 『실크로드의 역사와 문화』(서경문화사, 2008) ; 고혜선 외, 『중세 동·서 문화의 만남』(단국대학교 출판부, 2008).

2) 고려(高麗)

고려시대에 오면 고려의 궁중은 기존의 당악에 송의 교방악(敎坊樂)과 사악(詞樂)을 수용하면서 당악을 확대해 간다. "광종이 당나라 악기와 악공을 청하여 그 자손 대대로 그 업을 지키게 하였는데, 충렬왕대에 이르러 김여영이 맡고, 충숙왕 대에는 그 손자 김득우가 맡았다."는[43] 기록은 고려시대 전반에 걸쳐 당악의 수입과 보전에 적극적이었음을 말하고 있다.

문종조에 이르면 당악은 더욱 넓은 자리를 차지한다. 문종이 송 휘종(徽宗)에게 악공을 여러 차례 청하였으며,[44] 27년(1073) 팔관회에서 교방(敎坊)은 당악정재인 〈포구락(抛毬樂)〉, 〈답사행가무(踏沙行歌舞)〉, 〈구장기별기(九張機別伎)〉, 〈왕모대가무(王母隊歌舞)〉 등을 공연하기에 이른다.[45] 결국 문종 30년(1076)에 대악관현방(大樂管絃房)을 정하면서 당악 제도를 어느 정도 확립한 것으로 보인다.[46] 이런 과정을

---

43) 『太宗實錄』 卷22 11年 12月 15日(辛丑), "禮曹上言 前朝光王 遣使請唐樂器及工 其子孫世守其業 至忠烈王朝 金呂英掌之 忠肅王朝 其孫得雨掌之."
44) 『高麗圖經』 卷40.
45) 『高麗史』 卷71 樂志 用俗樂節度, "文宗二十七年二月乙亥 敎坊奏女弟子眞卿等 十三人所傳 踏沙行歌舞 請用於燃燈會 制從之 十一月辛亥 設八關會 御神鳳樓觀樂 敎坊女弟子楚英 奏新傳抛毬樂 九張機別伎 抛毬樂 弟子十三人 九張機 弟子十人 三十一年二月乙未 燃燈 御重光殿觀樂 敎坊女弟子楚英 奏王母隊歌舞 一隊五十五人 舞成四字 或君王萬歲 或天下太平." 문종 27년 2월 을해에 교방에서 여제자 진경 등 13인이 전한 답사행가무를 연등회에서 쓰기를 주청했는데 제문을 내려 그것에 따랐다. 동년 11월 신해에 팔관회를 차리고 국왕이 신봉루에 임어하여 악무를 관람하였는데 교방 여제자 초영이 새로 전래한 〈포구락〉과 〈구장기별기〉를 연주했다. 〈포구락〉은 제자가 13인이고 〈구장기〉는 제자가 10인이다. 동 31년 2월 을미 연등 때 국왕이 중광전에 임어하여 악무를 관람하였는데 교방 여제자 초영이 〈왕모대가무〉를 연주했다. 1대가 55인이고 춤으로 네 글자를 만들어 내는데 혹은 '군왕만세' 혹은 '천하태평'이 된다."
46) 『高麗史』 卷80 食貨志 祿俸 諸衙門工匠別賜, "諸衙門工匠別賜 橙以役三百日以上

통해 당악은 좌부악(左部樂)으로서 고려시대 음악사에 중요한 역할을
수행하였던 것이다.

고려의 당악은 교방악과 사악이 주를 이루는데, 이들은 대부분 송
사로 대곡(大曲)과 산사(散詞)이다. 대곡은 여러 음악을 함께 묶은 것
으로 가무희에 사용되었으며 이후 원 잡극에도 영향을 미쳤다. 산사
는 독립된 성악곡으로 가사로 사용되었다.『고려사』악지에 대곡 7편
과 산사 41편이(정재 5편, 성악 43편) 수록되어 있다.

고리는 당악과 함께 당악기의 수입도 적극적이었다. 광종, 문종 때
주로 수입된 것으로 보이는 방향, 퉁소, 적, 피리, 비파, 아쟁, 대쟁,
장고, 교방고, 박, 해금 등이 있으며 이들은 송 교방악에 쓰였던 악기
들이라 할 수 있다.47)

전장에서 언급했다시피 연향악으로서의 당악이 순수한 중국의 음
악이 아니라 수·당 시대부터 송·원에 이르는 동안 서역 및 여러 외래
음악이 혼용한 것임을 상기할 때, 고려의 당악도 예외일 수 없을 것이
다. 〈연화대(蓮花臺)〉의 경우 척발위(拓跋魏)인 자지무(柘枝舞)로 서역
국인 석국(石國, Choj : 柘枝)의 춤이다.48) 따라서 〈연화대〉는 북위에
서 발원하여 당-송-원을 거쳐 고려에까지 전파된 가무악임을 알 수

者 給之 文宗三十年定……大樂管絃房 米一科十石 唐舞業兼唱詞業一 笙業師一 唐舞
師校尉一 八石御前兩部都廳 七石琵琶業師 校尉 閣門使同正 二科八石 杖鼓業師二
唐笛業師二 鄕唐琵琶業師各一 方響業師 校尉一 瘵郎業師一 歌舞拍業師一 中魁業師
一."제아문(諸衙門)의 공장별사(工匠別賜)는 모두 3백일 이상 역사(役事)한 자에게
지급하는데 문종 30년에 정하였다……대악관현방은 미(米) 1과(科) 10석(石) 당무업
겸창사업 1·생업사 1·당무사교위 1, 8석 어전량부도청 7석 비파업사교위 합문사동
정 2과 8석 장고업사 2·당적업사 2·향당비파업사 각 1·방업사교위일 1·필업사 1
·가무박업사 1·중함업사 1이었다."
47) 송방송, 같은 글, 151면 ; 176~178면.
48) 차주환,『당악연구』(범학도서, 1976), 64~67면.

있다. 그리고 〈감황은령〉의 악곡명은 소막차(蘇幕遮)로 이 악곡의 기원에 대해 강국(康國), 구자(龜玆), 이란 기원설 등 의견이 분분하지만 이 모두 서역이므로 〈감황은령(感皇恩令)〉은 서역악임을 짐작할 수 있다. 그리고 〈낭도사령(浪淘沙令)〉과 〈서강월만(西江月慢)〉이 『돈황악보(敦煌樂譜)』에 기록된 악곡이므로 그 유래를 서역에서 찾을 수 있을 것이다.49) 이들 외에도 서역에서 기원한 악기(예 : 필률, 비파, 교방고, 해금 등)가 『고려사』 악지 속악조에 수록되었으며 또 이들도 연주되는 곡들이 적지 않다는 점과 당 연악(燕樂) 28조에 대식조(大食調)50), 고대식조(高大食調) 등을 계승한 곡조들[황종상(黃鐘商), 황종윤(黃鐘閏), 대려윤(大呂閏)]이 두루 쓰이고 있음을 볼 때,51) 고려의 당악도 수·당·송·원의 당악만큼 서역 음악을 포함하고 있다고 할 수 있다.

　한편 앞서 보았듯이 고려가 주로 교방악을 중심으로 수용했다는 점에 주목할 필요가 있다. 교방의 전통은 당 무덕(武德) 연간(618~626)부터 비롯하였다. 교방은 연향을 위해 가무를 교습하고 예인들을 관리하는 궁중 음악 기관으로 송나라까지 지속되었다.52) 다시 말해 교방은 궁중 잔치를 위해 가무를 익히는 곳이며, 교방악은 연향가무라 할 수 있다. 이러한 교방악을 고려가 적극 수용했다는 것은 고려 궁중의 잔치 문화를 당시 문화 선진국인 송나라 수준까지 끌어올리려는 의도가 일정 작용했다고 볼 수 있다. 그러면서도 고려 궁중은 우리 음악(향악)을 당악과 같은 수준에서 재편하고자 했던 것으로 보이며 그

---

49) 박은옥, 같은 글, 81~83면 ; 118면 ; 169~170면.
50) '대식(大食)'은 아랍을 지칭하는 말이다.
51) 박은옥, 같은 글, 51면.
52) 양인리우, 같은 글, 369~370면.

것이 속악정재와 속악가사인 고려속요라 할 수 있다.

가무를 수반하는 대곡인 정재는 당악의 오랜 전통이었고 고려 문종
조에 이르러 본격적인 수입, 교습, 설행 등을 거쳐 〈무고〉(정읍) 〈동
동〉 〈무애〉와 같은 속악정재의 결실을 보게 된 것이다. 당악정재는
속악정재의 형성뿐만 아니라 성악인 속악가사에도 일정 정도 영향을
미치기도 했다. 당악정재는 설행(設行) 전후로 창사와 무관한 송축적
인 치어(致語)와 구호(口號)를 노래하는데 이런 성격의 사(詞)가 속악가
사에 서사 및 결사 형태로 나타나기도 했다.(〈동동〉, 〈만전춘별사(滿殿春
別詞)〉, 〈정석가(鄭石歌)〉) 그리고 사(詞)가 노래에 따라 소령(小令), 근
(近), 만(慢) 등 다양한 만큼 속악가사도 매우 여러 형태를 띠고 있다.
또한 속악조에 있지만 당악적 성격의 노래들(〈풍입송(風入松)〉, 〈야심사
(夜深詞)〉, 〈자하동(紫霞洞)〉)[53]이 있는 점을 볼 때, 고려 속악[54]의 형성
에 당악의 역할은 지대하다고 할 수 있다.

요컨대 당악의 수입은 신라 문무왕대 이후 고려시대까지 지속되었
다. 당악의 수입은 매우 적극적으로 이루어졌으며 그 결과 많은 악기
와 악곡을 확보하였다. 이로 인해 신라와 고려의 궁중은 연향악의 확
장은 물론 궁중 연향을 국제적 수준으로 높일 수 있었다. 그리고 당악
이 서역 음악을 기반으로 형성되었기 때문에 고려의 당악도 다분히
서역적 요소가 포함되었으며 실제 몇몇 곡들에서 그 모습을 확인할

---

53) 박경주, 「전승방식과 음악성을 통해 본 고려시대 시가장르의 흐름」, 『한국시가연구』
   제13집(한국시가학회, 2003), 57면 ; 65면.

54) 속악의 명칭에 대해 '속(俗)'의 비칭적(卑稱的) 의미로 해석하는 경우가 종종 있어
   왔다. 하지만 속악이란 명칭은 이미 당대(唐代)에 궁중 음악들을 구분하고자 한데서
   유래하였고, 속악에 속한 노래들이 연향악임을 염두할 때 고려시대 속악 명명은 중국
   의 사례를 참고했다고 할 수 있다.

수 있었다. 또한 대곡과 산사가 고려의 속악 형성에도 적지 않은 영향을 주어 속악정재와 속악가사의 탄생을 가져왔다고 할 수 있다. 이처럼 고려의 당악은 아시아의 음악 교류가 고려까지를 포함하고 있음을 보여주는 증거이면서 동시에 고려의 음악을 세계적 수준으로 끌어올릴 수 있는 계기를 마련해 주었다고 할 수 있다.

4. 고려속요에 용해된 외래적 요소와 그 의미

지금까지 우리는 당악의 원천, 한국의 당악 수용 그리고 고려 속악과의 상관성을 살폈다. 그 결과 당악은 중국 집권층이 연향악의 확대를 위해 여러 민족과 지역의 음악 예술을 포용하면서 만들어 놓은 가무악이라는 사실을 알았으며, 이런 당악을 신라와 고려가 적극 받아들여 궁중 잔치에 활용하여 당악이 고려속요(속악정재 및 속악가사)를 탄생하는 데 적지 않게 기여했음을 확인할 수 있었다.

당악이 중국 이외의 요소를 포함한 것이고 실제 중국 당악에 그러한 특징을 담고 있다면, 이의 영향을 받은 고려속요 역시 중국을 넘는 것들이 존재할 가능성이 있지 않을까. 다시 말해 고려속요 형성에 송·원의 문학 양식 이외에 이전의 문학 양식은 물론 음악적인 인자가 작용했다고 생각할 수 있을 것이다. 이에 이 장에서는 고려속요에 내재한 외래적 요소들을 탐색해 보고자 한다.

1) 정재(呈才)

중국의 대곡(大曲) 혹은 당악정재와 같이 연행되는 것은 속악정재이다. 물론 당악정재와 속악정재 사이에 세부적인 진행 방식에서 차이는 있지만[55] 전체적 틀에서 보면, 가무악이 종합 공연 예술이라는 면과 속악정재의 형성에 당악정재가 깊이 관여했다는 사실을 볼 때 속악정재는 외향적 성질을 가졌다고 할 수 있다. 이를 『고려사』 악지에 소개된 것을 중심으로 살펴보기로 하자.

〈정읍(井邑)〉을 창사로 쓰는 〈무고(舞鼓)〉는 그 유래에서 보듯[56] 북(무고)의 재료가 바다에서 왔다는 것과 무고가 교방고와 흡사하다는 사실에서 외래적 기원을 간취할 수 있다. 또한 악조 표지에 '금선조(金善調)'는 비파의 명인 금선의 가락으로 볼 수 있는데[57] 비파가 서역에서 출발한 악기인 점을 볼 때, 〈무고정재〉의 선율에 서역 음악과 당악이 내재되었다고 할 수 있다. 그리고 〈정읍〉의 잦는소리(느린 음악에서 음악을 더 길게 늘이는 것)가 티벳 범패의 롤로리듬과 유사하다는 점[58] 또한 〈무고정재〉(〈정읍〉)의 외래성을 뒷받침하는 근거라 할 수 있다.

〈아박정재〉(〈동동〉)는 당악정재와 가장 유사한 진행 방식을 따르며, 무구인 아박(牙拍 : 상아로 만든 박)의 기원을 서역까지 소급할 수 있으며, 창사인 〈동동〉이 '십이월상사(十二月相思)[〈돈황곡(敦煌曲)〉]에서 유래한 것이라는 점을 볼 때,[59] 이국적 특성을 지닌 정재라 할 수 있다.

---

55) 정은혜 편저, 『정재연구1』(대광문화사, 1999), 190면.

56) 『高麗史』卷71 樂志, "舞鼓侍中李混謫宦寧海 乃得海上浮查 制爲舞鼓 其聲宏壯 其舞變轉 翩翩然雙蝶繞花 矯矯然二龍爭珠. 最樂部之奇者也." "무고(舞鼓)의 유래는 이러하다. 시중(侍中) 이혼(李混)이 영해에 유배되어 갔을 때 바닷가에서 부사(浮查 : 뗏목 혹은 풀명자나무)를 얻어 그것으로 무고(舞鼓)를 만들었는데, 그 소리가 굉장했다. 그 춤은 즐겁게 돌아가는 것으로, 펄렁펄렁 한 쌍의 나비가 꽃을 감도는 것 같고, 용감스럽게 두 마리의 용이 구슬을 다투는 것 같다. 악부(樂部)에서는 가장 기묘(奇妙)한 것이다."

57) 장사훈, 『국악대사전』(세광음악출판사, 1984), 668면.

58) 전인평, 『아시아음악연구』(중앙대학교출판부, 2001), 92~95면

59) 임기중, 「고려가요 동동고」, 『고려가요연구』, 국어국문학회 편(백문사, 1979), 386~

〈무애정재(無㝵呈才)〉에 대해『고려사』와『파한집』에 기원은 서역에서 나왔고,[60] 무구는 호로(葫蘆)라고 하였다.[61] 기록에서 보듯 〈무애정재〉는 발생 지역을 서역이라 밝히고 있어 고려 속악정재 가운데 외래성을 분명히 하고 있는 작품이다. 무구인 호로는 중국 서남 소수민족에서 기원한 것으로 표생(瓢笙)이라고 하는데 수·당·오대를 지나면서 궁중 잔치 음악의 악기로서 자리잡게 되었다.[62] 따라서 〈무애정재〉는 악기와 노래를 서역으로 하며 나–당 교류를 통해 신라에 전파, 고려 건국 이후에 속악정재화 되었다고 할 수 있다.

요컨대 고려의 속악정재 3편은 무구, 악조, 진행 방식 면에서 중국을 넘어서는 이국적 요소가 두드러진다고 할 수 있다. 다시 말해 중국의 당악정재(혹은 대곡)가 한족 이외의 음악을 포용하여 궁중 연향악으로 만들었으며, 이것을 고려가 정재화한 것이 속악정재 3편이라 할 수 있다.

2) 속악가사(俗樂歌詞)

당송사가 음악적 반주에 따라 다양한 형식이 존재하듯이 고려의 속악가사 또한 여러 형태를 가지고 있다. 단연체와 분연체, 단연체도 단형(〈사모곡〉, 〈상저가〉, 〈유구곡〉)과 중형(〈정과정〉, 〈이상곡〉), 장형(〈처

390면.

60) 『高麗史』卷71 樂志, "無㝵之戲出自西域其歌詞多用佛家語 且雜以方言 難於編錄. 姑存節奏以備當時所用之樂." "무애(無㝵)라는 놀이는 서역(西域)에서 나왔다. 그 가사는 불가(佛家)의 말이 많이 씌어있고 또 방언이 섞여 있어 그것을 짜 넣기가 어렵다. 다만 그 절주(節奏)만을 남겨두어 당시 사용하던 음악의 하나로 갖추어둔다."

61) 『파한집』 권3.

62) 양인리우, 같은 글, 380면.

용가〉)으로, 분연체인 경우 3연(〈서경별곡〉), 4연(〈가시리〉, 〈쌍화점〉), 6연(〈정석가〉, 〈만전춘별사〉), 8연(〈청산별곡〉) 등으로 다시 나눌 수 있다. 이처럼 다양한 텍스트가 있다는 것은 많은 악곡이 있었기 때문에 가능하다고 추정할 수 있다. 또한 풍부한 악곡을 보유할 수 있었던 배경에 외래악의 수입을 놓쳐서는 안 될 것이다.

궁중 정재와 마찬가지로 궁중 연향 성악도 외래 연향 문화에서 기인한 까닭에 그 안에 적지 않은 외래성을 확인할 수 있다.

고려 〈처용가(處容歌)〉는 신라 〈처용가〉를 기반으로 확장된 노래이다. 〈처용가〉의 발생과 관련하여 처용의 정체에 대해 많은 논의가 있었지만 이슬람 상인설이 제기된 이후[63] 최근 들어 이 설은 많은 지지를 얻고 있다. 〈처용가〉가 한반도―아랍 간 교류의 결과인 까닭에[64] 조선시대 〈처용가〉가 서역에 기원을 둔 〈연화대〉와 합설(合設)한 것은 아닌가 한다.[65] 〈연화대〉가 서역[석국(石國)]의 자지무(柘枝舞)에서 비롯한 것임을 상기하면, 이들과 처용무는 무원수(舞員數)와 춤사위에서 비슷한 점을 발견할 수 있다. 춤을 추기 전 다섯 명이 나란히 서 있다가[五人對廳一直立] 음악을 연주하면 오방무(五方舞)를 추는 방식에서[蓮吹柘枝令 分作五方舞][66] 이를 찾을 수 있다. 또한 〈처용가〉에서 달, 애욕, 기괴성 등이 주요 모티프로 작용하여 아랍문학인

---

63) 이용범, 「처용설화의 일고찰 – 당대 이슬람상인과 신라」, 『대동문화연구』 별집1(성균관대학교, 1972).

64) 허혜정, 「처용의 문화와 실크로드」, 『처용가와 현대의 문화산업』(글누림, 2008), 71~80면.

65) 이에 대해 차주환은 고려 〈처용가〉의 설행 절차를 중국에서 영향 받았을 가능성을 언급하였다. 차주환, 같은 글, 70~71면.

66) 양인리우, 같은 글, 510~512면.

『천일야화』와 어느 정도 맥을 같이 하고 있다는 주장도67) 이 작품의 이국성을 뒷받침하고 있다.

〈쌍화점(雙花店)〉은 1연의 '회회(回回)'에서 보듯 외래적 요소를 쉽게 발견할 수 있다. 회회의 함의에 대해 여러 가지 논의가 있으나 대체로 이슬람을 가리키는 데 동의한다. 회회가 고려속요의 시어로 사용되었다는 것은 당시 고려에 이슬람인과 그 문화가 널리 퍼져 있다는 방증이기도 하다. 실제 원 간섭기에 원을 통한 회회인의 입국과 활동은 매우 두드러진 편이었으며, 고려 궁중에서 회회문(回回文)이 사용되기도 하였다.68) 〈쌍화점〉의 외래성은 악곡에서도 확인된다. 『대악후보』의 〈쌍화점〉 악곡은 못갖춘 장단으로 이는 외래 음악의 장구형을 가리킨다.69) 또한 〈쌍화점〉을 신성(新聲)이라 지칭하는데(『고려사절요』), 중국 문학에서 신성은 사(詞)를 말한다.70) 그리고 〈쌍화점〉이 원 잡극의 영향 아래 성립되었고, 회회 이외에 남녀관계, 술 등에서 이슬람적 요소를 감안할 때,71) 외부적 특성을 다량 함유한 노래라 할 수 있다.

〈청산별곡(靑山別曲)〉은 대표적인 고려속요로 많은 연구가 진행되어 왔음에도 불구하고 어석과 해석에서 난점을 안고 있는 작품이다. 특히 7연의 "사스미 짒대예 올아셔 奚琴을 혀거를 드로라"는 그 심각성이 더한다. 하지만 서역 악기인 해금이 등장하고 있는 점으로 보아

---

67) 허혜정, 같은 글, 103면.

68) 『고려사절요』 권22, 충렬왕 24년, "제국공주는 왕비 조씨가 왕의 총애를 질투하자 화가 나서 위구르문으로 글을 써 원에 보내 태후에게 고하려고 하였다."

69) 전인평, 「鼓吹樂 장구형과 詞樂의 장구형」, 『아시아음악연구』(중앙대학교 출판부, 2001), 363면.

70) 김학주, 같은 글, 211면.

71) 김명준, 「쌍화점 형성에 관여한 외래적 요소」, 『동서비교문학저널』 14호(한국동서 비교문학회, 2006). (→『한국고전시가의 모색』, 보고사, 2008 재수록)

이 노래 역시 외래성을 추측해 볼 만하다. 주지하다시피 해금은 아시아 전역에 분포된 궁현(弓弦) 악기로 우리나라에는 당악과 함께 수입된 것으로 보인다. 노래에 특정 악기가 등장한다는 것은 그 악기가 사용될 가능성이 매우 높기 때문에 〈청산별곡〉은 해금 반주로 불렸을 것으로 보인다. 그리고 우리가 주목할 것은 이 해금을 사슴이 탄다는 점이다. 사슴과 해금, 연관짓기 어렵지만 해금이 서역의 악기인 점에 착안한다면 사슴의 의미를 같은 관점에서 찾을 필요가 있다. 7-10세기 페르시아에서 발생하여 인도, 파키스탄, 터키로 유포된 연애시인 가잘(Ghazal)의 어원이 흥미롭게도 '향초 사슴에서 향을 제거할 때 내는 울음소리'라는 것이다.72) 그렇다면 "사ᄉ미······"는 해금 연주에 따라 사랑의 노래를 가잘처럼 부르는 것은 아닐지. 이렇듯 〈청산별곡〉의 해금과 사슴에서 외래성을 찾을 수 있었다.

〈이상곡(履霜曲)〉은 고려속요 가운데 어석의 난해성이 가장 심한 작품이다. 4구의 "다롱디우셔마득사리마두너즈세너우지"는 "서린석석사리, 열명길" 등과 함께 납득할 만한 답을 찾지 못한 상태이다. 4구에 대해 무의미한 여음 대 유의어로 보는 관점에 따라 각각의 설을 개진하고 있다. 여기서 관심이 가는 주장은 범어(梵語)의 진언(眞言)으로 보는 견해들이다. 연구사 초기 4구를 범어의 진언으로 조흥구의 역할이라는 점을 수용하여73) 최근에는 산스크리트어로 이 부분을 재구하여 "젊고 빛나는 내 몸 파괴자여 사라져라[tar-una dyu-kaha mat-saria

---

72) 가잘의 어원, 사슴의 상징성, 〈청산별곡〉의 사슴 등에 대한 서술은 단국대학교 고혜선 교수의 발표와 조언에 힘입은 바 크다. 고혜선, 「중세 동·서 시가류 연구 개관」, 『중세 동·서 시가류의 비교연구』(단국대학교 아시아아메리카 문제연구소 국내학술대회 논문집, 2007), 12면.

73) 양주동, 『여요전주』(을유문화사, 1947), 350~351면.

madana-asayanasaya]"로 읽기도 하였다.[74] 또 "서린석석사리"에 대
해 "많은 불타는 육신[sal-in sosuk sar-ira]"으로 보았다. 이들의 의
견을 적극적으로 수용한다면 〈이상곡〉의 시어 형성 과정에서 외래적
인자를 발견할 수 있다. 불교적 성격이 강한 〈이상곡〉이 불교의 교류를
통해 범어를 수용했을 가능성이 크기 때문이다. 이러한 다중 언어 혼용
현상은 〈이상곡〉 이외에도 〈풍입송〉, 〈야심사〉, 〈한림별곡〉, 〈관동별
곡〉, 〈죽계별곡〉(안축 작) 등에서 흔히 볼 수 있다.[75] 따라서 〈이상곡〉
은 우리말과 범어의 혼용을 통해 노랫말을 만들어 냈으며 그런 까닭에
시어에 외래성을 담지할 수 있었던 것으로 보인다.

〈가시리〉는 후렴구를 제외하면 비교적 민요의 모습을 잘 갖춘 작품
으로 볼 수 있다. 이런 점에서 기존 연구는 후렴구를 궁중 악곡화 과
정의 산물로 보아 유의미어의 조흥구로 규정하고 있다. 하지만 "가시
리 가시리잇고 나는 ᄇ리고 가시리잇고 나는"과 "위 증즐가 大平盛代"
는 의미상 배치(背馳)의 정도가 너무 크다. 다시 말해 내용과 후렴의
불일치성을 단지 궁중 악곡화 과정에서 비롯한 것으로 보기에는 문제
가 있다는 것이다. 그럼 내용과 배치되는 송축적 시어 삽입은 〈가시
리〉만의 현상인가. 송 대곡(大曲)을 보면 꼭 그렇지만은 않은 것 같다.
송 대곡 〈어부무(漁父舞)〉는 물고기 방생으로 거짓 자비 행위를 하는
관료들을 비판하는 내용의 무곡(舞曲)인데, 후단가사 중간에 황제를
축송하는 "모두 머리를 조아려 태평천자의 만수무강을 기원합니다.

---

74) 강헌규, 「고려가요 이상곡 신고」, 『인문과학』 36(성균관대학교 인문과학연구소,
    2005).
75) 김승기, 「중세 안달루스와 고려의 다중언어 혼용 현상」, 『동서비교문학저널』 14호
    (한국동서비교문학회, 2006).

[齊稽首 太平天子無疆壽]"라는76) 시어가 삽입되어 있다. 이처럼 내용과 맞지 않은 시어를 엮는 방식은 이미 대곡의 전통에서 성립된 것이고, 〈가시리〉의 후렴도 이와 멀지 않다고 할 수 있다. 따라서 〈가시리〉는 민요적 내용과 궁중 가악적 후렴, 전통적 별리(別離)와 외래적 수사(修辭)가 다중 언어 혼용을 통해 잘 드러냈다고 할 수 있다.

요컨대 〈처용가〉〈쌍화점〉〈청산별곡〉〈이상곡〉〈가시리〉 등은 기원, 악곡, 시어, 다중 언어 혼용, 수사적 측면에서 작품의 전부 혹은 일부를 구성하는 데 외래적 영향을 받았다고 할 수 있다. 〈가시리〉를 제외한 노래들은 모두 서역의 인자를 포함하고 있어 고려속요가 중국을 넘어서는 이국성(異國性)을 어느 정도 가졌다고 할 수 있다.

3) 의미

앞서 우리는 고려속요(속악정재와 속악가사)에 내재한 서역적 요소들을 살펴 보았다. 고려속요 형성에 기여한 당악은 애초 중국의 것이 아니라 서역을 포함한 외래 문화라는 점을 이해할 때, 고려속요에 서역적 요소가 침윤되었다는 점은 놀라운 사실이라기보다는 당연한 결과일지도 모른다.

이처럼 고려속요의 외래성을 인정하다면 고려속요는 왕성한 문화 교류와 섭취를 통해 이룩한 국제적 수준의 궁중 연향 문화의 완결판이라 할 수 있다. 문화의 전파와 수용은 국가 간 배타적 자존심의 차원이 아니라 자국의 문화 수준을 제고하는 적극적 행위이다. 수, 당, 송, 원이 대제국을 건설하여 지배자의 문화를 전파하지 않고 정복지

---

76) 『무봉진은대곡』 권2.

의 문화를 수용한 것에서도 이를 확인할 수 있으며, 이런 결과 중국은 최고의 문화선진국이 될 수 있었던 것이다. 고려가 이런 중국의 궁중 연향 문화를 수용하여 고려속요를 탄생시킨 것도 같은 맥락으로 이해할 수 있다. 중국이 자국의 음악에 외래의 음악을 더하여 발전시켰듯이 우리도 우리의 음악에 외래의 음악을 받아들여 수준 높은 연향 문화를 만들어 낸 것이다.

> 무진(戊辰)에 왕이 양(羊) 200두(頭)와 주(酒) 200합을 황제께 상수(上壽)하고 기사(己巳)에 또 궐(闕)에 나아가 부두연(扶頭宴)을 베푸는데 황제가 고려가(高麗歌)를 부르라 명령하거늘 왕이 대장군(大將軍) 송방영(宋邦英), 송영(宋英) 등으로 〈쌍연곡(雙燕曲)〉을 부르게 하였는데 전왕(충선왕)은 단판(檀板)을 잡고 왕은 일어나 춤을 추며 축배를 올리니 황제와 황후가 더불어 기뻐하였다.[77]

위 기록은 충렬왕이 원에 입조하여 참석한 황실연에서 신료에게 고려속요인 〈쌍연곡〉을 부르게 하였는데 원 세조와 황후가 매우 흡족했다는 내용이다. 당시 원은 세계 문화의 중심지로서 황실 잔치의 수준 또한 상당했을 것으로 보인다. 이러한 잔치에서 〈쌍연곡〉이 인정을 받았다는 것은 고려속요의 수준이 매우 높았기 때문에 가능했으리라 본다. 문화 수출국이 문화 수입국보다 늘 앞에 있지 않으며 오히려 수입국이 수출국을 능가할 수 있다는 점에서, 고려 음악과 고려속요는 중앙아시아에서 발원한 음악이 중국을 거쳐 고려에서 꽃을 핀 아시아 예술의 결정체라 할 수 있다.

---

[77] 『高麗史』世家 卷31 忠烈王 26年(1300) 6月, "戊辰 王 以羊二百頭 酒二百 上壽于帝 己巳 又詣闕 設扶頭宴 帝 命唱高麗歌 王 令大將軍宋邦英 宋英等 歌雙燕曲 前王 執檀板 王 起舞獻壽 帝與后悅."

5. 결론

이상의 논의를 정리하면 다음과 같다. 필자는 고려속요의 형성에 당악의 역할을 주목하여 당악의 원천, 중국 전승 그리고 고려의 수용사를 살펴 당악의 성격, 양국 궁중 연향 문화에 끼친 영향 등을 검토하였다.

당악은 오랜 기간 동안 중국이 여러 민족의 음악을 활용하여 완성한 궁중 연향용 가무악이라 할 수 있다. 당악의 원천과 전승은 수·당·원·밍 시내를 통해 살핀 바, 수와 당은 많은 민족 음악을 이용하여 궁중 연향악을 만들었는데 특히 서역음악과 비파를 적극 활용하였다. 그리고 이러한 외래 음악의 수용은 사(詞) 문학을 탄생시킨 계기가 되었다. 송대에 이르면 궁중 연향악은 수·당의 연향악을 계승하는 한편 서역악과 같은 외래악과 호금류의 외래 악기를 수입하여 연향악의 확장을 이루었다. 이 시기 가무악이 통합된 대규모 종합 예술인 대곡(大曲)의 발달은 사(詞) 문학의 질적 양적 변화를 가져오게 했다. 원대에 오면 원나라 궁중은 수·당·송·원의 연향악을 전승하면서 이민족의 음악과 악기를 적극 받아들였다. 바그다드와 신장위구르의 음악과 악기를 수용하면서 중앙아시아 전체의 음악까지 포섭하는 결과를 낳기도 하였다. 이와 궤를 같이하며 문학 상 산곡과 잡극이 등장하기도 하였다. 이처럼 중국이 여러 민족과 넓은 지역을 통합하면서 여러 민족의 문화 유산을 수용하려 한 점은 그들의 문화 수준을 제고하기 위한 노력의 결과라 할 수 있다.

우리나라의 당악 수입은 신라 문무왕부터 시작되었으며 당의 고취 및 연향악과 당악기인 박판, 대고, 피리, 비파 등을 받아들이면서 신라의 음악과 궁중 연향의 확장을 가져왔다. 고려시대에 들어 당악의 수입은 매우 적극적으로 이루어졌다. 광종대 교방악과 사악의 수입으로 고려 궁중은 당악의 정재와 산사 등을 연향악으로 확보할 수 있었으며, 방향, 퉁소, 적, 비파, 아쟁, 장고, 해금 등의 악기를 통해 악곡의 확대를 꾀할 수 있었다. 그리고 당악이 서역 음악을 기반으로 형성되었기 때문에 고려의 당악도 다분히 서역적 요소가 포함되어 〈연화대〉〈감황은령〉〈낭도사령〉〈사강월만〉 등에는 서역 음악의 자취가 남아 있기도 하였다. 또한 대곡과 산사가 고려속요 형성에 많은 영향을 주었다.

속악정재는 속악가사에 비해 서역의 흔적을 많이 포함하고 있는데, 〈정읍〉은 무구(舞具)인 무고가 외래 악기이며, 서역 악기인 비파의 악조와 선율이 티벳의 롤로리듬을 갖고 있는 점에서 외래성이 두드러진다고 할 수 있다. 〈동동〉은 무구인 아박이 서역에서 기원하며, 창사(唱詞)가 돈황곡에서 유래하고 있으며, 〈무애〉는 무구인 호로가 서역에서 전래되었고, 기록에도 서역 도래를 명기하고 있어서 이들 3편은 중국을 넘어서는 이국적 요소가 두드러진다고 할 수 있다.

그리고 속악가사인 〈처용가〉〈쌍화점〉〈청산별곡〉〈이상곡〉〈가시리〉 등은 기원, 악곡, 시어, 다중 언어 혼용, 수사적 측면에서 작품의 전부 혹은 일부를 구성하는데 외래적 영향을 받았다고 할 수 있다. 〈처용가〉는 처용이 이슬람인일 가능성과 춤이 서역 춤과 비슷하다는 점, 〈쌍화점〉은 시어 회회 사용, 서역의 영향을 받은 원의 잡극과 같은 양식, 외래적인 장구형 악곡으로 연주한다는 점, 〈청산별곡〉은 서역 악기 해금, 사슴 상징이 중앙아시아에서 발생한 서정적인 연애시인 가잘(Ghazal)과 통하는 점, 〈이상곡〉은 4구의 시어가 산스크리트어로 해석이 된다는 점, 〈가시리〉는 내용과 배치되는 후렴구 사용이 이미 당송의 대곡(大曲)의 전통에서 비롯한 점 등에서 이들은 중국과 중국을 넘어서는 이국성(異國性)을 지녔다고 할 수 있다.

　이렇게 고려시대 당악은 아시아의 음악 교류가 고려까지를 포함하고 있음을 보여주는 증거이면서 동시에 고려의 음악을 세계적 수준으로 끌어올릴 수 있는 계기를 마련해 주었다고 할 수 있다. 그 결과 중세 아시아 궁중 연향 예술의 명품인 고려속요를 만들어 냈던 것이다.

❦ 제2부 ❦

전승

고려속요에서 음사 비평의 의의와 한계

1. 서론

이 글의 목적은 고려속요 비평사에서 조선조에 제기된 음사 비평의 의의와 한계를 밝히는 데 있다.

고려속요는 궁중 연향에서 사용된 성무악(聲舞樂)의 가사로서 고려 시대부터 조선시대까지 전승되었음을 여러 문헌들을[1] 통해 확인할 수 있다. 전승 기간 중 16세기에 오면 고려속요는 음사(淫詞) 시비로 인해 전승에 일시적인 장애를 맞게 되지만 이후 조선시대 궁중 연향 악의 가사로서 그 역할을 다하였다.

고려속요가 음사 논란에도 불구하고 전승이 가능했던 이유들에 대해 연구사는 다음과 같이 말하고 있다. (1) 고려속요 자체의 음사성보다 정치적인 이유로 고려속요를 이용했다는 견해이다. 다시 말해 성종 대 음사 발언은 사림파들이 훈구파들을, 중종 대에는 반정 세력들이 연산군의 측신들을 공격하기 위한 것이기 때문에 목적 달성 이후 노래 자체는 별문제 없이 계속 수용되었다는 것이다.[2] (2) 고려속요

---

1) 『조선왕조실록』, 『경국대전』, 『악학궤범』, 『악장가사』, 『가집1』 등.

의 음사성을 인정하면서도 전승의 힘을 상징적 측면에서 찾는 견해들
이다. 이는 다시 셋으로 나눌 수 있는데 (2)-1 "음사는 性이 多産과
豊饒를 보장받고자 했던 장치이기 때문에 제의적 측면에서 전승되었
다."고 하는 견해와[3] (2)-2 "남녀상열지사는 충신연주지사의 변이 형
태이기 때문에 교화론적 입장에서 살아남을 수 있었다."는 견해[4] 그
리고 (2)-3 사대부들의 향락열[5] 때문이라는 견해 등을 들 수 있다.

이들 견해 간 차이는 있지만 대체로 성종 중종 대 음사 비평은 고려
속요 단승(斷承)에 영향을 미치지 못했다는 것과 음사 논란을 일으킨
당대 관료들의 비평 행위에 대해 그리 긍정적이지 않다는 점에서 공
통점을 찾을 수 있다. 특히 (2)-2를 일부 수용한 최미정은 비록 음사
발언이 단승의 결과는 가져오지 않았을지라도 현재 고려속요에 대한
해석이 이에 의존하고 있기 때문에 고려속요에 대한 편견과 오해가
여전하다고 지적하고, 이것으로 인해 지금 우리가 왜곡된 고려속요를
만나게 되었다고 하였다.[6]

그러나 시각을 달리하면 교화론 역시 음사론과 같은 처지가 아닐까
한다. 고려속요를 송도·송축지사(頌禱·頌祝之詞)에 기대어 논의한 것
과 음사 평어(評語)에 의지해 검토한 것 사이에는 편견과 왜곡이 아닌

---

2) 조윤미, 「고려가요의 수용양상」(문학석사학위논문, 이화여자대학교, 1988), 66~118면.
3) 최진원, 『한국고전시가의 상징성』(성균관대학교 대동문화연구원, 1988), 228면 ;
   허남춘, 「고려속요의 송도성 연구」(문학박사학위논문, 성균관대학교, 1990), 25~102면
   ; 김문태, 「고려속요의 조선조 수용양상」, 『한국시가연구』 제5집(한국시가학회, 1999),
   183~186면.
4) 김영수, 『조선초기시가론연구』(일지사, 1989), 181~200면.
5) 강명관, 「조선전기 고려가요의 전승과 시조사의 문제」, 『조선시대 문학예술의 생성
   공간』(소명출판, 1999), 57~81면.
6) 최미정, 『고려속요의 전승 연구』(계명대학교출판부, 1999), 93~102면.

다른 입장만 존재하기 때문이다. 그리고 고려속요 비평사를 볼 때, 고려속요에 대한 평가는 직간접적 긍정이 대세였으며 비판적 태도와 발언은 특정 시기에만 있었을 뿐임에도 불구하고 현재 고려속요에 대한 이해가 후자에서 출발했다는 점은 역설적일 수밖에 없다. 이 점이 필자가 음사 평자(評者)와 비평에 대해 다시 생각해 보는 계기가 되었던 것이다.

또한 고려속요에 대한 부정적 평어(評語)는 '음사(淫詞), 음성(淫聲), 음설지사(淫褻之辭), 남녀상열지사(男女相悅之詞), 비리지사(鄙俚之詞)' 등으로 연구자 대부분은 이들을 같은 의미로 보고 있다. 하지만 '음사·음성·음설지사 / 남녀상열지사 / 비리지사'의 개념들이 배타적이지는 않지만 그렇다고 해서 꼭 일치하는 것도 아니다. 그리고 문자 상 음(淫)과 열(悅)은 뜻하는 바가 다를 뿐만 아니라 실록에서 지칭했던 대상이 각각 다르기 때문에 이들 평어를 같은 의미로 보아 대상 작품 전체를 단일하게 파악하는 것은 문제가 있다고 생각한다. 따라서 본서는 음사성과 관련된 음사·음성·음설지사와 이에 지목된 〈정읍(井邑)〉, 〈동동(動動)〉, 〈이상곡(履霜曲)〉, 〈쌍화점(雙花店)〉 등을 중심으로 살피도록 하겠다.

2. 비평 태도

조선시대 고려속요에 대한 평가 기록은 관찬류 사서(史書), 악서(樂書), 지리서(地理書)와 개인 문집 등에서 찾아볼 수 있다. 이들을 표면에 드러난 비평 태도에 따라 나누면 작품에 대한 적극적인 비평, 악부 시화 과정에서 원작에 대한 언급 그리고 문물제도 정비 과정에서 노래의 수용 사실만을 알려주는 기록 등으로 구분할 수 있다. 이들을 긍정적 평가와 부정적 평가로 나누어 살펴보면 다음과 같다.

1) 긍정적 평가

(1) 적극적 비평

〈1〉 정읍은 전주(全州)의 속현이다. 정읍 사람이 행상을 나가서 오래 되어도 돌아오지 않자 그 처가 산 위의 돌에 올라가 남편을 기다리면서, 남편이 밤길을 가다 해를 입을까 두려워함을 진흙물의 더러움에 부쳐서 이 노래를 불렀다. 세상에 전하기는 고개에 올라가면 망부석이 있다고 한다.(井邑全州屬縣 縣人爲行商久不至 其妻登山石以望之 恐其夫夜行犯 害 托泥水之汚以歌之 世傳有登岾望夫石云. 『高麗史』卷71 樂志2)

〈2〉 동동(動動)이라는 놀이는 그 가사에 송도하는 말이 많이 들어 있는 데, 대체로 신선(神仙)의 말을 본떠 지은 것이다. 그러나 가사가 우리말이 라서 기재하지 않는다.(動動之戲其歌詞多有頌禱之詞 盖效仙語而爲之 然 詞俚不載. 『高麗史』卷71 樂志2)

〈3〉 우리나라 악부에는 여민락(與民樂), 낙양춘(洛陽春), 보허자(步虛 子), 풍안곡(豊安曲), 정동방(靖東方), 청평악(淸平樂), 수용음(水龍吟), 금전악(金殿樂), 이상곡(履霜曲), 오관산(五冠山), 자하동(紫霞洞), 동동 (動動), 봉황음(鳳凰吟), 한림별곡(翰林別曲), 치화평(致和平), 만전춘 (滿殿春), 취풍형(醉豊亨), 정과정(鄭瓜亭) 등의 곡이 있다.……동동은 송 도의 노래이다.(我東 樂府 有與民樂 洛陽春 步虛子 豊安曲 靖東方 淸平 樂 水龍吟 金殿樂 履霜曲 五冠山 紫霞洞 動動 鳳凰吟 翰林別曲 致和平 滿殿春 醉豊亨 鄭瓜亭等曲……動動者 亦頌禱之詞. 『芝峰類說』卷18 技 藝部 音樂)

위는 〈정읍〉(〈1〉)과 〈동동〉(〈2〉, 〈3〉)에 대한 기록이다. 주지하다시 피 『고려사』악지 속악조는 고려시대 궁중 속악의 소용(所用)을 정리 해 놓은 것으로 궁중 정재(呈才) 창사(唱詞) 3편, 궁중 성악곡 가사 28

편을 소개하고 있다. 이 가운데 정재용 창사는 〈정읍〉, 〈동동〉, 〈무
애〉이며, 『고려사』는 각각 무구(舞具), 정재 절차 및 방법을 소개한 이
후 창사의 유래와 성격에 대해 언급하고 있다.

〈정읍〉에 대해서 사서(史書)는 행상인(行商人) 남편을 염려하고 기
다리는 여인의 노래라 하였다. 그러면서 망부석(望夫石)을 통해 여필
종부(女必從夫)의 여인상도 함께 넣었다. 망부석이 한(恨)과 그리움을
말하는 상징어임에도 '남편의 밤길 위협[夫夜行犯害]'을 상정함으로
써 아내의 한보다 그러한 남편을 염려하고 기다리는 여인의 지고지순
함을 부각하고 있다.

〈정읍〉이 소박한 차원에서 가족적 상하질서를 암시했다면 〈동동〉
은 궁중 악가로서의 채택 이유를 직접적으로 언급하고 있다. 〈동동〉
은 노랫말에 송도지사(頌禱之詞)가 많으며, 이는 선어(仙語)에서 유래
한 것이라 하였다. 선어에 대해 아직 정설은 없으나 문맥상 송도지사
와 결부되어 송도의 의미를 강조하는 수사어라 할 수 있다. 송도가 존
엄한 대상에게 지금의 경사를 기리고 축하하면서 앞으로도 이러한 상
태를 지속·발전하기를 염원하는 평어임을 상기할 때, 〈동동〉은 그 송
도와 축원의 구체적인 발현태(發顯態)로서 궁중 무악(舞樂)에서 당위
적 존재가 되었던 것이다. 17세기 이수광(李睟光, 1563~1628)도 이러
한 사실에 동의하였음을 알 수 있다.(〈3〉)

(2) 시화(詩化) 비평

〈4〉 정읍은 전주의 속현이다……진흙탕 물의 더러움에 의탁하여 노래
를 지으니, 세상에 전하기를, 산에 오르면 망부석의 발자취가 아직도 있다
고 한다. 가을 샘 목메어 우는데, 산하 어디나 같은 달, 그 달 아래 처량한
바람 쓰린 비 이별한 지 얼마인가, 등한히 낙엽의 때를 알겠고, 막막한

진흙길 인적조차 끊겼네, 인적조차 끊긴 길에 혼은 푸른 바다 조개, 진주의 궁궐을 떠도네.(井邑全州屬縣……託泥水之汙以歌之 世傳爲登岾望夫石 云 秋泉咽 山河兩地同明月 同明月 凄風苦雨幾年離別 等閒黃葉知時節 泥 塗漠漠行人絶 行人絶 魂飛滄海貝宮珠闕.『星湖先生全集』卷7 海東樂府)

　〈5〉삼장과 사룡 두 노래는 고려 충렬왕 때에 나왔다. 그 시에 이르기를, '삼장사 안에 향을 피우니, 사주가 내 손을 잡도다. 만약 이 말이 절밖에 새나가면, 상좌에게 이는 네가 발설한 것이라 말할 것이네. 뱀이 용의 꼬리를 물었으니, 태산 꼭대기에서 허물을 듣도다. 만인이 각각 한마디씩 하지만, 짐작은 두 마음에 있도다.' 그 말이 이어이기는 하나 매우 예스런 뜻이 있다. 이제 이 시를 의작하여 조금 부연한다. '임금은 삼장경을 해석하고, 첩은 제천의 꽃을 뿌리네. 제천의 꽃은 요란하여 전혀 끝이 없는데, 우물가 오동에는 이른 까마귀가 우네. 바깥 사람들의 이런저런 말 근심하지 않으니, 차를 나르는 사미가 한 집안 사람이네.' 기이, '옥과 돌은 정해진 질이 없고, 곱고 밉고는 정색이 없네. 옥과 돌은 사람의 입에 달려 있고, 곱고 밉고는 임금의 눈에 달려 있네. 일월은 원래 광명하건만, 참소하는 말이 절로 병을 이루네.'(三藏蛇龍二歌 出於高麗忠烈王時 其詩日 三藏寺裡燒香去 有社主兮執余手 倘此言兮出寺外 謂上座兮是汝語 有蛇啣龍尾 聞過太山岑 萬人各一語 斟酌在兩心 其語雖俚 而殊有古意 今輒擬而稍演之云 君演三藏經 妾散諸天花 天花撩亂殊未央 井上梧桐啼早鴉 不愁外人說長短 傳茶沙彌是一家 其二 玉石無定質 妍媸無正色 玉石在人口 妍媸在君目 日月本光明 讒言自成膜.『西浦集』卷2 樂府)

　악부시의 전통은 이제현(李齊賢, 1287~1367)부터 시작하였으며 이후 많은 작가들에 의해 지속되었다.[7] 주지하다시피 악부시는 작가가 원가(原歌)를 찾아 그것의 의미를 재해석하고 악부적 변용을 통해 탄

---

7) 김영숙, 『한국영사악부연구』(경산대학교 출판부, 1998), 15~33면.

생된다. 그 과정에서 원가의 의미가 축소, 확대, 변모 등이 일어나기는 하지만 원가 채택 단계에서 개입된 긍정적 시선만을 그대로 수용하는 특징을 갖는다.

이익(李瀷, 1629~1690)의 〈정읍〉에서 알 수 있듯이(〈4〉) 그가 이 노래를 악부시화할 때, 『고려사』에서 정보를 얻은 것으로 보인다. 『고려사』의 기록을 그대로 인용하면서도 시는 제3자의 관점에서 부부 이별의 애틋함을 가을의 낙엽, 혼백 등을 통해 말하고 있다. 원가보다 시석 실서가 달라지기는 했지만 망부석에서 작품을 출발하고 있다. 『고려사』에서 언급했던 남편을 염려하는 마음, 기다리는 여심 등이 망부석을 통해 좀 더 심화하고 있다. 이처럼 이익이 〈정읍〉을 선택하고 악부시화했을 때, 이미 〈정읍〉은 가치 있는 노래였던 것이다.

〈5〉는 〈삼장〉(〈쌍화점〉)과 〈사룡〉의 악부시 기록이다. 〈삼장〉과 〈사룡〉은 조선 초기 역사 기록물인 『고려사』와 『고려사절요』 등에서 제작 및 연행과 관련하여 그리 긍정적이지 못한 평을 받아온 노래였다. 이와 같은 평가는 성종 중종 대에 다시 한 번 제기되었고, 가사가 한시로 교체되기도 하였다. 하지만 이러한 조치에도 불구하고 〈삼장〉(〈쌍화점〉의 2연)은 전승을 멈추지 않았다. 더욱이 김만중(金萬重, 1637~1692)에 이르면 〈삼장〉은 '예스런 정취[古意]'를 지닌 노래로까지 인식되었다. 그는 이를 악부시로 엮으면서 삼장경을 읽는 군주, 꽃을 뿌리는 첩 그리고 차를 나르는 사미승 등을 한가롭게 그려 넣었다. 원가에서의 대결과 긴장감 대신에 외물에 초연한 모습 등으로 재해석하고 있는 것이다. 이러한 해석의 바탕에는 원가에 대한 긍정적 가치 인식이 어느 정도 작용했기 때문에 가능하다고 할 수 있다.

(3) 사실(史實) 기록

〈6〉 무애(無㝵) 동동(動動) 정읍(井邑) 진작(眞勺) 이상곡(履霜曲) 봉황음(鳳凰吟) 만전춘(滿殿春) 등의 곡조로써 평시에 쓰는 속악(俗樂)을 삼았는데, 악보 1권이 있다.(無㝵 動動 井邑 眞勺 履霜曲 鳳凰吟 滿殿春 等曲 爲時用俗樂 有譜一卷.『世宗實錄』卷116 29年 6月 4日)

〈7〉 "처용 정재(處容呈才) 3성, 동동 정재(動動呈才) 1성, 무애 정재(無㝵呈才) 2성, 무고 정재(舞鼓呈才) 3성……무릇 75성은 늘 이습(肄習)하게 하옵소서." 하였다.(處容呈才三聲 動動呈才一聲 無㝵呈才二聲 舞鼓呈才三聲……凡七十五聲 常令肄習.『世宗實錄』卷126 31年 10月 3日)

〈8〉 악공의 당악은 삼진작보……향악은……진작사기 이상곡 낙양춘 오관산 자하동 동동……한림별곡……북전 만전춘 취풍형 정읍 이기 정과정 삼기로 한다.(樂工試唐樂三眞勺譜……鄕樂……眞勺四機 履霜曲 洛陽春 五冠山 紫霞洞 動動……翰林別曲……北殿 滿殿春 醉豊亨 井邑二機 鄭瓜亭三機.『經國大典』卷3 禮典 樂工取才條)

조선시대 고려속요의 궁중 소용(所用)을 알려주는 대표적 관찬 기록들이다. 『세종실록』은 (〈6〉, 〈7〉) 조선 초기 문화정비 과정에서 궁중 성악과 정재악 지정을, 『경국대전』은 문화정비 사업의 완료와 함께 이것이 실제 시행되었음을 말하고 있다.

세종 29년(1447) 조선 궁중은 전대의 음악인 〈무애〉, 〈동동〉, 〈정읍〉, 〈진작〉(〈정과정〉), 〈이상곡〉, 〈만전춘〉 등을 공식적 국가 행사용 속악으로 제정하였다. 이는 새로운 왕조가 전대의 음악을 포용하는 것이 오랜 관행이었기 때문에 가능한 일이라 할 수 있다. 신라가 가야의 악기와 음악을, 고려가 삼국의 음악을 수용하여 당대의 음악적 활

용과 자산을 확장하려 했던 것처럼 조선 역시 고려의 음악을 수용한 것에서 이를 알 수 있다.[8]

2년 뒤인 세종 31년(1449)에는 예조에서 정비된 정재를 속히 익히도록 건의하기도 한다. 이때 지목된 정재는 모두 4종인데 처용 정재를 제외하면 모두 고려 때 만들어진 것이다. 정재는 성악에 비해 제작 단계부터 설행(設行)에 이르기까지 많은 공력을 필요로 한다. 따라서 이미 만들어진 정재인 경우 검증의 단계를 넘어 실제 상연의 선례가 있었기 때문에 후대에 적극 수용하게 된다. 『악학궤범』의 당악 및 향악 정재 항목에 고려 정재가 대부분 채택된 것도 같은 맥락에서 이해할 수 있다.

『경국대전』(1474)에 오면 전대의 많은 곡들이 취재(取才) 곡목으로 채택되기에 이른다. 취재 대상 곡목이 되었다는 것은 그간 궁중에서 검토, 설행 등을 거쳐 궁중 악곡으로서 지위를 획득했다는 것을 의미한다. 주지하다시피 『경국대전』은 조선의 대표 법전으로서 그 영향력은 경술국치 이전까지 계속되었다. 따라서 〈이상곡〉〈동동〉〈정읍〉 등이 『경국대전』에 등재되었다는 것은 중요 악곡으로서의 지위와 전승력을 함께 보장받았음을 의미한다.

이외에도 〈동동〉과 〈정읍〉은 빈례용(賓禮用) 정재 악곡으로도 제정되었으며,[9] 실제 조선후기까지 각종 하사연(下賜宴)과[10] 궁중 잔치에서 사용되었다.[11] 또한 〈이상곡〉과 〈쌍화점〉은 성악곡으로서 『시용

---

8) 김명준, 『악장가사 연구』(다운샘, 2004), 259~264면.

9) 『태종실록』 권3 2년 6월 5일.

10) 『숙종실록』 권63 45년 4월 18일.

11) 『정조실록』 권42 19년 윤2월 13일 ; 『원행을묘정리의궤』 ; 『순조기축진찬의궤』 ; 『헌종무신년진찬의궤』 ; 『고종신축년진찬의궤』 등.

향악보』(중종), 『악장가사』(효종 初刊), 『대악후보』(영조 再刊) 등 궁중 악서에 등재됨으로써 상용(常用) 사실을 알 수 있다.

앞서 우리는 작품에 대한 적극적 비평과 시화(詩化) 비평을 살펴보았다. 이 두 태도가 대상 작품을 직접적으로 표현했다는 점에서 사실 기록보다 긍정성을 구체적으로 보여준다고 할 수 있다. 하지만 사실 기록은 이미 긍정적 평가를 전제 삼고 있기 때문에 오히려 더 적극적이고 긍정적인 평가를 내렸다고 할 수 있다. 다시 말해 호오(好惡)의 차원을 넘어 '긍정적 가치를 내재한 노래'이기 때문에 궁중 행사용 곡목 지정, 악공 취재 곡목 지정, 궁중의 시용(時用)·상용(常用) 악서 등재 등이 가능했던 것이다.

(4) 전승의 전제

이미 살폈듯이 고려속요는 고려와 조선시대에 긍정적인 평가를 받으면서 전승되었다고 할 수 있다. 전승의 이유에 대해서는 이미 "당대 음악적 활용과 음악적 자산의 확장을 위한 전조 음악의 포용 전통"과 "(정재악으로서) 여악(女樂)의 동반 전승"을 든 바가 있어 상론하지 않겠다.12) 다만 전승의 전제가 되는 긍정적인 평가의 출발과 지속력은 어디에서 비롯되었는지 좀 더 살필 필요는 있겠다.

주지하다시피 현전 고려속요는 민요(혹은 개인창작가요)를 원천으로 하여 궁중 속악화의 과정을 거쳐 탄생한 궁중 연향악의 가사이다. 속악화의 과정에서 원천 노래에 대해 산삭(刪削), 첨가(添加), 재편(再編) 등이 있었음을 볼 때, 악곡뿐만 아니라 가사에도 많은 노력을 기울였음을 알 수 있다. 따라서 이미 완성된 가악은 '수풍화(樹風化) 상공덕

---

12) 김명준, 같은 글, 259~269면.

(象功德)'13)의 구체적인 형태라 할 수 있다.

하지만 궁중 가악의 원천 민요(혹은 개인창작가요)가 처음부터 궁중 가악을 염두하지 않았기 때문에 관점에 따라 해석이 얼마든지 달라질 수 있다는 것이다. 공식적 목적성이 없는 작품이라면 탄생부터 해석 의 다양성은 내포되며, 상황에 따라 풍교(風敎)의 노래가 풍간(諷諫)의 노래도 될 수 있는 것이다. 『시경』을 둘러싼 해석 논쟁도 비근한 예라 할 수 있다.14) 사정이 이러함에도 불구하고 당대 편사자들은 고려속 요를 풍화와 공덕의 노래로 믿었던 것이다. 그리고 이러한 믿음은 조 선시대까지 이어져 왔으며, 결국 현재의 일부 연구자들에게까지도 계 승되었다고 할 수 있다.

이렇듯 다양한 해석을 배제한 채 고려속요는 풍교와 송축의 노래이 어야만 했다. 〈정읍〉은 여필종부의 여인상을 통해 충신연주지사의 노 래로, 〈동동〉은 헌신적인 여성 화자를 통해 송도지사의 노래로 보았 던 것이다. 또한 조선시대에 오면 궁중은 궁중대로, 사대부들은 사대 부들대로 이전 시대의 선택과 판단을 (무비판적일 정도로) 적극 수용하 였던 셈이다. 전통의 권위는 긍정적일 때도 있지만 전통 그 자체를 검 증할 수 없다는 점에서 발전적 장애가 될 수 있다. '궁중에서 제작한 노래이고 오래되었으니 분명 풍교의 노래일 것이다.'라는 믿음, 하지 만 이 믿음은 전제에 대해 진지한 고민이 결여된 관습적 수용에 지나 지 않았다고 할 수 있다. 따라서 조선시대 고려속요의 긍정적 평자들 은 인식의 편향성에서 결코 자유롭다고는 볼 수 없을 것이다.

---

13) 『고려사』 악지 서문.
14) 김흥규, 『조선후기 시경론과 시의식』(고려대학교 민족문화연구소, 1982), 8~18면.

2) 부정적 평가 그리고 그 의의

〈9〉앞서 서하군(西河君) 임원준(任元濬) 무령군(武靈君) 유자광(柳子光) 판윤(判尹) 어세겸(魚世謙) 대사성(大司城) 성현(成俔) 등에게 〈쌍화곡(雙花曲)〉〈이상곡(履霜曲)〉〈북전가(北殿歌)〉 중에서 음란한 가사를 고쳐 바로 잡으라 명하였는데, 이때 와서 임원준 등이 지어 바쳤다. 전교하기를, "장악원(掌樂院)으로 하여금 익히게 하라."하였다.(先是 命西河君任元濬 武靈君柳子光 判尹魚世謙 大司成成俔 刪改雙花曲 履霜曲 北殿歌中 淫褻之辭 至時元濬等撰進 傳曰 令掌樂院肄習)『成宗實錄』卷240 21年 5月 21日)

〈10〉대제학 남곤이 아뢰기를, "전일 신에게 악장(樂章) 속의 음사(淫詞)나 석교(釋敎)에 관계있는 말을 고치라고 명하시기에 신은 장악원제조와 음률에 해박한 악사들과 진지한 의논을 거쳐 아박 정재 〈동동〉의 가사 같은 남녀 음사에 가까운 말은 〈신도가(新都歌)〉로 대신하였으니, 이는 대개 음절(音節)이 그와 같기 때문입니다. 신도가는 아조(我朝)가 한양으로 천도(遷都)할 때 정도전(鄭道傳)이 지은 것인데, 이 곡(曲)은 문사(文詞)를 쓰지 않고 방언(方言)을 많이 써서 지금 쉽게 이해할 수 없으나 토풍(土風)을 보존해야 할 것이요, 또 절주(節奏)로 말하면 옛날에는 느린 것을 숭상하였으나 지금은 촉박함을 숭상하니 고칠 수가 없습니다. 무고정재 〈정읍〉의 가사는 〈오관산(五冠山)〉으로 대용하였으니, 이것 역시 음률(音律)이 서로 맞기 때문입니다."고 하였다.(大提學 南袞曰 前者 命臣改製樂章中 語涉淫詞釋敎者 臣與掌樂院提調及解音律樂師 反覆商確 如牙拍呈才動動詞 語涉男女間淫詞 代以新都歌 盖以音節同也 新都歌乃我朝移都漢陽時鄭道傳所製也 此曲非用文詞多用方言 今未易曉 土風亦當存之 且節奏古則徐緩 今則急從不可改也 舞鼓呈才井邑詞 代用五冠山 亦以音律相叶也.『中宗實錄』卷32 13年 4月 1日)

〈11〉지금의 가악이라는 것은 흔히 음란한 풍속에서 나왔으니, 〈쌍화점〉〈청가〉의 종류들은 모두 사람을 악하게 되도록 유도합니다. 이것들이 어떠한 말들입니까? 풍속을 미미하게 하여 날로 저급한 데로 나아가게 하니, 그 음란하여 도리를 무너뜨림은 차마 듣지 못할 것이 있기까지 합니다.(今之爲歌者 多出於桑濮 如雙花店淸歌之屬 皆誘人爲惡 此何等語也 使風俗靡靡 日氣於下 其滛褻敗理 至有佛忍聞者.『大東野乘』卷23 海東雜錄 6 周世鵬答黃俊良書)

기록으로 볼 때, 고려속요에 대한 최초의 부정적인 평가는 세종 대에 있었다. 〈후전진작(後殿眞勺)〉에 대해 세종은 곡조만 남기고 가사를 제거하도록 하였고, 이에 맹사성, 변계량 등은 가사뿐만 아니라 곡조까지 없애려고 하였다.[15] 하지만 진작조(眞勺調)가 이후 지속된 것으로 보면 악조의 퇴출은 없었던 것으로 보인다. 그리고 〈후전진작〉을 제외하고는 음사 논란에 말려든 고려속요는 없었으며 전장에서 보듯 많은 수의 고려속요가 궁중 연향악곡으로 채택되었다.

이후 고려속요에 대한 본격적인 비판은 성종·중종 대 본격적으로 제기되었다. 〈9〉는 성종 때 〈쌍화점〉과 〈이상곡〉에 대해서, 〈10〉은 중종 때 〈정읍〉과 〈동동〉에 대해서 각각 산개(刪改)의 대상으로 지목되었음을 보여주고 있다. 기록에서 보듯 이들 노래가 교체의 대상이 된 까닭은 이들을 음사(淫詞)로 보고 있기 때문이다. 음사는 주세붕(周世鵬, 1495~1554)에(〈11〉) 따르면 도리를 무너뜨리는[敗理] 위험한 것이기 때문에 산개의 우선 순위로 삼았던 것이다.

그렇다면 예법 질서를 교란할 수 있는 노래를 고려시대는 물론 조선 건국 이후 100여 년이 지난 이후에야 문제를 제기했던 이유는 무엇인가.

---

15)『世宗實錄』卷3 1年 1月.

김홍규는 『시경』 수입은 이미 삼국시대부터 시작되었으나, 성리학적 입장의 주자(朱子) 시경론(詩經論)[『詩傳大全』]은 14세기 이후부터였다고 말하면서, 주자 시경론의 핵심은 종래의 사회 비판적으로 해석되는 자시(刺詩)를 음인(淫人) 자작(自作)의 음시(淫詩)로 규정하는 교화론적 해석 체계를 세운 점이라 하였다.(김홍규 : 8~50면). 그리고 주자의 경학이 절대시되던 시기가 16세기 후반이라는 견해를 받아들일 때,(김홍규 : 36~37면) 16세기 초·중반 성종과 중종 시대는 주자학을 바탕으로 하는 예악관의 형성 과정기라 할 수 있으며, 이런 상황 속에서 음사(淫詞) 논란(論難)이 야기된 것으로 볼 수 있다.……건국 후 1세기가 지나면서 이룩한 조선의 문화 문물에 관한 자부심과 이에 따른 전대 문화유산에 대한 청산 문제 그리고 성리학적 이념 무장을 위한 예악론의 확립 의지 등이 복합 작용한 것으로 볼 수 있다.[16)

이처럼 고려속요에 대한 음사 비평은 주자 시경론을 통해 형성된 시의 교화론적 체계 수립, 주자 경학의 심화 그리고 전대 문화의 청산 의지 등이 함께 작용했던 것이다.

이와 같은 비평 태도는 일부 연구자들 사이에서 지나침과 편견의 산물로 인식되어 온 것은 사실이다. 그러나 16세기 평자들의 시각에서 보면 일부 고려속요가 '음사'적 측면이 있기 때문에 '음사'로 지목한 것이라 하겠다. 그리고 그 당시까지 긍정적 혹은 무비판적 노래들에 대해 의문을 제기한 점은 새로운 비평 시각에서 기인한 것이라 할 수 있다. 이는 일부 고려속요에 대한 재평가가 이루어졌다는 측면 외에도 고려속요 비평사 및 전승사적 측면에서 매우 중요한 사건이라 할 수 있다.

---

16) 김명준, 같은 글, 258면.

이 자리에서 16세기 평자들이 택한 비평의 관점을 옹호하려는 것은 아니다. 다시 말해 필자가 고려속요를 중세 비평자들과 같은 입장에서 바라본다든가, 연구사에서 말해온 암울한 고려후기 황음한 군주들의 쾌락 지향적 노래로 이해하지는 않는다. 다만 16세기 평자들의 비평 태도에 일정 정도 의의를 부여할 수 있다는 것이다. 고려속요는 오랜 시간이 흐르면서 가치 판단을 넘어선 권위의 노래가 되었고 자연히 이 노래들에 대한 비판 의식의 결여와 가치 판단의 상실 속에서, 16세기 평자들에 이르러『시경』의 새로운 해석과 같은 무게로 비평 행위를 전개한 점 그 자체로도 의의가 있다고 말할 수 있다.

따라서 고려속요에 대한 16세기 평자들과 그들이 지적한 음사성은 (비록 고려속요 연구사에서 음사 평자의 비평을 의지한 쪽이나 반대편 모두 이들과 이들의 평어를 주자학적 명분론 혹은 고루한 보수주의적 산물로 평가하고 있으나 관점을 달리 하면) 새롭고 진보적인 시각에서 도출된 산물이라 할 수 있다. 결과적으로 이를 통해 무비판적으로 용인된 고려속요에 대한 인식 전환의 계기가 되었으며 동시에 다른 해석의 가능성을 마련했던 것이다.

3. 음사의 의미와 한계

이 장에서는 16세기 평자들이 지적한 음사성의 의미와 한계에 대해 살펴보기로 하겠다. 그들이 음란한 노래로 지목한 것들은 〈정읍〉〈동동〉〈이상곡〉 등이다.[17] 하지만 문제는 그들이 이 노래들을 음사로

---

17) 〈쌍화점〉 역시 음사로 지목된 노래이나, 본서에서는 다루지 않았다. 이유는 이미

규정했을 뿐, 어떤 부분-시어, 화자의 태도 등-이 음란한 것인지에
대해서는 구체적인 언급이 없다는 점이다.[18] 그렇다면 그들이 말하
는 음사성과 그 기준은 무엇일까. 이를 작품 간 공유된 측면들을 통해
살펴보도록 하겠다. 그리고 그것이 16세기 평자들 사이에서 합리적
비평 행위일지라도 현재 관점에서 재조명하는 것도 앞으로의 연구를
위해 의미 있는 일이라 하겠다.

1) 음사 작품들

(1) 〈정읍〉

전강(前腔)	둘하 노피곰 도드샤
	어긔야 머리곰 비취오시라
	어긔야 어강됴리
소엽(小葉)	아으 다롱디리
후강(後腔)	全 져재 녀러신고요
	어긔야 즌 디룰 드디욜셰라
	어긔야 어강됴리
과편(過編)	어느이다 노코시라
금선조(金善調)	어긔야 내 가논 디 졈그룰셰라
	어긔야 어강됴리
소엽(小葉)	아으 다롱디리

〈봉좌문고본(蓬左文庫本) 『악학궤범(樂學軌範)』, 권5
시용향악정재도의(時用鄕樂呈才圖儀), 무고(舞鼓)〉

연구사에서 음란성을 밝힌 논의가 적지 않았기 때문이다.
18) 이런 까닭에 이후 음사성의 관점에서 이 노래들을 다루었던 연구 성과들조차 의견
   의 일치를 보지 못하고 있는 실정이다. 물론 이와 같은 연구가 다양한 작품 해석을
   이루었다는 측면에서 그 의의를 인정한다.

대개 이 노래는 『고려사』 악지 서술에 의지하여 '기다림의 시정(詩情)'으로 이해되어 왔다. 하지만 16세기 평자들이 〈동동〉과 함께 음사로 평가한 것은 사서(史書)에 기대지 않고 노래의 원천과 텍스트에 주목했기 때문이라 여겨진다.

노래의 텍스트만 놓고 볼 때, 다양한 해석은 가능하다. 달이 비추는 대상, 진 데를 디디는 주체, 내 가는 곳의 어둠 등등에서 특히 그러하다. 달이 높이 떠서 모든 곳을 비추었으면 하는 마음은 상대방을 위한 배려이기도 하지만 화자 자신에 대한 다짐이기도 하다. 달은 모든 것들에게 그 빛을 고루 나눠준다. 따라서 어둠의 세계에서 빛이란 각성이자 지표가 된다. 노래의 시작부터 달빛을 염원했다는 것은 상대방에 대한 염려에 앞서 화자의 절실함이 먼저였을 것이다. 다음 화자의 관심은 온[숯] 시장을 다니는 님에게 향한다. 이들이 꼭 부부일 필요는 없다. 화자는 장돌뱅이에게 정을 둔 처자일 수도 있는 것이다. 장돌뱅이에게 화자는 스치는 인연일 수도, 감당 못할 대상일 수도 있다. 그러기에 이들의 만남은 멀기만 하고, 화자는 이런 이유를 님이 모든(많은, 숯) 시장을 다니기 때문이라 자위할 수밖에 없는 것이다. 화자는 기약 없는 님을 기다리며, 긍정적 미래보다 부정적 결과를(진 곳) 생각한다. 이별은 어느 한 쪽 때문이기도 하지만 쌍방이 자초하기도 한다. 따라서 진 데를 디딜 수 있는 이는 님뿐만 아니라 화자 자신일 수도 있다. 따라서 "어느 것이나 다 놓아버리십시오 혹은 놓고 있으라."(임기중 : 1993, 박병채 : 1994)의[19] 언술은 님에 대한 믿음에서 발로한 것이 아니라 화자 자신이 선택할, 예상 못한 결과에 대한 보험인 셈이다. 다시

---

19) 어석에 대한 출처는 김명준, 『개정판 고려속요집성』(다운샘, 2007) 참조.

말해 님이 화자 이외에 다른 곳에 마음을 주어도 좋으나, 이에 따라 화자의 마음도 함께 변할 수 있음을 언명한 것이라 할 수 있다. 이런 틀에서 우리는 "내 가논 디 졈그롤셰라."를 다시 이해할 수 있다. "내"를 "내 남편" 혹은 "내 님"이 아니라 텍스트 그대로 "나(내)"(박병채 : 1994, 최철 : 1996, 김완진 : 1998)로 읽는다면, "내가 가야할 곳(선택)이 어두워질 수도 있다.(불투명하다, 알 수 없다.)"가 될 것이다.

따라서 〈정읍〉은 님의 부재와 그로 인한 갈등이 상존하는 암흑의 마당에 서 있는 여성상을 그리고 있다고 할 수 있다.

(2) 〈동동〉
正月ㅅ 나릿 므른
아으 어져 녹져 ᄒ논디
누릿 가온디 나곤
몸하 ᄒ올로 녈셔
아으 動動다리

四月 아니 니저
아으 오실셔 곳고리새여
므슴다 錄事니믄
녯나롤 닛고신뎌
아으 動動다리

六月ㅅ 보로매
아으 별해 ᄇ론 빗 다호라
도라보실 니믈
젹곰 좃니노이다
아으 動動다리

十月애
아으 져미연 ㅂ롯 다호라
것거 ㅂ리신 後에
디니실 흔부니 업스샷다
아으 動動다리

十一月ㅅ 봉당 자리예
아으 汗衫 두퍼 누워
슬홀ㅅ라온녀
고우닐 스싀옴 녈셔
아으 動動다리

十二月ㅅ 분디남ᄀ로 갓곤
아으 나술盤잇 져다호라
니믜 알퓌 드러 얼이노니
소니 가재다 므ᄅᆞᆸ노이다
아으 動動다리

〈봉좌문고본(蓬左文庫本) 『악학궤범(樂學軌範)』, 권5
시용향악정재도의(時用鄉樂呈才圖儀), 아박(牙拍)〉

〈동동〉은 『고려사』 악지, 『지봉유설』 등에서 송도(頌禱)의 노래라 평하고 있으며, 조선시대 전반에 걸쳐 궁중 아박무(牙拍舞)의 창사로 전승되었다. 그러나 이 노래는 중종 조에 이르러 음사 지목됨에 따라 일시적으로 〈신도가(新都歌)〉로 가사가 교체되기도 하였다. 그럼 〈동동〉의 음사성은 어디에서 기인했을까.

초봄(1월)과 초여름(4월) 화자의 시선은 녹아 흐르는 얼음물과 황조 한 쌍을 향하고 있다. 봄이 되자 얼어있던 얼음이 녹음으로써 얼음과

물이 만나고, 물과 물이 만나게 되었다. 그리고 여름의 시작에서 꾀꼬리 한 쌍은 사랑의 밀도를 높이고 있다. 이렇게 자연은 때가 되면 만남과 사랑을 보장하는데, 인간사가 그렇지 못한 것이 화자에게 한스럽다. 봄이 되매 온갖 것들이 함께 하는데 화자는 고독하기만 하다. 마음은 님과 함께 있으나 몸은 홀로 있으니, 이상과 현실의 거리만큼 고독 또한 깊은 것이다. 옛날 유리왕이 황조 한 쌍을 보고 고독을 느꼈듯이 화자 역시 비애를 맛보고 있다. 다만 〈황조가(黃鳥歌)〉의 화자가 고독한 귀환에서 노래를 마쳤다면, 〈동동〉의 화자는 고독의 이유와 대상에 대한 원망으로 노래를 이어가고 있다. 화자가 그리워하는 님은 칠품관(七品官) 문하녹사(門下綠事)로 관등으로 보면 하위직에 해당하겠지만 화자가 미천한 신분이라면 상황은 다를 것이다. 문제는 그가 옛날을(혹은 옛날의 나를) 잊고 있다는 것이다. 과거는 추억을 낳고 인간은 그 추억을 먹고 산다. 추억이 아름다운 것은 지금이 만족스럽기 때문이요, 아픈 것은 현재가 고통스럽기 때문이다. 화자는 옛날을 기억하고 또 다른 옛날을 만들고 싶어 하지만, 함께 추억을 만들어야 할 님은 지금 여기에 없다. 이 때 터지는 "므슴다"('무엇 때문에' 혹은 '어찌')는 화자의 고통스런 처지에 대한 자탄이자 님에 대한 원망인 것이다. 더욱이 관료에게 유린당한 처자의 입장이라면 원망에 무게가 더 실렸는지도 모를 일이다.

6월과 10월 화자의 처지는 극단으로 향한다. 화자는 벼랑에 버려진 빗이 되고, 꺾여 버린 고로쇠 나뭇가지(박병채 : 1994)가 된다. 매일 사용된 빗도 버려지면 무용한 것이 되고, 나뭇가지도 나무와 함께 있을 때만 아름다운 법이다. 이렇게 버려지고 꺾인 상황에서 누가 화자를 찾고, 화자는 누구를 따를 것인가. 하지만 이와 같은 극단적 상황 설정은 화자의 또 다른 모색이기도 하다. 님을 향한 일방적 외침에 지치고 그 효용성이 의심될 때, 질투를 유발하거나 다른 사랑을 찾기도 한다. 그런 뜻에서 11월 "싀시옴 녈셔"(갈라서 한 사람씩 살아가는구나 – 박병채 : 1996)는 이별을 받아들이고 새사랑 찾기를 위한 자기 변명이자 님에게 보내는 최후 통첩인 것이다. 드디어 12월 화자는 지금까지의 모습을 벗고 새롭게 변모했다. 지난 10월 화자는 버려진 나뭇가지였지만 지금은 유용한 젓가락으로 거듭 태어났던 것이다. 이제 화자는 버려져 홀로 살아갈 비운의 여인이 아닌 것이다. 결국 님이 보란 듯 신품 젓가락은 새 사람이 차지하고 말았다.

요컨대 〈동동〉은 화자를 배신한 님에 대한 원망은 물론 이런 상황에 화자 자신은 님에게만 머무르지 않겠다는 의지 등을 노래한 것이라 할 수 있다.

(3) 〈이상곡〉
비오다가 개야 아 눈 하 디신나래
서린 석석사리 조본 곱도신 길헤
다롱디우셔 마득사리 마두너즈세 너우지
잠짜간 내니믈 너겨
깃돈 열명길헤 자라오리잇가
종종 벽력霹靂 싱함타무간生陷墮無間
고대셔 싀여딜 내 모미
종 벽력霹靂 아 싱함타무간生陷墮無間
고대셔 싀여딜 내 모미
내님 두숩고 년뫼롤 거로리
이러쳐 뎌러쳐
이러쳐 뎌러쳐 긔약期約이잇가

아소 님하 흔디 녀졋 긔약期約이이다
〈봉좌문고본(蓬左文庫本)『악장가사(樂章歌詞)』가사(歌詞) 상(上)〉

〈이상곡〉은 다른 고려속요 작품들에 비해 해석의 폭이 비교적 컸다고 할 수 있다. 이는 관련 기록들에 대한 의지 정도에 따른 결과라 할 수 있다. 『성종실록』에 음사로 지목된 노래가 『악학편고』(이형상 편)에 이르면 고려 시중(侍中) 채홍철(蔡洪哲)이 지은 노래로 기록됨에 따라, 주제 또한 후회와 반성, 충신연주지사 등으로 논의된 것이다. 이 노래를 이형상의 기록대로 채홍철 작이라 할지라도 16세기 평자들이 이 노래에 대해 음사성을 거론했다면 이떤 측면에서 그러했는지 살펴볼 일이다.

노래는 크게 3단으로 나눌 수 있다. 처음은 화자가 처한 상황과 님과의 재회 갈망을 이야기하고 있다. 눈비가 번갈아 오는 궂은 날씨에 오가는 길은 좁고 험하기만 하다. 이런 음습하고 궁벽진 곳에 화자가 있다. 화자는 이전에 자신과 깊은 관계가 있었던["잠짜간"을 '잠을 따간'(양주동 : 1947) 혹은 '자고 간'(김완진 : 1998)이든 간에 둘이 관계가 밀접함을 알 수 있다.] 님을 그리워하고 또 만나기를 고대한다. 하지만 무슨 연유인지 "무간지옥에 살아 빠져 죽을 몸"이라고 한탄하고 있다. 두 번째 단락은 이렇게 시작했다. 앞서 님의 부재의 원인을 궂은 날씨와 궁벽진 곳으로 자위했지만 실상은 화자 자신에게 있음을 말하고 있다. 따라서 자학적 언술이 거듭되고 뒤이어 "내님을 두숩고 년뫼롤 거로리"는 반성이자 자탄인 것이다. 실제 년뫼를 걸었는지 아닌지는 모를 일이나 그런 생각이 있었다는 것 자체가 자성의 대상이라 할 수 있다. 끝단에서 화자는 이렇게 하나 저렇게 하나, 님과 함께 하기를 바란다. 문맥상 "이러쳐 저러쳐" 했던 이가 화자일 가능성이 높다. 자학적 언술이 두 번인 것처럼 "이러쳐 저러쳐"를 반복한 것은 일상성을 강조하고 관용을 바라기 때문이리라. 이에 화자는 님에게 기약 준수를 원하면서 노래를 마치고 있다.

이상에서 볼 때, 〈이상곡〉은 흠결 있는 여성 화자가 극단적이고 자학적 언술을 통해 반성하고, 과거지사의 무용성(無用性)을 상기하면서 관용을 바라는 노래라 할 수 있다.

2) 음사의 의미와 음사 비평의 한계

이상의 노래들에서 우리가 얻을 수 있는 공통점은 여성 화자의 적극적 태도라 할 수 있다. 물론 대다수의 고려속요가 여성을 화자로 삼고 그의 감정 노출을 용인하고 있다. 하지만 위 작품들은 화자의 목소리가 지나치게 높고 태도 또한 도발적 혹은 도전적이라 할 수 있다. 굳이 주자학적 이념을 들지 않더라도 중세 우리 사회의 바람직한(?) 여성상은 순종적이며 피선택적이라 할 수 있다. 일부다처(一夫多妻)를 용인하면서 일부종사(一夫從事)[및 삼종지도(三從之道)]를 강권하는 모순된 사회 안에서 여성은 선택의 권리를 망실한 채, 간택의 대상으로만 남을 뿐이었다. 이처럼 비합리가 공존하는 시간들 속에서도 일부 노래는 비판적이며 솔직했고, 그 가운데 고려속요 몇 편이 있었던 것이다. 님이 없는 상황에서 지고지순한 기다림보다는 새 사랑을 찾고, 버림받은 현실을 극복하여 더 나은 삶을 찾으며, 다른 사랑의 가능성을 찾았던 과거를 묻고 재회를 꿈꾸는 태도 등은 솔직한 표현이자 이런 사고를 금기하는 이데올로기에 대한 비판과 저항이었다. 이 작품들이 음사로 지목된 까닭은 노래의 여성 화자가 한 남자만의 여자가 아니었기 때문이라 할 수 있다. 사랑이 시작되고 난 후 어떤 이유로든 파국에 이르게 되면 그 원인과 책임은 남성 혹은 여성, 아니면 쌍방에 있기 마련이다. 파국으로 인해 남녀 모두가 선택할 수 있는 가능성은 용서와 재회, 새로운 사랑 찾기 등이라 할 수 있다. 만약 남성이 새로운 사랑을 찾는다면 여성은 기다림 대신 새로운 사람을 찾는 것이 당연한 것이다. 따라서 여성에게 순종을 강요하는 체제 속에서 여성이 주체적으로 욕망하고 선택할 수 있는 인간임을 보여준 것은 음사의 이형태(異形態)라 할 수 있다.

이와 같이 16세기 평자들이 지목한 음사성에 주체적 여성성이 반영되었다면, 그들이 생각한 위기는 무엇이었을까. 선택하고 간택됨의 수직적 구조가 조화로운 사회 질서 구현이라는 평자의 관점에서 볼 때, 이는 피동의 대상이 능동이 되는 역전 현상이자 조화의 파괴였던 것이다. 그리고 부자(父子)·부부(夫婦)의 수직적 가족 질서가 장유(長幼)의 사회로 이어지고 결국 군신(君臣)으로 확장됨을 상기해보면 노래의 남녀는 군신으로 치환될 수 있으며, 이것은 신료가 임금을 교체할 수 있다는 의미로도 읽어 낼 수 있다. 중세 궁중은 국가 통치를 위한 최고의 가치와 이념을 창출하고 전파해야 할 1번지이자 예악 실천의 모범처(模範處)라 할 수 있다. 당연히 궁중 연회는 군신 상하 간 조화로운 질서를 다짐하는 자리이기도 한 것이다. 하지만 비중 있는 연회 종목인 정재(呈才)에서 그 창사(唱詞)가 남녀 즉, 군신 관계의 역행을 암시하는 내용을 담고 있다면, 이는 심각한 문제가 되지 않을 수 없는 것이다. 그래서 16세기 평자들은 이 노래들을 '더럽고 추한 노래'로 일축해야 했었다. 그리고 〈동동〉을 〈신도가〉로, 〈정읍〉을 〈오관산〉으로 교체하면서 음란함의 제거와 충(〈신도가〉)·효(〈오관산〉) 이념의 공고화를 도모했던 것이다. 따라서 16세기 평자들의 비평 행위가 당대까지 무비판적으로 전승된 고려속요들에 대해 새로운 시각으로 평가했다는 측면에서는 의의를 인정할 수 있으나, 그 비평 내용에서 반여성성을 들어 주자학적 통치 질서의 강화를 꾀한 점은 중세 지식인이 갖는 한계라 할 수 있다.

4. 결론

앞서의 논의를 정리하면 다음과 같다. 고려속요 비평사에서 16세기에 제기된 음사 비평은 당대는 물론 현재 고려속요 해석에 큰 영향을 끼쳤다. 당대까지 무비판적으로 전승된 고려 궁중의 노래가 특정 시기에 논란이 된 것은 비평사적 측면에서 볼 때 특기할 만한 일이며, 이러한 비평의 결과가 단승의 효과를 얻지 못했을지라도 연구사 전반에 걸쳐 적지 않은 영향을 주었다. 이에 음사 비평의 의의, 음사의 의미 그리고 그 한계를 살폈다.

16세기 음사 평자들은 이전 평자들이 고려속요를 풍교와 송축의 노래로 보는 것과 달리 새로운 관점에서 해석하고자 하였다. 조선시대 고려속요에 대한 평자들과 사실(史實) 기록자들은 고려속요가 전대 왕조부터 내려온 궁중 노래라는 사실 하나만으로 가치 판단을 상실한 채 무비판적으로 이들을 관습적으로 수용하였다. 그러나 16세기 평자들은 이미 권위를 획득한 노래들이라 할지라도 조선의 통치 이념과 예악관에 따라 재고해야 할 존속 대상으로 보았다. 결국 이러한 인식과 행위는 무비판적으로 용인 전승된 고려속요들에 대한 인식 전환의 계기와 다른 해석의 가능성을 마련한 계기가 되었다.

16세기 평자들이 음사로 지목한 노래는 〈정읍〉, 〈동동〉, 〈이상곡〉 등이었다. 이들 모두에서 얻을 수 있는 특징은 노래의 여성 화자가 한 남자만의 여자가 아니라, 그들 스스로가 욕망대로 움직이고 있다는 점이다. 〈정읍〉의 화자는 님의 부재를 운명으로 받아들이지 않고 또 다른 모색을 꿈꾸는 갈등하는 여성으로 그려지고 있으며, 〈동동〉의 화자는 배신한 님에 대한 원망은 물론 이런 상황에 화자 자신은 님에게만 머무르지 않겠다는 의지를 노래하였다. 그리고 〈이상곡〉의 화자는 과거 자신의 흠결을 인정하고 관용을 바라는 당당한 여인으로 비춰지고 있다.

이렇게 작품에 반영된 여성의 적극적 태도는 16세기 평자들에게 위기로 인식되기에 충분했다. 상하의 수직적 질서가 예법과 통치 규준이라 생각한 그들에게 여성의 주체성은 체제를 흔들 수 있는 계기가 될 수 있었다. 통치를 위한 최고의 가치와 이념을 설파해야 할 궁중에서 남녀(군신) 관계의 역행은 반국가적 행동으로 보일 수 있었기 때문이다. 따라서 16세기 평자들은 새로운 비평 행위를 전개했다는 점에서 의의를 인정받을 수 있으나, 그 내용에서는 일정 정도 한계를 가지고 있다고 할 수 있다.

앞으로의 과제는 16세기 평자들이 평한 남녀상열지사에 대한 의미를 추적하는 것이라 하겠다. 그리고 이들 작품들과 음사로 지목된 작품들과의 관계를 살펴보는 것도 고려속요 비평사와 작품론 연구사를 위한 필요한 일이라 생각한다.

제2장

〈정읍〉 전승사에서 '정읍'의 장소성에 대한 인식 변화 양상

1. 서론

본서는 〈정읍(井邑)〉의 전승과 수용에서 '정읍'의 장소성에 대한 인식의 변전 양상과 의미를 살피는 데 그 목적이 있다. 주지하다시피 〈정읍〉은 백제를 기원으로 하여 고려와 조선의 궁중에서 성악곡과 정재악의 노랫말로 사용되면서 전승되었다. 이렇듯 전승 기간이 오랜만큼 관련 기록 또한 적지 않은 편이며, 전승된 기록마다 '정읍'에 대해 다양한 관점을 드러내고 있다.

작품에서 공간적 배경으로서의 '장소'가 갖는 의미는 그 의미가 형성되는 과정, 그것이 사용되는 시적 환경 그리고 후대의 수용 태도에 따라 어느 정도 변화를 맞기도 한다. 특정 '장소'가 보편적이고 상징적인 장소로서의 의미를 얻는가 하면, 때로는 그 '장소'의 의미가 축소·소멸되기도 한다. 〈정읍〉에서 '정읍'은 전승과 수용 상황에 따라 이러한 모습을 잘 드러내고 있으며, 이런 점들은 〈정읍〉 연구사에서 쟁론이었던 주제와 성격에도 관련을 맺기도 했다. 〈정읍〉을 '기다림의 시정(詩情)'으로 보는 쪽은20) '정읍'을 '망부석(望夫石)'으로 등치한 경우이며, '음설지사(淫褻之詞)'로 보는 쪽은21) '정읍' 저편의 '즌더'에 주목한 경우라 할 수 있다. 사실 이런 견해들은 조선 전기와 후기에 걸쳐 나타난 〈정읍〉에 대한 비평 태도의 변주인 셈이기도 하다. 이처럼 '정읍'의 의미 부여의 여부가 전승사에서 작품의 주제와 성격이 달라지는 데 영향을 주었다고 할 수 있다.

이에 본서는 '정읍'의 문학적 공간성에 대한 인식 변화를 중심으로 논의를 전개하고자 한다. 논의의 결과가 어느 정도 의도한 바에 도달할 수 있다면 〈정읍〉에 대한 전승사적 이해에 일정 정도 도움이 되리라 기대해 본다.

2. '정읍'의 장소 의미

1) 형성

『고려사(高麗史)』「악지(樂志)」 속악(俗樂) 조(條)를 보면 악기 소개, 정재(呈才) 3곡과 성악(聲樂) 29곡에 대한 설명, 그 다음에 삼국의 속악이 신라, 백제, 고구려 순으로 서술되어 있다. 삼국의 속악을 「악지」 속악 조 뒤에 붙인 것은 고려시대에도 "신라, 백제, 고구려의 음악을 모두 사용하였"기22) 때문이라 할 수 있다. 이는 신라 진흥왕이 전조(前朝) 가야국의 음악을 수용한 것처럼 고려 역시 궁중의 음악 자산을

---

20) 임형택, 「〈정읍사〉 론」, 백영 정병욱 선생 10주기 추모논문집 간행위원회, 『한국고전시가작품론』 1(집문당, 1992), 199~200면.
21) 지헌영, 「「정읍사」의 연구」, 국어국문학회 편, 『고려가요연구』(백문사, 1979), 344면.
22) 『高麗史』 卷71 樂志 三國俗樂, "新羅 百濟 高勾麗之樂 高麗並用之."

확장하려는 의도와[23] 함께 분열된 국가를 음악으로 통합하려는 노력
으로 볼 수 있겠다.

> 신라 – 〈동경(東京)〉 1·2, 〈목주(木州)〉, 〈여나산(余那山)〉, 〈장한성
> (長漢城)〉, 〈이견대(利見臺)〉
> 백제 – 〈선운산(禪雲山)〉, 〈무등산(無等山)〉, 〈방등산(方等山)〉, 〈정
> 읍(井邑)〉, 〈지리산(智異山)〉
> 고구려 〈내원성(來遠城)〉, 〈연양(延陽)〉, 〈명주(溟州)〉

삼국의 음악들은 대개 특정 장소를 제명(題名)으로 하고 있다. 노랫
말이 없어 구체적인 내용을 알 수 없으나 부대 기록을 통해 그 대강을
가늠하면, 노래마다 작품 배경으로서의 장소에 의미를 부여하고 있는
것으로 보인다. 고구려의 노래들을 보면 오랑캐가 멀리서 와 투항하
면 머물게 했다는 〈내원성(來遠城)〉, 고향을 떠난 인물이 성실히 살았
던 〈연양〉 그리고 남녀 간 사랑이 시작된 곳이자 이별의 공간이었던
〈명주〉 등 각 장소마다 나름의 사연과 의미가 부여된 공간들이라 할
수 있다.

> 〈선운산〉 장사(長沙) 사람이 부역에 나갔는데 기한이 지나도 돌아오지
> 않았다. 그의 아내는 남편이 그리워 선운산에 올라가 멀리 바라보면서 그
> 리움을 노래했다.(長沙人 征役過期不至 其妻思之 登禪雲山 望而歌之.)[24]

---

23) 김명준, 『악장가사 연구』(다운샘, 2004), 259~262면.

24) 『高麗史』 卷71 樂志2 三國俗樂 百濟. 이하 〈무등산〉, 〈방등산〉, 〈정읍〉, 〈지리산〉
   의 출전은 모두 같다.

〈무등산〉 무등산은 광주(光州)의 진산(鎭山)이고 광주는 전라도의 큰
읍이다. 무등산에 성을 쌓아 백성들이 이를 믿고 안락하게 살 수 있었으
므로 그 기쁨을 노래로 불렀다.(無等山 光州之鎭 州在全羅爲巨邑 城此山
民賴以安樂而歌之.)

〈방등산〉 방등산은 나주(羅州)에 속한 현(縣)으로 장성(長城)의 접경
에 있다. 신라 말년에 도적이 크게 일어나 이 산을 근거지로 삼아 양가의
자녀들을 많이 잡아갔다. 장일현(長日縣)의 여인도 끌려갔는데 이 노래
를 지어 자기 남편이 즉시 와서 구해주지 않는 것을 풍자하였다. (方等山
在羅州屬縣長城之境 新羅末盜賊大起 據此山良家子女多被擄掠 長日縣
之女亦在其中 作此歌 以諷其夫 不卽來救也.)

〈정읍〉 정읍은 전주(全州)의 속현이다. 정읍 사람이 행상을 나가서 오
래 되어도 돌아오지 않자 그 처가 산 위의 돌에 올라가 남편을 기다리면
서, 남편이 밤길을 가다 해를 입을까 두려워함을 진흙물의 더러움에 부쳐
서 이 노래를 불렀다. 세상에 전하기는 고개에 올라가면 망부석이 있다고
한다.(井邑全州屬縣. 縣人爲行商久不至其妻登山石以望之恐其夫夜行犯
害托泥水之汚以歌之. 世傳有登岾望夫石云.)

〈지리산〉 구례현(求禮縣)에 얼굴이 아름다운 한 여인이 있었다. 그녀
는 지리산에서 살면서 집안은 가난했지만 여자의 도리를 다하며 살았다.
백제왕이 그녀가 아름답다는 소문을 듣고 첩으로 들이려고 하였으나 이
노래를 지어 죽기를 맹세하고 따르지 않았다.(求禮縣人之女 有姿色 居智
異山 家貧盡婦道 百濟王聞其美 欲內之 女作詩歌 誓死不從.)

삼국 속악에서 백제가 신라 통일 이전의 백제인지 고려 이전의 후백제
인지는 알 수 없으나 옛 백제 땅이 누적 적층된 장소임에는 틀림없으며,
백제의 음악 또한 이곳에서 생산된 것으로 보인다. 백제의 노래는 신

라·고구려와 마찬가지로 구체적인 지명과 장소를 제명으로 하고 있다. 〈선운산〉, 〈무등산〉, 〈방등산〉, 〈정읍〉, 〈지리산〉 등이 그것인데 〈정읍〉을 제외하고는 모두 산을 이름으로 삼았으며 이들 노래 역시 각 장소마다 의미를 두고 있다. 그리움과 기다림의 장소로서의 〈선운산〉, 광주 지역민들의 안락함을 보장해주는 장소로서의 〈무등산〉, 두려움과 공포의 장소인 〈방등산〉 그리고 관의 횡포가 현(縣)을 넘어 산에까지 미쳤음을 말해주는 〈지리산〉 등 공간마다 나름의 의미를 담고 있다.[25] 〈정읍〉은 〈선운산〉의 화자처럼 그리움과 기다림의 공간으로 그리고 있는 점은 비슷하나 님의 부재의 원인이 전자가 자발적 '행상(行商)', 후자가 강제적 '부역(賦役)'이라는 데 차이가 있다. 다시 말해 〈정읍〉의 기다림에서는 소박한 삶을 사는 행복한 부부상을 읽을 수 있지만, 〈선운산〉에서는 국가 권력에 의해 강제 차출이 낳은 비애와 원망이 숨어 있는 것이다. 이 노래들을 외적 상황과 화자의 태도로 정리하면 부당한 국가 권력에 대한 원망과 비판은 〈선운산〉, 〈방등산〉, 〈지리산〉에, 국가 안보에 대한 긍정과 믿음은 〈무등산〉에, 이것들과 별개로 넉넉지 않지만 일상적인 삶에 대한 소박한 바람은 〈정읍〉에서 볼 수 있는 셈이다.

그렇다면 고려가 이 노래들을 수용한 의도는 무엇이었을까. 「악지」 서문에 "음악은 순미(醇美)한 풍속과 교화를 수립하여 조종(祖宗)의 공훈과 은덕을 형상화하는 것"이므로[26] 백제의 노래들도 "수풍화(樹風化) 상공덕(象功德)"의 효용론적 입장에서 거두어진 것이라 할 수 있다. 시가의 효용성은 시경론(詩經論)에서 말하는 바와 같이 풍자와 교

---

25) 각 노래들에 대한 자세한 설명은 다음 논문을 참고하시오. 조재훈, 「백제가요의 연구」(고려대학교 문학박사학위논문, 1998), 122~213면.
26) 『高麗史』 卷70 樂志 序文. "夫樂者 所以樹風化 象功德者也."

화 사이에 놓여 있는 것으로[27] 백제의 노래들도 풍자와 교화의 울타리 안으로 모아 놓았다고 할 수 있다. 따라서 고려 궁중은 〈선운산〉, 〈방등산〉, 〈지리산〉에서 백제가 신라 혹은 고려에 병합될 수밖에 없었던 당위성과 타산지석의 교훈을, 〈무등산〉에서 안락한 삶을 원하는 백제민의 바람과 통치의 방향을 각각 읽어 내었던 것이다.

특히 〈정읍〉에 대해서는 작품의 범위를 가정 내로 국한하여 부부의 따뜻한 사랑을 그려내려고 애쓴 흔적이 보인다. '가족을 위해 험한 길도 두려워하지 않은 남편, 그 남편을 위해 염려하고 기도하는 아내 그리고 이들의 사랑을 보장하고 있는 달', 이것들을 조화롭게 한데 모은 아름다운 사랑시로 본 것이다. 중세 시가에서 남녀의 관계가 군신의 관계로 흔히 비견된 점을 상기할 때, '남편-아내'의 관계는 '군-신·민'의 관계로 비유적 확장이 가능하며, 이들의 관계가 수평과 대등이 아닌 지배와 종속일 때 안정적 질서라고 믿는 중세의 통치자에게 〈정읍〉은 권장의 노래요, 계승의 노래인 것이다. 이런 점이 고려가 〈정읍〉을 거둔 배경이자, 고려 궁중이 이 노래를 정재 악곡으로 승격시킨 이유였던 것이다.

이런 점에서 〈정읍〉이 고려에서 수용될 때 '정읍'은 이미 망부석의 이미지와 결부되어 여필종부의 여인상이 새겨진 장소로서의 의미를 부여받았다고 할 수 있다.

2) 확장과 보전

〈정읍〉을 긍정의 노래로 보고, '정읍'을 '정문(旌門)의 마을'로 읽었던 고려 궁중은 이를 예악의 모범 사례로 받아들이기에 부족함이 없

---

27) 김홍규, 『조선후기 시경론과 시의식』(고려대학교 민족문화연구소, 1982), 8~18면.

었을 것이다. 이에 이 노래는 백제의 노래만이 아니라 고려의 노래가 되기에 충분했고, 발전적 변화를 통해 성악곡의 가사가 아닌 무고(舞鼓) 정재(呈才)의 창사(唱詞)로 거듭 나게 된 것이다.

> 무대(舞隊)[검은 장삼]가 악관과 기(妓)를[악관은 붉은 옷을 입었고 기(妓)는 붉은 화장을 하였다.] 거느리고 남쪽에 선다. 악관들은 두 줄로 앉는다. 악관 두 사람이 북과 대를 받들어다가 전(殿) 복판에 놓는다. 여러 기들은 〈정읍〉의 가사를 부르는데, 향악으로 그 곡을 연주한다. 기 두 사람이 먼저 나가 좌우로 갈라 북의 남쪽에 서서 북쪽을 향해 큰절을 하고, 끝나면 꿇어앉아 염수하고 일어나 춤춘다. 음악의 한 단락이 끝나는 것을 기다려 두 기가 북채를 잡고 춤추기 시작하여 북을 가운데 두고 좌우로 갈라져 한 번 앞으로 나갔다 한 번 뒤로 물러났다 하고, 그것이 끝나면 북의 주위를 돌고, 혹은 마주보고 혹은 등지고 하여 빙글빙글 돌며 춤춘다. 채로 북을 쳐 음악의 절차를 따라 장고와 맞춰나가는데, 음악이 끝나면 멎는다. 음악이 다 끝나면 두 기가 앞서와 같이 부복했다가 일어나서 물러간다.[28)]

고려 궁중의 무고 정재에 대한 설명이다. 일종의 무보(舞譜)이기도 한 위 기록에서 〈정읍〉은 무고 정재의 진행에 중요한 역할을 하고 있음을 볼 수 있다. 무대에 악관과 기생들이 배치되고 나면, 맡은 역할에 따라 정재를 설행(設行)하게 되는데 악관은 음악을 연주하고 기생들은 노래와 춤을 보인다. 음악이 중간에 한 단락 멈추었다는 것은 후

---

28) 『高麗史』 卷71 樂志2 俗樂 舞鼓, "舞隊[皂衫]率樂官及妓[樂官朱衣妓丹粧]立於南 樂官重行而坐 樂官二人奉鼓及臺置於殿中 諸妓歌井邑詞鄕樂奏其曲 妓二人先出分 左右 立於鼓之南向北拜訖 跪歛手起舞 俟樂一成兩妓執鼓槌起舞 分左右俠鼓一進一 退訖 繞鼓或面或背周旋而舞 以槌擊鼓從樂節次與杖鼓相應 樂終而止 樂徹兩妓如前 俛伏興退."

강(後腔)을 중심으로 노래의 휴지가 있었다고 볼 수 있다. 그리고 정재 또한 중반 이후부터는 전반부에 비해 더욱 화려했을 것으로 보인다. 노래를 보더라도 전반부가 '전강(前腔)-소엽(小葉)'으로만 진행되고 텍스트도 4줄인 데 비해, 후반부는 '후강(後腔)과 소엽(小葉)' 사이에 변주 형식의 '과편(過編)'과 외래 비파 악곡인 '금선조(金善調)'를 더하고 텍스트도 7줄까지로 전반부에 거의 두 배를 차지한 것에서 이를 미루어 짐작할 수 있다. 이처럼 고려의 〈정읍〉은 무고 정재로 거듭나면서 음악적 측면에서 세련되고 전문화되었다고 할 수 있다. 어찌 보면 소박한 노랫말에 비해 장식이 지나친 것은 아닌가 하는 생각이 들 정도이다. 아무튼 이제 〈정읍〉은 예전 '정읍'에서처럼 외로운 여인에 의해 불린 애절한 노래가 아니라, 화려한 개경의 궁중에서 여러 기생들에 의해 설행된 화려한 가무악이 된 것이다.

이렇듯 〈정읍〉에서 '정읍'은 개경과 궁중까지 확장되고, '정읍'의 이미지는 수범의 예가 되어 공간적 전파와 함께 전승 대상으로서 손색이 없었던 것이다. 결국 〈정읍〉은 조선과 한양으로도 계승되고 전파되었다.

> 국왕연사신악(國王宴使臣樂). 왕과 사신이 좌정(坐定)하면 다(茶)를 올린다.……일곱째 잔을 올리면 무고정재(舞鼓呈才)를 한다.[29]

> 무애 동동 정읍 진작 이상곡 봉황음 만전춘 등의 곡조로써 평시에 쓰는 속악(俗樂)을 삼았는데, 악보 1권이 있다.[30]

---

29) 『太宗實錄』卷3 2年 6月 5日, "國王宴使臣樂 王與使臣坐定 進茶……進七盞 舞鼓呈才."

30) 『世宗實錄』卷116 29年 6月 4日, "無㝵 動動 井邑 眞勺 履霜曲 鳳凰吟 滿殿春等曲 爲時用俗樂 有譜一卷."

"처용 정재(處容呈才) 3성, 동동 정재(動動呈才) 1성, 무애 정재 2성,
무고 정재(舞鼓呈才) 3성……무릇 75성은 이습(肄習)하게 하옵소서." 하
였다.31)

위는 태종과 세종 때 〈정읍〉의 소용(所用) 양상과 위치를 알려주는
기록들이다. 첫 번째 사실(史實)은 〈정읍〉이 사신연(使臣宴)에서 무고
정재의 창사로 사용된 것을, 두 번째는 전조의 음악들이 금조(今朝)에서
여전히 사용되고 있고 그 가운데 〈정읍〉이 포함되고 있음을, 세 번째는
〈정읍〉을 포함한 노래와 정재를 독려하고 있음을 각각 보여주고 있다.

이 가운데 첫 번째 기록은 자못 흥미롭다. 중세 동아시아 질서 속에
서 외교는 특별한 의미를 지닌다. 특히 명과의 관계는 당대 조선의 상
황에서 중요하게 고려해야 할 요소였다. 이에 조선은 명의 외교 사절
을 사신이라 높여 빈례(賓禮)의 사신연으로 하였고, 그 외의 국가들에
대해서는 객연(客宴)으로 하여 그 차이를 두었다. 여섯 번의 사신연
가운데 국왕이 잔치의 주체가 되는 '국왕연사신례(國王宴使臣禮)'는 가
장 성대하고 화려했다. 이 잔치에서 〈정읍〉을 연행의 종목으로 사용
한 점은 이 노래에 대한 궁중의 생각을 읽을 수 있다. 그리고 명 사신
이 이 노랫말을 정확히 이해했는지에 대해서는 의문이지만 무고 정재
를 올릴 때, 조선의 궁중은 '정읍'이 상징하는 의미를 명 사신을 통해
중국에까지 전파하려는 의도가 있지 않았을까 한다. '정읍' 안에 '남
편-아내'가 수직적으로 놓여 있는 것처럼 동아시아 질서 속에서 '명-
조선'이 자리 잡고 있음을 전략적으로 암시한 것은 아니었는지. 이처

---

31) 『世宗實錄』 卷126 31年 10月 3日, "處容呈才三聲 動動呈才一聲 無㝵呈才二聲 舞鼓
呈才三聲……凡七十五聲 常令肄習."

럼 〈정읍〉에서 '정읍'은 대내외적 가치를 보듬은 채 거침없는 전승을 계속하여 궁극적으로 법전과 음악 전범에 등재되기에 이르렀다.

악공. 향악은……북전 만전춘 취풍형 정읍 이기 정과정삼기로 시험을 보인다.[32]

악사가 악공 16인을 거느리고 북과 대를 받들고서 동쪽 난간으로 들어와서 전 중에 놓고 나간다. 악사가 북채 16개를 안고 동영으로부터 들어와 그것들을 북 남쪽에 놓고 나간다. 여러 기생들은 정읍의 가사를……부르고, 음악이 정읍 만기를 연주하면, 여기 8인이 광렴으로 좌우로 나뉘어 나아가 북의 남쪽에 선다. ……정읍 중기를 연주하고 음악 소리가 점점 빨라지면, 장고의 쌍성을 걸러 북편 소리에만 따라 무고를 친다. ……음악이 멈추면 악공 16인이 북을 거두어 나간다. 악사가 들어와 채를 거두어 나간다.[33]

〈정읍〉은 성종 대에 오면 국가시험의 과목으로 지정된다. 주지하다시피 『경국대전』은 조선의 기본 법전으로 조선시대의 제반 통치의 근거로 작용하였으며, 이후 법전이 보완 편찬되었을지라도 여기에 추가는 있을지언정 어떠한 수정과 교체가 없던 불가침의 전적이었다. 이처럼 『경국대전』에 〈정읍〉이 등재되었다는 것은 조선이 지속되는 한 수정과 교체의 대상이 아니라는 것을 의미하며, 노래의 권위를 인정받았다는 방증이기도 하다.

---

32) 『經國大典』卷3 禮典 取才, "樂工 試鄕樂……北殿 滿殿春 醉豊亨 井邑二機 鄭瓜亭 三機."

33) 『樂學軌範』(蓬左文庫本) 卷5 時用鄕樂呈才圖儀 舞鼓, "樂師 帥樂工十六人 奉鼓臺具 由東楹入 置於展中而出 樂師抱鼓槌十六個 由東楹入 置鼓南而出 請妓唱井邑詞…… 樂奏井邑慢機 妓八人 以廣斂分左右而進 立於鼓南……奏井邑中機 樂聲漸促 則越杖鼓 雙聲隨鼓聲而擊之……樂止 樂工十六撤鼓而出 樂師入 撤退而出."

법전의 규정은 의례서와 악서 편찬에도 영향을 미치는 바, 관찬 음악 전범인 『악학궤범』에 〈정읍〉은 시용향악정재로서 당당히 수록되었다. 무고 정재와 〈정읍〉은 고려시대 정재 무보에 비해 성종 대에 구체적인 설명과 텍스트를 수반한 완성도 높은 무보를 갖게 된 것이다. 그간 사서 의 편찬 제약이었던 '사리부재(詞俚不載)'를 악서인 『악학궤범』에서는 이 를 극복하고 당당히 국문 텍스트로 기록하게 됨으로써 구비 전승의 영역 안에 있었던 〈정읍〉을 기록 문학으로서 자리로 넓혀 놓았던 것이다.

이와 같이 〈정읍〉은 고려 궁중악으로 편입된 이후 16세기까지 궁중 가무악으로서 예술적 세련과 성취를 얻으면서 발전적으로 계승되었 다. 게다가 작품의 공간이었던 '정읍'은 개경, 한양, 명까지 그 장소적 의미를 전파·덧칠하면서 '정읍'은 고유 장소로서가 아니라 중세 치자 (治者)가 생각하는 바람직한 상징 장소로 변모했다고 할 수 있다. 따 라서 〈정읍〉이 악곡 취재 곡목으로 『경국대전』에 지정·수록된 것과 국문 가사와 함께 『악학궤범』에 한 자리를 차지하게 된 것은 당연한 결과라 할 수 있다.

3) 상실과 교체

궁중 연향사(宴享史)에서 〈정읍〉과 '정읍'은 중종 대에 위기를 맞이한 다. 성종 대에 〈쌍화점(雙花店)〉과 〈이상곡(履霜曲)〉이 음사(淫詞)라는 이유로 비판을 받은 것처럼, 중종 대에 〈정읍〉은 〈동동〉과 함께 산개(刪 改)의 대상으로 지목되었다.

> 대제학 남곤이 아뢰기를, "전일 신에게 악장 속의 음사(淫詞)나 석교
> (釋敎)에 관계 있는 말을 고치라고 명하시기에 신은 장악원 제조와 음률

에 해박한 악사들과 진지한 의논을 거쳐 아박 정재 〈동동〉의 가사 같은
남녀 음사에 가까운 말은 〈신도가(新都歌)〉로 대신하였으니, 이는 대개
음절(音節)이 그와 같기 때문입니다. 〈신도가〉는 아조(我朝)가 한양으로
천도할 때 정도전(鄭道傳)이 지은 것인데, 이 곡은 문사(文詞)를 쓰지 않
고 방언(方言)을 많이 써서 지금 쉽게 이해할 수 없으나 토풍(土風)을 보
존해야 할 것이요, 또 절주(節奏)로 말하면 옛날에는 느린 것을 숭상하였
으나 지금은 촉박함을 숭상하니 고칠 수가 없습니다. 무고 정재 〈정읍〉의
가사는 〈오관산(五冠山)〉으로 대용하였으니, 이것 역시 음률(音律)이 서
로 맞기 때문입니다." 라 하였다.[34]

남곤(南袞, 1471~1527)이 말한 핵심은 정재 창사인 〈동동〉과 〈정읍〉은
음사의 요소가 있으므로 궁중 연향에서 사용할 수 없으니, 이와 음절과
음률이 비슷한 〈신도가〉와 〈오관산〉으로 대체하자는 것이다. 하지만
아박 정재와 무고 정재 전체를 버리는 것이 아니라 춤과 음악은 그대로
두고 단순히 창사만 교체하는 소폭 수선 쪽으로 방향을 잡고 있다. 정재
는 고려나 조선의 궁중 연향에서 중요하게 소용(所用)되었던 여악(女樂)
으로[35] 처음에 틀을 만들고 이를 연습하는 데 많은 비용과 공력이 들기
때문에, 한 번 만들어지면 쉽게 바뀔 수 없었다. 이 때문에 남곤은 정재
전체를 바꾸기보다는 가사 교체의 대안을 내놓은 것으로 보인다.

성종·중종 대 〈정읍〉을 비롯한 전조의 노래들에 대해 문제를 제기한
이유는 여러 가지가 있겠지만 조선이 건국한 지 100년이 지나면서 조선

---

34)『中宗實錄』卷32 13年 4月 1日, "大提學 南袞曰 前者 命臣改製樂章中 語涉淫詞釋教
者 臣與掌樂院提調及解音律樂師 反覆商確 如牙拍呈才動動詞 語涉男女間淫詞 代以
新都歌盖以音節同也 新都歌乃我朝移都漢陽時鄭道傳所製也 此曲非用文詞多用方言
今未易曉 土風亦當存之 且節奏古則徐緩 今則急從不可改也 舞鼓呈才井邑詞 代用五
冠山 亦以音律相叶也."
35) 김종수,『조선시대 궁중연향과 여악연구』(민속원, 2001), 143~144면.

문화에 대한 자부심과 함께 전대 유산 가운데 청산할 대상을 모색하고 강화된 주자학적 이념을 적용하려는 의지 등이 복합적으로 작용한 것으로 보인다.36) 그리고 노랫말에 대한 새로운 비평 시각도 중요하게 반영된 것으로 읽을 수 있다. 다시 말해 수용된 노래에 대해 무비판적으로 수용한 것에 대해 반성하고 주자 시경론의 시각에서 이들 노래를 재평가하는 과정에서 발견한 문제점이 바로 '음사성'이었던 것이다.37)

선상(前腔)	둘하 노피곰 도드샤
	어긔야 머리곰 비취오시라
	어긔야 어강됴리
소엽(小葉)	아으 다롱디리
후강(後腔)	全 져재 녀러신고요
	어긔야 즌 디롤 드디욜셰라
	어긔야 어강됴리
과편(過編)	어느이다 노코시라
금선조(金善調)	어긔야 내 가논 디 졈그롤셰라
	어긔야 어강됴리
소엽(小葉)	아으 다롱디리.38)

남곤의 관점에서 〈정읍〉을 (『고려사』 편찬자, 태종·세종 대의 궁중 음악 담당자, 『경국대전』과 『악학궤범』 찬술자 등의 생각을 근본적으로 배제하여) 읽어 보면 '도리를 무너뜨릴[瀆藝敗理]'만한 내용을39) 발견할 수

36) 김명준, 같은 글, 258면.
37) 김명준, 「고려속요에서 음사 비평의 의의와 한계」, 『아시아아메리카연구』 제8집 2호(단국대학교 아시아아메리카문제연구소, 2008), 15면.(→ 본서 재수록)
38) 『樂學軌範』(蓬左文庫本) 卷5 時用鄕樂呈才圖儀 舞鼓.
39) 지금의 가악이라는 것은 흔히 음란한 풍속에서 나왔으니, 〈쌍화점〉, 〈청가〉의 종류

도 있다.[40] 해석의 주요 지점은 "내 가논 디 졈그롤셰라"로 여기서 "내"
를 "내 남편" 혹은 "내 님"이 아니라 문면 그대로 "나(내)"(박병채 : 1994,
최철 : 1996, 김완진 : 1998)로 본다면[41] 이 부분은 여성 화자인 "내가 가
야할 곳(선택)이 어두워질 수도 있다.(불투명하다, 알 수 없다.)"로 읽힐
수 있다. 같은 시각에서 보면 이와 같은 여성 화자의 결심의 이유이자
배경은, 님은 온[全] 저자를 다니고 있으므로 자신을 다시 찾지 않을
가능성과 님은 어느 곳—즌디—이든 놓을 가능성 등에서 찾을 수 있다.
다시 말해 여성 화자의 선택이 반드시 님만 향할 수 없는 이유가 노래
의 해석만으로 가능하다는 것이다. 이는 여필종부(女必從夫)하는 바람
직한(?) 여성상과는 괴리가 있는 것으로 부부의 수직적 구조를 파괴하
는 위험한 생각이다. 특히 궁중 연향에서 부르는 가사·창사의 대부분
이 군신 간의 관계를 상정한 남성에 대한 여성의 사랑 노래임을 상기할
때, 이런 관계를 역행할 수 있는 노래는 국가 질서를 어지럽힐 수 있다
[淫亂]고 볼 수 있는 것이다.[42] 이에 이러한 위험을 차단하기 위해 〈정
읍〉을 누구도 쉽게 부인하기 어려운 가족적 질서 즉, 부모자식 간의
효를 노래한 〈오관산(五冠山)〉으로 교체하고자 한 것이다.

들은 모두 사람을 악하게 되도록 유도합니다. 이것들이 어떠한 말들입니까? 풍속을
미미하게 하여 날로 저급한 데로 나아가게 하니, 그 음란하여 도리를 무너뜨림은 차
마 듣지 못할 것이 있기까지 합니다. (今之爲歌者 多出於桑濮 如雙花店淸歌之屬 皆
誘人爲惡 此何等語也 使風俗靡靡 日氣於下 其滔褻敗理 至有佛忍聞者. 『大東野乘』
卷23 海東雜錄 6 周世鵬答黃俊良書)

40) 김명준, 같은 글, 17~18면 ; 23~24면.

41) 어석에 대한 출처는 김명준, 『개정판 고려속요집성』(다운샘, 2008) 참조.

42) 이런 점 때문인지 주세붕(周世鵬, 1495~1554)은 〈오륜가(五倫歌)〉에서 부부 간의
관계를 극단적으로 묘사한 것은 아닌지 모를 일이다. "지아비 밭 갈나 간 디 밥 고리
이고 가 / 반상을 들오디 눈섭의 마초이다 / 친코도 고마오시니 손이시나 드르실가."

나무를 새겨서 작은 당계 만들어,
줄에 달아서 벽 위에서 살게 했네.
이 새가 꼬끼오하고 시절을 알리거든,
어머니 얼굴 비로소 기우는 해처럼 되시길.
木頭雕作小唐鷄 筋子拈來壁上棲 此鳥膠膠報時節 慈顔始似日平西.[43]

요컨대 〈정읍〉과 '정읍'은 중종 대에 이르러 전승의 가치였던 정절과
충절의 장소성이 주자학적 이념에 충실한 새로운 평자들에 의해 파괴됨
에 따라 장소성은 소멸되고 다른 장소로 교체되는 운명을 맞이했던 것이
다. 이에 개성 인근의 '오관산'이 '정읍'의 교체 선수가 되었던 것이다.

4) 재생과 박제

중종 조 〈정읍〉을 궁중 연향에서 영구히 퇴출하려는 시도는 실패로
돌아갔던 것으로 보인다. 물론 중종 대 이후 궁중 연향에서 사용된 흔적
을 찾을 수 없기 때문에 〈정읍〉의 제거와 〈오관산〉으로의 대체가 어느
정도 실효를 거두었는지는 모르지만 숙종 대에 이르면 다시 〈정읍〉은
궁중 연향에서 부활하기에 이른다. 숙종 45년(1719) 9월 21일 기로연(耆
老宴),[44] 정조 19년(1795) 혜경궁을 위한 진연(進宴)[45] 그리고 고종 30
년(1893)까지 각종 궁중 연향에서[46] 〈정읍〉은 여러 차례 공연되었음을

---

43) 『益齋亂藁』 卷4.
44) 임금이 경현당(景賢堂)에 나아가 여러 기로신(耆老臣)들에게 잔치를 내려 주었
  다……제2작 때에는 음악을 정읍 만기(井邑慢機)를 연주하였다. (上出於景賢堂 錫耆
  老諸臣宴……第二爵樂奏井邑慢機. 『肅宗實錄』 卷63 45年 4月 18日)
45) 봉수당(奉壽堂)에 나아가 혜경궁을 위해 연회를 베풀었다……처용무를 추자 악대가
  정읍악과 여민락을 향악과 당악으로 번갈아 연주하였다. (御奉壽堂 進饌于惠慶宮……
  處容舞進 樂作鄕唐交奏 井邑樂與民樂. 『正祖實錄』 卷42 19年 閏2月 13日)

확인할 수 있기 때문이다. 이는 〈정읍〉에 대한 해석이 '음사'로만 볼 수 없는 측면이 존재했거나 〈오관산〉이 〈정읍〉을 충분히 대신할 만한 자격에 이르지 못했을 가능성 등을 생각해 볼 수 있다. 아무튼 〈정읍〉은 비교적 긴 시간 동안 잠재했을지라도 궁중에서는 재용(再用)의 가치를 가진 노래로 인식되었던 점은 분명하다.

> 정읍은 전주의 속현이다……진흙탕 물의 더러움에 의탁하여 노래를 지으니, 세상에 전하기를, 산에 오르면 망부석의 발자취가 아직도 있다고 한다.(井邑全州屬縣……託泥水之汙以歌之 世傳爲登岾望夫石云)47)

> 가을 샘 목메어 우는데,
> 산하 어디나 같은 달,
> 그 달 아래 처량한 바람 쓰린 비 이별한 지 얼마인가,
> 관심 없이도 낙엽으로 시절을 알겠고,
> 막막한 진흙길 인적조차 끊겼네,
> 인적조차 끊긴 길에 혼은 푸른 바다,
> 조개 진주의 궁궐을 떠도네.
> (秋泉咽 山河兩地同明月 同明月 凄風苦雨幾年離別
> 等閑黃葉知時節 泥塗漠漠行人絶 行人絶 魂飛滄海貝宮珠闕.)

한편 궁중을 떠난 〈정읍〉의 '정읍'은 새로운 의미를 얻게 된다. 이익 (李瀷, 1681~1763)은 〈정읍〉에 대한 『고려사』의 기록을 받아 이를 악부시(樂府詩)로 만들었다. 그가 『고려사』를 그대로 수용했다는 것은 〈정

---

46) 『園幸乙卯整理儀軌』(1795), 『純祖 己丑年 進饌儀軌』(1829), 『高宗 戊辰年 進饌儀軌』(1868), 『高宗 癸酉年 進爵儀軌』(1873), 『高宗 丁丑年 進饌儀軌』(1877), 『高宗 丁亥年 進饌儀軌』(1887), 『高宗 壬辰年 進饌儀軌』(1892), 『呈才舞圖笏記』(1893).

47) 『星湖先生全集』 卷7 海東樂府.

읍〉을 긍정적 시선으로 바라봤던 사서(史書) 집필진에 동의했음을 의미한다. 하지만 이익이 〈정읍〉을 악부시로 옮기면서 작품을 '기다림의 시정(詩情)'을 보듬으면서 '그리움과 한의 애상(哀傷)'에 더 집중한 것 같다. 『고려사』의 편찬자가 〈정읍〉의 '정읍'에서 남편을 기다리는 여인의 현재상에 주목하였다면, 이익은 귀환하지 못한 남편을 기다리다 돌이 된 과거의 여인상에 초점을 맞춘 것이라 할 수 있다. 악부시에 우는 샘, 처량한 바람, 떨어짐, 막막함, 떠도는 혼백 등 애상의 최대치가 그려진 것에서 이를 알 수 있다. 그러기에 이제 '정읍'은 '한이 서린 장소'로서의 또 다른 의미를 얻게 된 것이다.

> 망부석. 현의 북쪽 10리에 있다. 현의 사람이 장사하러 떠나서 오랫동안 돌아오지 않으니, 그 아내가 산 돌 위에 올라서 기다렸는데, 혹 그 남편이 밤에 다니다가 해침을 당하지 않았는가 걱정되어, 진흙탕 물의 더러움에 의탁하여 노래를 지으니, 그 곡을 〈정읍〉이라 한다. 세상에 전하기를 산에 오르면 망부석의 발자취가 아직도 있다고 한다.[48]

이는 『신증동국여지승람』의 기록으로, 『고려사』의 내용을 지리서(地理書)의 성격에 맞게 약간 바꾼 것이다. 정읍의 고적(古蹟)에 '망부석'을 들면서 이에 대한 보충 자료로 〈정읍〉을 소개하고 있다. 『고려사』가 〈정읍〉의 이해를 위해 망부석을 들었다면, 『신증동국여지승람』은 '망부석'의 이해를 돕기 위해 〈정읍〉을 든 것이다. 따라서 '정읍'은 '망부석'이 있는 고적지(古蹟地)요, 많은 세월 동안 한을 품은 기억 장소가 된 것이다. 이러한 수용 태도는 아래에서도 엿볼 수 있다.

---

48) 『新增東國輿地勝覽』 卷34 井邑 古蹟, "望夫石 在縣北十里 縣人行商久不至 其妻登山石以望之 恐其夫夜行犯害 託泥水之汚以作歌 名其曲曰井邑 世傳登岾望夫石足跡猶在."

　　우리나라 토악으로는 단군 기자의 시대에는 상고할 길이 없고 삼국 시
대의 속악으로 〈동경〉〈목주〉〈여나산〉〈장성〉〈이견대〉〈선운산〉〈무등
산〉〈정읍〉〈지리산〉〈내원성〉〈연양〉〈명주〉 등이 있는데 모두 사적이
있는 가사이다.[49)

　이 기록은 삼국 시대의 노래들을 소개하면서 명시하지는 않았지만
제명이 지명인 점으로 미루어 장소적 증거가 있음을 말하고 있다. 이
에 〈정읍〉 역시 '사적(事跡)'이 있는 많은 노래들 가운데 하나로 자리
잡고 있을 뿐이다. 이처럼 '정읍'은 조선 후기에 오면 현재적 공간이
아니라 슬픈 사연을 간직한 '고적'과 '사적'들 중 하나가 되어 버렸다.
마치 박물관에 놓인 유물처럼.
　요컨대 〈정읍〉의 '정읍'은 숙종 조를 거치면서 의미상의 분기(分岐)
를 가지는데 궁중 연향에서는 비판 이전의 관습적 의미를 가진 채 늙
은 부활을 하였고, 궁중이 아닌 자리에서는 상처를 지닌 많은 과거상
(過去像)들 중 하나로 박제화 되었다고 할 수 있다.
　결국 〈정읍〉에서 '정읍'은 '망부석'이 되기 전 시적 화자에 주목하
면 기다림의 고통에 대한 지고지순한 인내 혹은 분노의 역류로 읽을
수 있고, 망부석이 된 후 시적 화자에 주목하면 그리움에 지친 한의
초상(肖像)으로 읽을 수 있는 것이다. 따라서 〈정읍〉의 주제 논란도
'기다림과 그리움의 이형태들 가운데 하나'라고 할 수 있을 것이다.

---

49)『五州衍文長箋散稿』第17輯 俗樂辨證說. "東方土樂 檀箕無考 三國時俗樂 有東京
　木州 余那山 長城 利見臺 禪雲山 無等山 井邑 智異山 來遠城 延陽 溟州等號 皆有事
　跡歌詞."

3. 결론

앞서의 논의를 정리하면 다음과 같다. 〈정읍〉은 백제 시대부터 조선 후기까지 궁중과 민간에서 전승되면서 '정읍'의 의미가 다양하게 전개되고 있음에 주목하여 본서를 전개하였다. '정읍'의 장소적 의미는 전승 과정에서 크게 네 가지로 살필 수 있었다. 첫 번째 형성 단계에서 '남 : 녀 = 군 : 신'의 구도를 상정하여 여필종부의 여인상이 충신연주의 의미로 해석되면서 '정읍'은 정문(旌門)의 장소로서의 의미를 부여받았다. 두 번째는 첫 번째 의미가 확장되고 보전(保全)되는 단계로 중세적 통치 질서의 수범 사례인 '정읍'은 고려의 개경, 조선의 한양 그리고 명나라까지 그 영역을 넓히면서 궁중 가무악으로서 예술적 세련미와 성취를 얻으면서 법전인 『경국대전』과 관찬 악서인 『악학궤범』에 등재·수록되었다. 세 번째는 〈정읍〉과 '정읍'이 그간의 지위를 망실하고 교체되는 단계로 중종 조 '음사성'의 시비에 몰려 전승의 가치였던 정절·충절이 훼손된 채 그 장소적 의미마저 사라지게 되었다. 다만 '음사' 논쟁자들이 〈정읍〉과 '정읍'을 부정적으로 인식했다고 할지라도 〈정읍〉을 새롭게 바라볼 수 있는 계기를 마련했다는 점에서 '정읍'에 대한 해석 가능성이 넓어졌다고 할 수 있다. 네 번째는 〈정읍〉과 '정읍'이 숙종 조를 중심으로 궁중 연향에서 부활하고 궁중이 아닌 곳에서 슬픈 박제로 남은 단계로 '정읍'이 궁중 연향에서 재생되었지만 늙은 모습으로 부활하였고, 악부시·지리서·백과사전 등에서는 그리움과 한을 담은 낙엽으로 그려지고 말았다. 이런 의미들은 궁극적으로 지금까지 제기된 〈정읍〉 주제들인 '기다림의 서정, 음설지사, 한' 등을 전승사적으로 모두 포함한 것들이라 할 수 있다.

제3장

'처용' 전승사에서 고려 〈처용가〉의 무가적 성격과 처용의 위상 변모 양상

1. 서론

이 글의 목적은 그간 제기된 고려 〈처용가(處容歌)〉의 무가적(巫歌的) 성격 논의에 대해 의문을 갖고 그것과의 거리를 살피는 데 있다.

주지하다시피 고려 〈처용가〉는 『악학궤범(樂學軌範)』과[1] 『악장가사(樂章歌詞)』에 수록된 노래로 그 기원을 신라 〈처용가〉에 두고 있다. 고려 〈처용가〉는 신라 〈처용가〉에 비해 연구가 다소 소략하다고 할 수 있지만 그 가운데 의미 있는 성과들이 제출된 점은 주목할 만하다. 작품의 형성 시기, 작품의 성격, 신라 〈처용가〉와의 관련성, 연극 무용 등 외연적 접근, 전승사 등에 대한 연구를[2] 통해 우리는 고려 〈처용가〉에 대한 이해를 제고할 수 있었다.

---

1) 『악학궤범』권5, 「시용향악정재도의(時用鄕樂呈才圖儀)」〈학연화대처용무합설(鶴蓮花臺處容舞合設)〉;『악장가사』「가사(歌詞)」상(上).

2) 고려 〈처용가〉에 대한 연구사 및 전승사는 김수경의 글을 참고하시오. 김수경,『고려 처용가의 미학적 전승』(보고사, 2004). 연구사는 13~16면 ; 전승사와 전승사적 의미는 제1부 전체.

작품의 성격에 대해서, 주요 논의들은 고려 〈처용가〉의 무가성(巫歌性)을 인정하고 있다. 다만 이 작품을 무가로 보는 견해들일지라도 논자 간 차이를 발견할 수 있는데, 서대석은 무가적 성격이 지배적인 노래로 파악하고 있으며,3) 허남춘은 이를 수용하면서 무가로서의 주술성을 좀 더 살폈다.4) 또한 여증동은 작품의 구축적(驅逐的) 성격을 논하면서도 구조 상 연극의 노래[극가(劇歌)]로 보았다.5) 이후 최용수는 앞선 논의를 정리하면서 고려 〈처용가〉를 무가(巫歌), 극가(劇歌), 무가(舞歌) 등의 복합적 성격을 가진 작품으로 읽었다.6) 김수경은 〈처용가〉의 발생과 전승을 다루면서 본래 제의적 성격을 가졌던 노래가 시간이 흐르면서 연희성이 추가되다가 임병양란 이후 가사의 소멸과 함께 연희성이 주(主)가 되었다고 논하였다.7) 이렇듯 고려 〈처용가〉의 성격론에 관한 연구사는 제의·주술성에 중심을 둔 논의부터 연희·오락성이 공존하는 논의까지 진행되었다. 하지만 후자의 경우라 하더라도 고려 〈처용가〉를 무가로 보는 입장은 공고하다. 이들이 이 작품을 무가로 보는 배경에는 작품의 기원이 된 신라 〈처용가〉의 배경후담이 벽사진경의 의미를 담고 있고, 노래 형성 이후에 나례(儺禮)와 관련을 맺고 있기 때문이라 할 수 있다. 다시 말해 이들이 보는 〈처용가〉란 제의의 시공간(時空間)에서 제주(祭主)[혹은 무격(巫覡)]가 신성한 처용신으로

---

3) 徐大錫, 「高麗 〈處容歌〉의 巫歌的 검토」, 白影 鄭炳昱 先生 10週忌追慕論文集 刊行委員會 편, 『한국고전시가작품론』1(集文堂, 1992).

4) 허남춘, 「고려 처용가와 무가의 주술성 비교」, 박노준 편, 『고전시가 엮어 읽기』 상(태학사, 2003).

5) 呂增東, 「고려 처용 노래 연구」, 국어국문학회 편, 『高麗歌謠硏究』(백문사, 1979).

6) 崔龍洙, 『高麗歌謠硏究』(계명문화사, 1996), 157면.

7) 김수경, 같은 글.

하여금 역신을 물리치는 무가였던 것이다.

하지만 현전 고려 〈처용가〉를 보면 위 논자들이 읽어냈던 제의성, 신성성, 주술성에 대해 자못 의문을 감출 수 없다. 왜냐하면 고려 말 나례가 구역(驅疫) 의식보다 나희(儺戱)로 변모되어 갔고,[8] 고려 말 이후의 고려 〈처용가〉는 '희(戱)'일 가능성이 있으며, 『악학궤범』 이후 〈처용가〉가 정재(呈才) 악무(樂舞)로 설행(設行)되었기 때문이다. 그리고 고려 〈처용가〉의 주인공인 '처용'에 대해서도 '그가 과연 신성한 위치에 있는가.'하는 점도 수긍하기 어렵다. 따라서 고려 〈처용가〉를 순수 무가로 보는 것은 무리가 있다고 본다.

한편 무가의 특징 가운데 오락성(娛樂性)을 빼놓을 수 없지만 제의, 신성성이 결여된 채 오락성이 강화된 노래를 무가로 보는 것도 문제가 있으며, 이 특징 또한 신성성이 결여되는 과정에서 나타난 윤색적(潤色的) 현상이기 때문에[9] 이를 무가의 주요 특징으로 논하는 것은 무리가 있다고 할 수 있다.

이에 필자는 이러한 의문을 가지고 고려 〈처용가〉에서 처용의 위치와 노래의 성격에 대해 살펴보기로 하겠다.

2. 〈처용가〉의 존재 양상과 무가와의 거리

〈1〉 동해의 용은 절을 짓도록 명령 내린 것을 기뻐하여 아들 일곱 명을 데리고 임금 앞에 나타나 대왕의 덕을 칭송하며, 음악을 연주하고 노래와

---

8) 李杜鉉, 『韓國의 假面劇』(一志社, 1979), 73면 ; 전경욱, 『한국가면극 그 역사와 원리』(열화당, 1998), 175면.
9) 張德順 외, 『口碑文學槪說』(一潮閣, 1971), 113~114면.

춤을 추었다. 그리고 그 중 한 아들을 서울로 딸려 보내 왕의 정사를 돕도록 하였다. 그의 이름은 처용이라 하였다. 헌강왕은 미모의 여자를 골라 아내를 삼아 주고, 그의 뜻을 사로잡기 위하여 급간이라는 벼슬을 주었다. 그의 아내는 너무나 아름다워 역신이 탐을 냈고, 마침내 역신이 사람으로 변신하여 밤에 몰래 처용의 집으로 들어가 처용의 부인과 동침을 했다. 처용이 밖에서 돌아와 그녀의 잠자리에 두 사람이 있는 것을 보고, 노래를 부르고 춤을 추면서 물러났다. 그 노래는 이러하다. "서라벌 밝은 달 아래, 밤 늦도록 노닐다가, 들어와 자리를 보니, 다리가 넷이어라, 둘은 내 것인데, 눌은 뉘 것인고, 본디 내 것이었다마는, 빼앗긴 것을 어찌하리오." 그러고 나니 역신은 모습을 드러내고 처용 앞에 꿇어 엎드려 말하기를 "내가 공의 아내를 흠모하여 죄를 범했습니다. 그런데도 공은 노하지 않으니 그 미덕에 감복했습니다. 지금 이후로는 공의 얼굴을 그린 것만 보아도 그 집에는 들어가지 않기로 맹세하겠습니다."고 하였다. 이 말에 따라 사람들은 처용의 모습을 문지방에 그려 붙여 사악한 기운을 물리치고 경사스런 일을 맞는다고 하였다.10)

〈2〉 임인(壬寅)에 내전(內殿)에서 곡연(曲宴)할 때 승선(承宣) 채송년 (蔡松年)이 아뢰기를, "복야(僕射) 송경인(宋景仁)이 평소(平素)에 처용희를 잘한다."라고 하니 송경인(宋景仁)이 취함을 타서 희무(戲舞)하는데 조금도 부끄러운 빛이 없었다.11)

---

10) 『三國遺事』卷2 紀異, 處容郎 望海寺, "東海龍喜 乃率七子現於駕前 讚德獻舞奏樂 其一子隨駕入京 輔佐王政 名曰處容 王以美女妻之 欲留其意 又賜級干職 其妻甚美 疫神欽慕之 變無人 夜至其家 竊與之宿 處容自外至其家 見寢有二人 乃唱歌作舞而退 歌曰 東京明期月良 夜入伊遊行如可 入良沙寢矣見昆 脚烏伊四是良羅 二肹隱吾下於叱古 二肹隱誰支下焉古 本矣吾下是如馬於隱 奪叱良乙何如爲理古 時神現形 跪於前曰 吾羨公之妻 今犯之矣 公不見怒 感而美之 誓今已後 見畵公之形容 不入其門矣 因此 國人門帖處容之形 以僻邪進慶."

11) 『高麗史』卷23 世家23 高宗 23年 2月, "壬寅 曲宴于內殿 承宣蔡松年奏 僕射宋景仁 素善爲處容 景仁 乘作 略無愧色."

〈3〉 경자(庚子)일에 원나라의 사신 감승 오라고(吾羅古)가 왕에게 향
연하기를 요청하거늘 왕이 가로되, "오늘은 모름지기 묘련사(妙蓮寺)에
가서 즐기자."하므로 오라고(吾羅古)가 먼저 가서 기다리니 왕이 두 궁인
(宮人)을 거느리고 저녁이 지나서야 이에 이르렀다. 절 북봉(北峯)에 올
라 음악(音樂)을 베푸니 천태종(天台宗)의 승려 중조(中照)가 일어나 춤
을 췄다. 왕이 기뻐하여 궁인(宮人)으로 하여금 같이 춤추게 하고 왕도
또한 일어나 춤추며 또 좌우(左右)에 명령하여 모두 춤추게 하고 혹(或)은
처용희(處容戱)를 하기도 하였다.[12]

〈4〉 우(禑)가 이인임(李仁任)의 집에 있었는데 이인임(李仁任)의 처
(妻)가 큰 잔을 올리며 말하기를, "오늘은 삼원(三元)이므로 삼가 장수를
비나이다." 하니 우(禑)도 잔을 주면서 희롱하기를, "내가 한편으로는 손
(孫)이 되고 한편으로는 사위가 되는데 이제 이에 마주 대하고 술을 마시
니 실례(失禮)가 되지 아니합니까." 하고 이에 처용(處容) 가면(假面)을
쓰고 희무(戱舞)를 하며 즐겼다.[13]

〈5〉 신라(新羅)의 헌강왕(憲康王)이 학성(鶴城)에 갔다가 개운포(開雲
浦)로 돌아왔을 때 홀연히 한 사람이 기이한 몸짓과 괴상한 복색을 하고
왕 앞에 나와 노래와 춤으로 덕(德)을 찬미(讚美)하고 왕을 따라 서울로
갔다. 그는 자기를 처용(處容)이라 부르고 언제나 달밤이면 시중(市中)에
서 노래 부르고 춤추고 하였으나 끝내 그가 있는 곳을 알지 못했다. 당시
사람들은 그를 신인(神人)이라고 생각했다. 후세(後世) 사람들이 그 일을

---

[12] 『高麗史』卷36 世家36 忠惠王 後4年 8月, "庚子 元使監丞吾羅古 請享王 王曰 今日
須往妙蓮寺爲樂 吾羅古 先至候之 王率二宮人 及晡乃至 登寺北峯 張樂 天台宗僧中照
起舞 王悅 命宮人對舞 王亦起舞 又命左右皆舞 或作處容戱."

[13] 『高麗史』卷136 列傳49 辛禑 12年 正月, "禑在李仁任第 仁任妻 進大爵曰 今日三元
謹上壽 禑進爵 仍戱曰 吾一則爲孫 一則爲婢壻 今乃對飮 得無失禮耶 乃冒處容假面
作戱以悅之."

기이하게 여겨 이 노래를 지었다. 이제현(李齊賢)이 시(詩)를 지어 이 노래를 풀이하였다. "옛날 신라의 처용 늙은이, 푸른 바다에서 왔단 말 들었지. 흰 이 붉은 입술로 달밤에 노래하고, 제비 어깨 붉은 소매로 봄바람에 춤추네."14)

〈6〉 "기괴한 걸 다 베풀고 뭇 광대를 따라서, 오방귀와 백택주의 춤을 덩실덩실 추고, 불 토해 내기 칼 삼키기의 묘기를 펼치네, 서역의 나라 사람 고월의 가면극에는, 혹은 검고 혹은 누렇고 눈은 새파란데, 그중 늙은이는 굽은 허리에 키가 커서, 모두가 남극 노인이라고 경탄하거니와, 강남의 장사꾼은 사투리를 조잘대면서, 날리는 반딧불처럼 진퇴를 경쾌히 하지, 신라의 처용은 칠보를 몸에 장식하고, 꽃 가지 머리에 꽂아 향이슬 떨어질 제, 긴 소매 천천히 돌려 태평무를 추는데, 발갛게 취한 뺨은 술이 아직 안 깬 듯하고, 황견은 방아를 찧고 용은 여의주 다뤄라, 춤추는 온갖 짐승이 요 임금 뜰에 있는 듯하네."15)

〈7〉 "산대는 만들어 놓은 모양이 봉래산 같고 과일 바치는 선인은 해상에서 왔네. 잡객의 북과 징소리 땅을 뒤흔들고 처용 아바 소매는 바람 따라 도네. 긴 장대에 노는 것은 평지에서 하듯 하고 폭죽은 하늘을 찔러 빠른 번개 같은데 태평시대 참 기상 그리고자 해도 노신의 잠필로는 재주 없음이 부끄럽기만 하네."16)

---

14) 『高麗史』 卷71 樂志, "新羅憲康王 遊鶴城 還至開雲浦 忽有一人 奇形詭服 詣王前 歌舞讚德 從王入京 自號處容 每月夜 歌舞於市 竟不知其所在 時以爲神人 後人異之 作是歌 李齊賢 作詩解之. 新羅昔日處容翁 見說來從碧海中 貝齒頳脣歌夜月 鳶肩紫袖舞春風."

15) 『牧隱集』 卷21 驅儺行, "畢陳怪詭趨群伶 舞五方鬼踊白澤 吐出回祿呑青萍 金天之精有古月 或黑或黃目青熒 其中老者傴而長 衆共驚嗟南極星 江南賈客語侏離 進退輕捷風中螢 新羅處容帶七寶 花枝壓頭香露零 低回長袖舞太平 醉臉爛赤猶未醒 黃犬踏碓龍爭珠 蹌蹌百獸如堯庭."

16) 『牧隱集』 卷33 自東大門至闕門前山臺雜劇前所未見也, "山臺結綴似蓬萊 獻果仙人

〈8〉 "늦은 밤 신라 노래 잔을 멈추고 함께 듣네. 노래 가락 옛 악보에 전하고 기상은 그때를 떠올리게 하네. 지는 달은 성 머리에 걸려 있고 비장한 바람은 나무 끝에서 우네. 무단히 마음만 싱숭생숭 공익이 날 어쩌리."[17]

박노준이 언급한 바 있듯이 여말까지 다양한 〈처용가〉가 존재했던 것으로 보인다.[18] 위 인용문들은 여말까지 여러 〈처용가〉의 다양한 모습을 보여주고 있으며, 이를 통해 〈처용가〉들의 존재 양상을 보면 다음과 같다.

가. 신라 헌강왕(憲康王, ?~886) 대 향가 〈처용가〉: 〈1〉
나. 신라 〈처용가〉 이후 민간에서 유전된 벽사진경(辟邪進慶)의 의미를 지닌 〈처용가〉: 〈1〉의 배경후담에서 유추
다. 고려 고종(高宗, 1192~1259)부터 우왕(禑王, 1365~1389) 대 〈처용희〉: 〈2〉, 〈3〉, 〈4〉
라. 고려 궁중 소용(所用) 성악곡 〈처용가〉: 〈5〉
마. 고려 이색(李穡, 1328~1396) 시대 산대잡희 및 나희 〈처용가〉: 〈6〉, 〈7〉
바. 고려 이숭인(李崇仁, 1347~1392) 시대까지 신라 〈처용가〉의 원형을 일정 정도 보존한 〈처용가〉: 〈8〉

이 노래들 가운데 비교적 주술적 성격을 지닌 노래는 '나'라 할 수 있다. 신라 〈처용가〉 배경후담에서 역신의 발언과 ("이후로는 공의 얼굴

海上來 雜客鼓鉦轟地動 處容衫袖逐風廻 長竿倚漢如平地 瀑火衝天似疾雷 欲寫大平 眞氣像 老臣簪筆愧非才."

17) 『陶隱集』卷2 十一月十七日夜 聽功益新羅處容歌 聲調悲壯 令人有感, "夜久新羅曲 停盃共聽之 聲音傳舊譜 氣像想當時 落月城頭近 悲風樹杪嘶 無端懷抱惡 功益爾何爲."

18) 朴魯埻, 「〈高麗處容歌〉의 형성 과정」, 『高麗歌謠의 硏究』(새문社, 1990), 324~325면.

을 그린 것만 보아도 그 집에는 들어가지 않기로 맹세하겠습니다.") 후세 사람들의 기원("사람들은 처용의 모습을 문지방에 그려 붙여 사악한 기운을 물리치고 경사스런 일을 맞는다고 하였다.")에서 이를 짐작할 수 있다. 현재 구체적인 모습을 알 수 없고 후일담에서도 신작(新作)에 대한 언급은 없지만, 고려시대 〈처용가(희)〉의 활발한 개작 전승에서 볼 때 처용의 모습을 문에 걸어두는 풍속[門帖處容之形]에 걸맞은 노래가 있었을 것으로 보인다.

한편, '나' 이외의 노래들은 무가와 거리가 먼 형태로 존재했으리라 생각한다.

'다'의 경우 사서(史書)에서 말한 바와 같이 충분히 부끄러운 가무희(歌舞戲)의 하나로(〈2〉), 사신연(使臣宴)의 연행 종목으로(〈3〉), 질탕한 술자리의 희무악으로(〈4〉) 존재했었다. 이처럼 고려시대 〈처용가〉 중 하나는 공사(公私) 간(間) 욕망이 개방된 잔치에서 행해진 희가(戲歌)라 할 수 있다.

'라'는 춤곡이 아닌 성악곡 〈처용가〉로 보인다. 고려 궁중은 많은 정재악(呈才樂)을 보유했을 것으로 보이나 『고려사』 악지(樂志)에는 〈무고(舞鼓)〉, 〈동동(動動)〉, 〈무애(無㝵)〉 등 3편의 정재 악곡만 기록하고 있다. 이런 점에서 이제현(李齊賢, 1287~1367)이 해시(解詩)한 〈처용가〉는 궁중 성악곡 24편 가운데 한 곡이라 할 수 있다. 성악곡 〈처용가〉에 대한 설명을 보면, 처용은 개운포를 방문한 헌강왕을 찬미한 기인으로 경주로 입경(入京)한 이후에도 춤과 노래를 일삼던 인물이다. 해시(解詩) 또한 악지 설명과 비슷하게 처용의 유래와 가무 행위만 설명하고 있다. 이렇듯 악지의 기록을 보면 궁중 〈처용가〉는 아내, 역신 등과의 관계 및 구역(驅疫) 행위는 없고 단지 주인공 처용만 있을 뿐이다. 그리

고 내용 상 춤 이야기가 있기는 하나 정재가 아닌 성악곡으로 불린
점으로 보아 소규모 공연 종목이었을 것으로 짐작된다. 따라서 악지
소재 〈처용가〉는 주술과 관계없는 소규모 궁중 성악곡이라 할 수 있다.

'마'는 나례와 산대잡희에서 불린 〈처용가〉이다. 나례는 세밑 궁중
과 민간에서 행한 벽사의식으로 중국에서 유래하였으며 고려 정종(定
宗, 923~949) 이전 전래된 것으로 보인다. 이후 나례는 연말 이외에도
사신연, 왕의 거동, 주요 인사 영접 등의 잔치에 설행(設行)되면서 다
양한 볼거리와 들을거리를 추가하여 오락적 연희물인 나희(백희, 잡희)
로 변모되었다.[19] 이색이 기록한 〈처용가〉(〈6〉)는 구나 의식 이후 연
행된 백희의 하나로 다분히 연희적 오락적 성격이 강하다고 볼 수 있
다. 다시 말해 〈처용가〉가 비록 나례와 관련이 있다고는 하나 벽사진
경의 의식 즉, 구나 의식 때 불린 것이 아니라 구나 의식이 끝나고 난
이후에 다양한 연희 종목들과 함께 연행되었기 때문에 연희·오락적
측면에 상당 정도 경도되었다고 할 수 있다. 또한 고려의 산대잡희는
신라 시대부터 전승된 팔관회에 송·원의 연희를 더하면서 발전시킨
국가적 차원의 연희라 할 수 있다. 기록에서 보듯(〈7〉) 고려 말 산대잡
희는 많은 종목들을 설행했는데, 〈헌선도(獻仙桃)〉, 기예, 폭죽놀이 등
각종 가무, 곡예와 함께 〈처용가〉도 여기에 포함되어 있음을 알 수
있다. 이처럼 고려 말 나례, 산대잡희에 포함된 〈처용가〉는 국가적 연
희 차원에서 연행된 것이지 국가 제사에서 무당이 부른 무가는 아니라
고 할 수 있다.

'바'는 이숭인이 경험한 〈처용가〉이다. 시의 제목에서도 알 수 있듯

---

19) 전경욱, 같은 글, 175~176면.

이 내용은 공익(功益)에게서 들은 신라 〈처용가〉의 성조가 비장하다
는 것이다. 시에서 보면 그가 들은 노래는 신라 향가 〈처용가〉가 아닐
뿐더러 산대잡희 때 연행된 〈처용가〉도 아닌 듯싶다. 왜냐하면 연향
에서 불린 〈처용가〉가 듣는 이에게 비장감을 전할 리 없기 때문이다.
그렇다면 이숭인이 들었던 〈처용가〉는 어떤 것일까. 아마 향가 〈처용
가〉를 역사적 관점에서 이해하고 전승하여 변용된 상심(傷心)과 체념
(諦念)의 노래는 아니었을까 생각한다.[20]

이상에서 살폈듯이 고려시대의 〈처용가〉는 무가의 본래적 특징이
라고 할 수 있는 주술성, 신성성, 무격(巫覡)에 의한 전승의 제한성,
제의성 등의[21] 모든 요소와 일치하는 노래는 없다고 할 수 있다.[22]
이들 노래에 주술성이 일정 부분이 담지 되었다 하더라도 무격에 의
해 전승되었다는 기록이 없으며, 제의와 관련하여 보더라도 나례는
흉례(凶禮)와 군례(軍禮)에 속할 뿐이지 국가 제례인 길례(吉禮)와는 무
관하다고 할 수 있다.[23] 따라서 나례와 관련된 〈처용가〉라 할지라도
나례가 비제례적(非祭禮的) 행사라는 점과 이 노래가 구나 의식 뒤의
가무백희에서 연행된 것 등으로 미루어 볼 때, 무가로 보기에는 무리
가 있다고 할 수 있다.

---

20) 신라 〈처용가〉에 대한 다양한 관점과 주제는 金鎭英, 「處容의 정체」, 張德順 外,
『韓國文學史의 爭點』(集文堂, 1986)을 참고하시오.
21) 장덕순 외, 같은 글, 112~114면 ; 박경신 외, 『한국 구비문학의 이해』(월인, 2000),
297~303면.
22) 이첨(李詹, 1345~1405)의 시[『동경잡기(東京雜記)』 권2. 고적(古蹟)]에 처용을 '신
인(神人)'이라 했으나 주술적 모습을 그리고 있지는 않다.
23) 고려시대 오례에 대해서는 李範稷, 『韓國中世禮思想研究』(一潮閣, 1991), 68~170
면 ; 김철웅, 『한국중세의 吉禮와 雜祀』(景仁文化社, 2007), 7~149면을 참고하시오.

3. 고려 〈처용가〉에서 '처용'의 위치

『악학궤범』 소재 고려 〈처용가〉는 전 장에서 언급했던 고려시대 다양한 〈처용가〉의 양상들을 수용한 것이라고 할 수 있다. 형성 시기에 대해 고려 충렬왕 16년(1290) 이후 공민왕대와[24] 조선 세종대로[25] 의견이 나뉘고 있으나, 향악 정재로 완성된 시점은 세종 31년(1449)부터[26] 성종 24년(1493)[27] 이전까지로 볼 수 있겠다.[28] 다만 정재의 완성이 세종-성종 시기라 하더라도 노랫말의 형성은 이보다 앞선 것으로 보인다. 현전 고려 〈처용가〉의 전반부가 앞서 살핀 '라'·'마'와 어느 정도 상관 관계가 있기 때문이다. 이처럼 노랫말 형성 시기에 다소 논란이 있을 수 있으나 분명한 사실은 노랫말이 조선시대 정비된 정재(〈학연화대처용무합설〉)에 사용되었다는 점이다. 다시 말해 고려 〈처용가〉는 조선시대 엄숙한 국가제례(길례)에서 무당이 부른 노래가 아

---

24) 박노준, 같은 글, 328~334면.

25) 李明九, 「〈處容歌〉 硏究」, 金烈圭·申東旭 編, 『高麗時代의 가요문학』(새문社, 1982), I-21면.

26) 『世宗實錄』 卷126 31年 10月 3日(庚戌). "議政府據禮曹啓申 宗廟 朝會 公宴之樂 摭拾前朝雜聲 深爲未便 今新定諸樂及舊樂之內 可用諸聲 更加刪定……蓮花臺呈才四聲 處容呈才三聲……凡七十五聲 常令肄習 從之."

   의정부에서 예조의 계문에 의거하여 품신하기를, "종묘·조회·공연(公宴)의 음악에 전조(前朝)의 잡성(雜聲)을 엮어 넣음은 심히 타당하지 못하오니, 지금 새로 정한 제악(諸樂)과 구악(舊樂) 안에서 쓸 만한 여러 소리를 다시 더 산정(刪定)하게 하시되,……연화대 정재(蓮花臺呈才) 4성, 처용 정재(處容呈才) 3성……합계 75성으로써 항상 이습하게 하옵소서."하니, 그대로 따랐다.

27) 성종 24년 8월 『악학궤범』 간행.

28) 김수경도 고려의 〈처용가〉, 〈처용희〉, 〈처용무〉 등이 선초 구악 정비 과정에서 세종대의 정재로, 성종 대 합설(合設)로 정리 완성되었다고 논했다. 김수경, 같은 글, 45~143면.

니라, 이완된 연향에서 정재를 설행할 때 기생들에 의해 불린 노래들 (〈동동〉〈정읍〉〈정과정〉) 중 하나였던 것이다. 따라서 고려 〈처용가〉 의 『악학궤범』 등재는 연희성이 강화된 결과라 할 수 있다.

앞서 말한 바, 고려 〈처용가〉가 기존의 〈처용가〉들을 수용한 것이기 때문에 여러 가지 성격이 복합적으로 구성되었다고 할 수 있다. 수용한 노래 가운데 '신라 〈처용가〉 이후 민간에서 유전된 벽사진경(辟邪進慶)의 의미를 지닌 〈처용가〉'도 포함되었음을 고려 〈처용가〉에서도 일부 확인할 수 있다. 하지만 이 노래에서 처용은 강력한 주술 주체자와는 상당한 거리를 두고 있음을 알 수 있다. 이에 본장에서는 이를 중심으로 작품을 읽어보기로 하겠다.

1) 처용과 나후

전강(前腔) 新羅盛代 昭盛代
天下太平 羅侯德
處容아바
以是人生애 相不語ᄒ시란ᄃᆡ
以是人生애 相不語ᄒ시란ᄃᆡ
부엽(附葉) 三災八難이 一時消滅ᄒ샷다[29]

서사 부분이다. 신라가 성스러운 시대이고 천하가 태평한 것은 나후 (羅侯)의 덕이라 하고, 처용에게 이러한 인생살이에 서로 말을 않는다면 삼재팔난(三災八難)이 단번에 사라질 것이라 한다. 과거부터 현재까지 천하가 태평한 것은 나후의 덕 때문이며, 앞으로 이를 유지하기 위해서

---

29) 〈봉좌문고본(蓬左文庫本)〉『악학궤범(樂學軌範)』卷5, 시용향악정재도의(時用鄉樂呈才圖儀), 학연화대처용무합설(鶴蓮花臺處容舞合設)〉. 이하 작품 인용도 같은 책이다.

(삼재팔난이 없기 위해서) 말 아낌[相不語]은 필수적 조건이라는 것이다.

지금까지 논점은 '나후'를 어떻게 보느냐에 있었다. 나후를 처용으로 볼 것인가 아니면 다른 인물로 볼 것인가에 의견이 나뉘었다. 나후를 처용으로 보지 않고 신라 왕으로 해석하는 견해가[30) 있으나 여러 논자들이 지적했다시피 나후를 처용으로 보는 것이 타당할 듯하다. 다만 후자의 경우에도 '나후'를 어떻게 규정하느냐에 따라 다시 둘로 나뉘는데 양주동은 나후의 원 의미인 (부정적인) 식신(蝕神)에서 출발하였으나, 불(佛)의 적자(嫡子)인 라후라아수라왕(羅睺羅阿修羅王)이 월식 달에 태어난 까닭에 라후라(羅睺羅)로 명명(命名)되었음을 근거로 이 노래의 나후를 인욕(忍辱)과 관련된 라후라(羅睺羅)로[31) 보았다. 이에 대해 서대석과 김수경은 인욕 라후라 설을 부정하고 원래 의미인 '구요성(九曜星) 중 제팔성(第八星)'이라 하였다.[32) 서·김 두 연구자는 나후(羅睺)가 구요성의 제8성으로 이 직성(直星)에 든 사람은 구설수(口舌數)가 있고 재수가 없기 때문에, 나이가 나후직성에 이른 자가 처용을 만들어 액막이를 했던 습속에서 그 근거를 찾았다. 그리고 고려 〈처용가〉가 "처용의 덕을(덕과 위용을) 예찬하는 노래이고……라후직성에게 천하대(태)평의 공덕을 돌림으로써 불길한 재난을 방지하려는 의도"로 이해했다.[33)

필자 역시 두 연구자와 같이 나후를 식신(蝕神)·처용으로 보는 견해에 동의하나 '나후덕'이 처용의 위용을 드러내기 위한 것에 대해 견

---

30) 김동욱, 『한국가요의 연구』(을유문화사, 1961), 219면.

31) 梁柱東, 『麗謠箋注』(乙酉文化社, 1954), 150~151면.

32) 서대석, 같은 글, 350면 ; 김수경, 같은 글, 151면.

33) 서대석, 같은 글, 350면 ; 김수경, 같은 글, 151면.

해를 달리 한다. 왜냐하면 식신(蝕神)은 악신이므로 처용 역시 악신이라는 등식이 성립하며, 그에게 '덕'의 옷을 입혔을지라도 그 '덕'의 의미는 위용과 거리가 있기 때문이다. 『동국세시기(東國歲時記)』에도 나후는 액을 물리치는 주체가 아니라 '재수없고 불길한 재앙[厄]'이며, 처용은 '버림이 예정된 액 덩어리'로 기록되어 있다.[34] 따라서 천하태평과 삼재팔난 해소의 공덕(功德)이 처용에게 있다고 할지라도 처용은 위용 있는 모습이 아니라 악신과 심상을 공유하면서 차찮은 희생상(犧牲像)을 하고 있다고 할 수 있다.

2) 가면과 춤

중엽(中葉) 어와 아븨 즈싀여 處容아븨 즈싀여
부엽(附葉) 滿頭揷花 계오샤 기울어신 머리예
소엽(小葉) 아으 壽命長願ᄒ샤 넙거신 니마해
후강(後腔) 山象이슷 깅어신 눈닙에
　　　　　愛人相見ᄒ샤 오술어신 누네
부엽(附葉) 風入盈庭ᄒ샤 우글어신 귀예
중엽(中葉) 紅桃花ᄀ티 븕거신 모야해
부엽(附葉) 五香 마투샤 웅긔어신 고해
소엽(小葉) 아으 千金 머그샤 어위어신 이베

---

34) 洪錫謨 編, 『東國歲時記』上元. "男女年値羅睺直星者 造芻靈 方言謂之處容 齎銅錢 於顚中 上元前夜初昏 棄于塗以消厄 群童遍向門外 得便破顚爭錢 胃之打芻戲."
　　남녀의 나이가 나후직성에 들면 추영(제웅)을 만든다. 이것을 방언으로 처용이라 한다. 짚으로 추영을 만들면 머리 속에다 동전을 집어넣고 보름날 전날 곧 14일 밤 초저녁에 길에다 버려 액을 막는다. 그리하여 이때가 되면 여러 아이들이 문 밖으로 몰려와서 추영을 내어 달라고 한다. 그래서 그것을 얻으면 머리 부분을 파헤쳐 다투어 돈만 꺼내고 나머지는 길에 내동댕이친다. 이것을 타추희라 한다. 李錫浩 譯, 『東國歲時記(外)』(乙酉文化社, 1988), 47면.

대엽(大葉) 白玉琉璃ᄀ티 히여신 닛바래

人讚福盛ᄒ샤 미나거신 특애

七寶 계우샤 숙거신 엇게예

吉慶 계우샤 늘의어신 ᄉ맷길헤

부엽(附葉) 셜믜 모도와 有德ᄒ신 가ᄉ매

중엽(中葉) 福智俱足ᄒ샤 브르거신 비예

紅䩞 계우샤 굽거신 허리예

부엽(附葉) 同樂大平ᄒ샤 길어신 허튀에

소엽(小葉) 아으 界面 도르샤 넙거신 바래

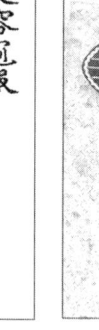

〈그림 1〉   〈그림 2〉

처용 가면, 처용 무복(舞服) 그리고 처용무에 대한 묘사이다. 기존의 〈처용가〉를 궁중 정재로 재편하면서 가면과 무복 규정을 『악학궤범』 권9 「처용관복도설(處容冠服圖說)」에 두었으며 위 부분은 그에 대한 창사(唱詞)인 것이다. 이 부분에 대해 처용의 모습을 예찬 혹은 찬양했다는 견해가 있으나 문면을 읽어보면 가면, 복식 그리고 춤에 대한 서술 그 이상은 아닌 듯하다.

가면을 보면 머리에는 이기지도 못할 꽃을 꽂고 이마는 넓으며 눈

썹은 길고 무성하며 눈은 애인을 보는 눈빛을 하고 있다. 귀는 부풀어 있고 얼굴은 붉은 빛을 내며 코는 우묵하기까지 하다. 천금을 머금은 큰 입과 하얀 이 그리고 긴 턱을 하고 있다.

이처럼 노랫말은 『악학궤범』(〈그림 1〉)과 현전하는 가면(〈그림 2〉)과35) 거의 일치한다. 가면을 보면 처용의 위용·위엄과는 다른 모습을 하고 있다. 질서 없이 장식된 꽃과 게슴츠레한 눈은(혹은 놀란 눈) 강한 남성상과는 거리가 있으며, 취한 듯한 얼굴에 부푼 기, 긴 턱 그리고 우묵한 코 등은 부자연스럽게 자리 잡고 있으며 더욱이 흰 이는 더욱 가관이라 할 수 있다. 전체적으로 처용 가면은 비정상, 과장, 부조화 등으로 인해 골계감을 준다고 할 수 있다. 그리고 돈(천금)을 입에 문 모습은 다소 탐욕스런 느낌마저 주고 있다.

그 아래를 보자. 칠보를 두른 어깨와 긴 길경(吉慶)에 감겨 늘어진 소매, 넓은 가슴과 불룩한 배 그리고 붉은 띠[홍정(紅鞓)]를 중심으로 굽은 허리가 보인다. 또 하체는 긴 다리와 계면조(界面調)를 따라 도는 넓은 발이 인상적이라 할 수 있다.

머리(가면)부터 발밑까지 묘사된 이 부분은 처용에 대한 정태적인 면을 보여주었다기보다는 춤을 추는 모습을 그리고 있다고 할 수 있다. 왜냐하면 "동락대평(同樂大平), 계면조"라는 시어와 처용 무보(舞譜)의 수보법(手步法)이 이와 유사하기 때문이다.36) 천금 칠보를 어깨에 두르고 길경을 늘어뜨리고 있는 모습은 춤출 준비를 묘사하고 있으며, 가슴을 젖히고 배를 내밀고 다시 허리를 굽히는 것은 상반신의 춤동작을, 계면조에 따라 발을 움직이는 것은 족도(足蹈)를 각각 보여

---

35) 이홍구, 『처용무』(화산문화, 2000), 222면.
36) 이홍구, 같은 글, 125~172면.

주는 것이라 할 수 있다. 고려 〈처용가〉의 창사에 춤사위가 포함된
것은 이 노래가 조선시대 정재 악곡으로 편성되었기 때문으로 보인
다. 또한 이 춤이 다른 정재들에 비해 특색이 있었기 때문에 창사화했
던 것으로도 이해할 수 있겠다.

　기존 연구에서 이 부분을 처용신을 즐겁게 하고 그를 찬양하기 위
해 외모와 복식을 묘사한 것이라고 했다. 하지만 앞서 언급했듯이 이
는 「처용관복도설」(『악학궤범』 권9)에 기록된 사모(紗帽), 가면, 천의
(天衣), 의복(衣服), 길경, 치마, 대(帶), 혜(鞋) 등에 대한 묘사와 이를
입고 추는 처용무를 표현한 것이라 할 수 있다. 또한 처용 복식을 무
복(巫服)과도 연결해 볼 수 있지만 무복의 철릭, 원삼, 장삼, 동다리,
몽두리 등을 비교해 볼 때 둘 사이의 유사점을 찾아 볼 수 없다. 그리
고 무복에 가면은 없기 때문에 처용 복식을 무복과 관련지을 수 없다
고 본다.[37] 따라서 이 부분은 신이라 지칭될 만한 대상은 없고 단지
무원(舞員)의 해학적인 가면과 복식 그리고 처용무를 다양한 수사로
묘사한 것이라고 할 수 있다.

3) 오방(五方) 처용

　　　전강(前腔) 누고 지어서 셰니오 누고 지서 셰니오
　　　　　　　바늘도 실도 어삐 바늘도 실도 어삐
　　　부엽(附葉) 處容아비롤 누고 지서 셰니오
　　　중엽(中葉) 마아만 마아만ᄒ니여
　　　부엽(附葉) 十二諸國이 모다 지서 세온
　　　소엽(小葉) 아으 處容아비롤 마아만ᄒ니여

---

37) 김은정, 『한국의 무복』(민속원, 2004), 37~63면.

오방 처용에 대한 설명이다. 구나 의식 뒤에 처용무를 두 번 추는데, 춤은 무원(舞員) 5인이 대형과 배열 순서에 따라 진행된다. 『악학궤범』의 〈오방작대도(五方作隊圖)〉와 〈시종회무도(始終回舞圖)〉(〈그림 3)〉를 보면 복색에 따른 처용의 춤출 자리와 악기 배열에 따른 위치를 알 수 있다.[38]

앞서 노래한 것이 처용 가면, 복식이라면 그리고 처용무가 1인 처용에 대한 서술이었다면 이 부분은 다섯 처용의 모습을 말하고 있다. 전체적으로 처용 아비를 만든 사람에 대한 물음과 이에 대한 답으로 이루어져 있다. '마아만 마아만ᄒ니여'에[39] 대해 아직 정설이 없는 상황에서 섣불리 단정하기는 이르지만 12제국이 모여 세웠다는("十二諸國이 모다 지서 셰온") 언술에 비추어 볼 때 많

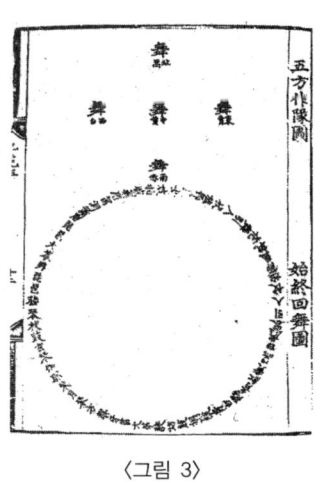

〈그림 3〉

은 사람들이 처용 가면과 복식을 제작했다고 볼 수 있다. 가면 및 복식 제작에 필요한 도구에 바늘과 실이 포함되나 바늘과 실도 없이 지었다는("바늘도 실도 어쎄 바늘도 실도 어쎄) 말은 최상품의 수사적 발언이라 할 수 있다.

이미 언급한 바와 같이 구나 의식이 끝난 다음에 처용무를 두 번

---

38) 『악학궤범』 권5, 「학연화대처용무합설」.

39) 거룩한 거룩한 분이여(김태준) ; 어마하고 위대한 이여(지헌영) ; 많고 많은 사람들이여(양주동, 박병채) ; 맑고도 맑은 사람 또는 처음 지어낸 슬기로운 이여(최철) ; '마아'를 명사인 곰보에 수염투성이 혹은 귀신[麻胡](김완진) 등의 어석이 있다.

추는데 각 처용은 복색(服色)에 따라 각자 전후 좌우로 움직이며 다른
춤들을(무릅기피춤, 홍정도돔춤, 불바디작대무, 수양수방무 등) 춘다.[40)
이런 무대에 있는 관객이라면 형형색색(形形色色)의 많은 처용을 만날
수 있을 것이다. 따라서 이 부분은 두 번의 오방 처용무를 통해 본 10
명의 처용, 그에 따른 많은 가면과 옷에 대해 말한 것이라 할 수 있다.

4) 처용, 열병대신 그리고 화자

후강(後腔) 머자 외야자 綠李야

샐리나 내 신고홀 미야라

부엽(附葉) 아니옷 미시면 나리어다 머즌말

중엽(中葉) 東京 볼곤 도래 새도록 노니다가

부엽(附葉) 드러 내자리롤 보니 가르리 네히로새라

소엽(小葉) 아으 둘흔 내해어니와 둘흔 뉘해어니오

대엽(大葉) 이런 저긔 處容아비옷 보시면

熱病神이사 膾ㅅ가시로다

千金을 주리여 處容아바

七寶를 주리여 處容아바

부엽(附葉) 千金 七寶 말오

熱病神를 날자바 주쇼셔

중엽(中葉) 山이여 미히여 千里外예

부엽(附葉) 處容아비롤 어여려거져

소엽(小葉) 아으 熱病大神의 發願이샷다

처용, 역신, 화자가 등장하는 부분으로 극적 전개를 보여주고 있
다. 여기에서 중요한 역할을 하는 것은 화자로 전체적인 진행을 담당

---

40)『악학궤범』권5, 「학연화대처용무합설」.

하고 있다. 상황 설명과 처용 및 역신과의 대화를 통한 정보 전달을 하고 있기 때문이다.

사건의 발단은 신라 〈처용가〉에서 보여준 처용 처와 열병대신과의 동침이다. 앞서 (다섯 명의) 처용은 연희에서 밤늦도록 춤을 추고("새도록 노니다가") 고단한 몸을 이끌고 귀가했으나, 아내는 다른 이와 함께 있다. 발각의 순간 열병대신의 당황과 처용의 고민이 교차한다. 열병대신은 머자, 외야자, 綠李야 등을 부르면서 즉시적 현장 이탈을 원한다. "머자……머즌말"까지 처용의 말로 볼 수 있으나, 열병대신의 말로도 읽을 수 있겠다.[41] 처용은 야행(夜行)을 하고 있어 신발 끈을 맬 필요가 없으며, 열병대신은 방안에서 있어 빠른 도주를 위해서는 신발 끈을 동여 맬 필요가 있기 때문이다. 누구나 그렇듯이 위기 모면을 위해서는 조력자를 찾게 되고, 상황에 따라 궂은 말도 할 수 있는 것이다. 여기서 궂은 말은 열병신 스스로에게 하는 것으로 자신의 부끄러운 과거와 차후 이와 같은 행위를 하지 않겠다는 맹서로 읽을 수 있다. 반면 처용은 열병대신의 급박함과는 달리 신라 시대와 마찬가지로 고민을 한다. 지금의 간통 대상은 역신(疫神)이 아니라 열병'대신(大神)'이다. 그렇다고 신라 시대처럼 체념(혹은 관용)도("본디 내해다마는, 빼앗은 것을 어찌하리오.") 못하고 있다.

이 때 화자는 두 상황을 보고 열병대신에게 위험을 알린다. 사실 열병대신을 해치겠다는 발언은 처용이 말한 것이 아니라 화자의 판단이기 때문에 처용이 열병신에 대한 직접적인 위협으로 보기는 어렵

---

41) 지헌영은 이미 이 부분을 역신의 말로 읽었다. "(慌忙한 疫神의 臺詞) 멎아, 외얏아, 綠李야, (아이고 무서워라) 빨리나 내신코를 매어라. 萬若에 아니매면 最后宣言을 나리리라." 池憲英, 『鄕歌麗謠新釋』, 正音社, 1947, 96면.

다. 다만 화자는 갈등 구조를 증폭시키고 진행을 좀 더 흥미롭게 전개하기 위해 다소 도발적 언사를 했던 것이다. 이렇듯 노래는 열병대신의 급박한 상황을 먼저 설정하고 처용의 판단을 유보시킨 채 화자의 적극적 개입으로 긴장감 있게 전개하고 있다.

이윽고 화자는 열병대신의 변호인처럼 처용에게 천금, 칠보로써 합의를 제안한다.[42] 우리는 이미 처용의 입에서 천금을, 어깨에서 칠보를 보았듯이 처용은 이것들을 탐하고 있음을 알 수 있다. 이에 화자는 천금 칠보로써 합의를 이끌고자 한 것이다. 하지만 처용은 제안을 거부하고 열병대신을 원했다. 합의 결렬인 셈이다. 다만 여기서 주목할 점은 처용은 시종 주체적이고 적극적이지 못하다는 것이다. 주체적인 판단을 미루거나 열병대신을 직접 잡지 못하고 화자에게 의탁하고 있다. 만약 처용이 강한 주술적 능력은 지닌 신적 존재라면 화자의 개입 없이 직접적 해결을 시도했을 것이나 여기서는 그렇지 못했다.

신라 〈처용가〉의 7, 8구의 탈락도 같은 맥락에서 이해할 수 있다. 고려 〈처용가〉에서 7, 8구 탈락을 역신(열병대신)에 대한 강력한 위협을 보장하는 장치로 읽을 수 있으나, 처용의 덕성이 약화된 결과로 볼 수 있다. 처용이 체념적 상황에서 용서만을 해법으로 선택했다면 지켜보는 이들 가운데 그를 인욕자(忍辱者), 덕자(德者) 등으로 칭송할

---

42) "千金을 주리여 處容아바, 七寶를 주리여 處容아바, 千金 七寶 말오, 熱病神를 날자바 주쇼셔"를 "천금을 (인간에게) 주시겠습니까 처용아비여, 칠보를 주시겠습니까 처용아비여, 천금 칠보도 그만두고 열병신이나 잡아 주소서"로 읽기도 하나(서대석, 같은 글, 356~357면) 상황이 열병대신과 인간의 갈등이 아니라 열병대신과 처용의 대결이므로 이처럼 읽는 것은 문제가 있다고 본다. 그리고 다수의 현대역도 화자가 처용에게 묻고 다시 처용이 답하는 구조로 보고 있다.[김태준(1939), 지헌영(1947), 홍기문(1959), 전규태(1968), 임기중(1993), 박병채(1994), 최철·박재민(2003)].

수 있으리라. 하지만 고려의 처용은 덕성을 상실하고 사건의 해결을 제3자에게 의존한 채 무대에서 퇴장하고 말았다.

다시 노래로 돌아가자. 처용의 의사를 전해들은 열병대신은 "산이나 들이나 천리 밖에 처용아비를 피하고 싶다."고 한다. 그러자 화자는 이것이 열병대신의 발원이라고 하며 노래를 마친다. 결국 열병대신은 처용을 피해 탈출에 성공하고 만 것이다. 상황이 열병대신이 처용을 피해 달아난 것으로 보이기는 하지만 처용은 소기이 성과를 얻지 못했고 열병대신은 탈 없이 그리고 천금과 칠보의 지출 없이 살아남게 되었으니 결과적으로 처용이 완전한 승자라고는 볼 수 없는 것이다.

한편 고려 〈처용가〉를 천연두(마마) 퇴치 굿인 〈마마배송굿〉과 관련하여 볼 때43) 〈마마배송굿〉은 무격, 제주, 마마신 모두 희화적이지 않으며 굿이 나름의 신성한 문법을 가지고 전개하고 있으나, 고려 〈처용가〉는 처용, 열병신의 모습이 다소 희화적이며 노래 또한 골계적 진행을 하고 있다. 따라서 고려 〈처용가〉가 〈마마배송굿〉과 같은 무가에서 일부 영향을 받았다고 할지라도 등장 인물의 성격, 노래의 진행 그리고 성격 등에서 거리를 두고 있다고 할 수 있다.

요컨대 고려 〈처용가〉는 처용의 신성성과 주술성 등을 드러내는 것과 상관없어 보인다. 노래의 시작부터 처용은 나후의 심상과 겹치면서 버림의 대상이 되었으며, 본사에서 처용의 형상은 가면을 통해 과장과 익살을 보여주었고, 다양한 처용과 그들의 춤으로 흥취를 돋우고, 마무리에 이르러 적극적 행동이 결여된 채 열병대신과 화자에 끌려 다녔던 것이다. 또한 무가라면 대상에 대한 엄숙함과 진지함으로

---

43) 〈마마배송굿〉에 대한 자세한 논의는 이두현, 「마마배송굿」, 『한국문화인류학』 41-2(한국문화인류학회, 2008)를 참고.

숭고미를 드러내야 할 터, 이 노래는 오히려 주인공이 주술 주체의 자리를 포기하고 화자와 열병대신의 희학적 태도로 진지함을 잃어 해학적 미의식으로 노래를 마쳤던 것이다. 사정이 이러함에 궁중 잔치에서 고려 〈처용가〉를 들었던 이들이 '이 노래를 통해 열병대신 제거'라는 효험성을 믿었을지 의심스럽다. 따라서 고려 〈처용가〉는 궁중연을 위한 정재 악곡으로 재편되면서 처용의 위치는 더욱 하락하였고 그만큼의 해학성이 추가된 잔치용 노래라 할 수 있다.

4. 〈잡처용(雜處容)〉에서의 처용의 위치와 그 전조(前兆)

> 中門안해 셔겨신 雙處容아바
> 大王이 殿座를 ᄒ시란디
> 太宗大王이 殿座 外門바믜
> 둥덩다리러로마
> 太宗를ᄒ시란디
> 아으 寶錢七寶지여 살언간만
> 다롱다로리대링디러리
> 아으 디렁디러리 다로리 〈시용향악보〉

처용 전승사에서 주목할 만한 작품은 『시용향악보(時用鄕樂譜)』 소재 〈잡처용〉이다. 내용은 뒷부분이("寶錢七寶지여 살언간만") 잘 풀리지는 않지만, 중문 안에 쌍처용이 있고 중문 밖에 태종대왕이 있는데 태종이 중문 안에서 들어가 전좌(殿座)하려 하니 쌍처용에게 비켜달라고 청하는 것으로 볼 수 있다.[44] "寶錢七寶지여 살언간만"을 처용이 돈과 칠보

로 만들어진 것으로 보든[45] 처용이 돈과 칠보로 살아가는 것으로 보든
지 간에 이 노래는 벽사적 기능은 없고, 처용에 대한 인식이 매우 격하
되었다고[46] 생각하며 필자 역시 처용은 이전의 역신(혹은 열병대신)과
같은 처지에 있다고 할 수 있다. 그렇다면 이와 같은 처용의 지위 하락
은 어디에서 전조(前兆)를 찾을 수 있을까. 가깝게는 고려 〈처용가〉에서
찾을 수 있을 듯하다. 전 장에서 살펴보았듯이 고려 〈처용가〉에서 처용
의 권위를 읽을 수 없었으며『악학궤범』(1493)과『시용향악보』(중종)의
편찬 시기가 가깝고, 두 노래의 용도가 궁중 연회용이기 때문이다. 또한
고려 〈처용가〉의 형성이 고려 말 여러 〈처용가〉들에 직간접적 영향을
끼쳤음을 상기할 때, 처용의 위치 하락은 고려 말부터 비롯했다고 할
수 있다. 이를 고려 고종과 우왕 때의 처용희에서도 간취할 수 있었다.

앞으로 많은 논의를 요하겠지만 신라 〈처용가〉를 포함한 처용 연구사
에서 처용의 정체와 위치를 다시금 생각해보아야 하지 않을까 생각한다.
다시 말해 많은 〈처용가〉 가운데 처용의 위용과 권능이 강하게 표현된
작품은 얼마나 되며, 그것이 어느 정도인지를 살펴봐야 할 것이다. 신라
〈처용가〉, 고려시대 이색·이숭인·이첨·이제현 등이 남긴 처용 한시들,
고려 〈처용가〉, 〈잡처용〉, 그리고 조선후기 이익(李瀷), 이학규(李學逵),
이복휴(李福休) 등의 악부 〈처용가〉 가운데 제의에서 신성한 능력을 보
여주는 처용을 몇 명이나 만나 볼 수 있을지 생각해볼 일이다.

---

44) 김수경, 같은 글, 235면 ; 하태석, 「처용 형상의 변용 양상 – 처용전승을 중심으로」,
    『어문논집』47호(민족어문학회, 2003), 377면.
45) 하태석, 같은 글, 378면.
46) 김수경, 같은 글, 234~238면.

5. 결론

지금까지 논의한 것을 정리하면 다음과 같다. 이 논문은 고려 〈처용가〉를 무가로 보는 기존의 견해에 대해 의문을 갖고 이 노래가 무가와는 거리가 있으며 궁중 연회에서 흥취 제고를 위해 해학미를 담은 잔치용 노래임을 밝혔다. 이를 위해 고려 〈처용가〉와 무가의 특성을 비교하면서 전개하였다. 무가의 특성은 무격에 의한 전승, 제의적 상황에서의 구송, 주인공의 신성성 그리고 주술적 목적 등을 들 수 있다. 고려 〈처용가〉를 이와 같은 특성들과 비교할 때 많은 차이점을 발견할 수 있었다. 먼저 고려 〈처용가〉와 이 노래가 형성되기 전의 다양한 〈처용가〉를 살펴보면, 무가의 본래적 특징들과 일치하는 노래는 없었다. 고려시대 〈처용가〉들 가운데 길례(吉禮)와 같은 제의에서 무격(巫覡)에 의해 구나 (驅儺) 의식에서 불린 노래가 한 편도 없으며, 비록 나례와 관련된 노래라 할지라도 나례 이후에 잔치에서 불린 연향용 노래이므로 이 노래를 무가로 보는 것은 한계가 있다. 또한 고려 〈처용가〉의 내용을 살펴보면, 노래의 주인공인 처용은 신성한 모습과 거리가 먼 모습으로 그려져 있다. 악신인 나후와 심상을 공유하고 그의 형상은 가면에서 보듯 매우 과장되어 있어 익살스러우며 열병대신과의 대결에서도 시종 적극적이지 못하고 의존적인 태도를 보여 해학미를 자아내고 있다. 이렇듯 고려 〈처용가〉는 무가라면 가져야 할 숭고미와 주술성 대신 잔치용 노래가 주는 해학미와 흥취를 제공하였던 것이다. 이후 고려 〈처용가〉에서 처용의 위치 하락 양상은 〈잡처용〉에서도 발견되는 바, 이는 조선 전기 처용에 대한 시선이 매우 유사했음을 보여주는 예라 할 수 있다.

앞서의 논의가 일정 정도 긍정적 의미를 지닌다면 향후 처용 전승사에서 처용의 정체에 대해 다시 살펴보아야 할 것이다. 그간 연구들 가운데 처용의 지위를 대단한 경지로 끌어올린 경우가 적지 않기 때문이다. 물론 연구 관점에 따라 처용의 위치를 여러 각도에서 살피는 것은 당연하다고 하겠으나 지나친 평가 절상은 온전한 처용상(處容像)을 파악하는 데 걸림돌이 될 수도 있기 때문이다.[47] 이는 곧 처용 전승사가 시가사와 같이 하기에 시가사의 구도를 설정하는 것과도 무관하지 않다고 본다.

---

47) 처용, 신라 〈처용가〉, 처용설화가 지나치게 신화화 된 것에 대해 의문을 제기한 아래의 논의는 이런 점에서 시사할 만하다. 김진, 「처용논쟁」(울산대학교 출판부(UUP), 2008) ; 김진, 『처용설화의 해석학』(울산대학교 출판부(UUP), 2008).

제3부

확산

제1장

고려속요의 현대역 현황과 과제

1. 서론

이 글은 고려속요의 현대역 현황을 살펴 앞으로의 연구 방향을 제시하고 문학 교과서 및 외국어 번역 대상으로서의 현대역 정전을 정립하기 위한 제언을 하는 데 그 목적이 있다.

고려속요의 현대역은 작품의 어석·해독 연구와 함께 시작되었다. 최초의 어석과 현대역은 김태준의 『고려가사』로부터 비롯하였다.[1] 그 이전 〈청산별곡〉과 〈만전춘별사〉에 관한 언급은 있었지만[2] 당시까지 발견된 국문 고려속요 13편 전부를 대상으로 한 연구는 이것이 최초였다. 이후 방대한 자료를 바탕으로 한 양주동의 실증적 어석 연구를[3] 기반으로 이에 대한 지지와 비판을 수행한 연구가 뒤를 이었는데, 지헌영, 홍기문, 전규태, 박병채, 임기중, 최철, 최철·박재민 등이[4] 그

---

1) 김태준, 『고려가사』(학예사, 1939).

2) 김태준, 「고가청산별곡」, 『한글』 2(1934) ; 김태준, 「고려가사의 일종 – 만전춘별사에 대하여」, 『조선일보』 1934. 2. 20.

3) 양주동, 『여요전주』(을유문화사, 1947).

4) 지헌영, 『향가여요신석』(정음사, 1947) ; 홍기문, 『고가요집』(국립문화예술서적출

들이다. 이외에도 김형규, 김완진, 강헌규 등은[5] 어학적 차원에서 일부 작품에 대한 해독을 시도하였으며, 문학 연구자 중 일부는[6] 작품론을 전개하면서 혹은 작품 선집을 정리하면서 해시(解詩) 차원에서 작품을 현대어로 옮긴 경우도 있었다.

현대역의 중요성은 비단 고려속요뿐만 아니라 고전 갈래 전체에 해당하는 것으로, 이들 작품들은 오늘날의 한국문학에 대해 시대적, 사회적, 문화적 층위의 어떤 부분에서 타자(他者)로서의 의미를[7] 가지고 있다. 특히 고려속요는 고려 및 조선 궁중에서 연향을 위한 성악곡의 가사(歌詞), 정재(呈才)의 창사(唱詞)로 특정 수용층이 향유한 갈래라는 점에서 볼 때 역사적으로나 문화적으로 매력적인 타자라 할 수 있다. 이런 점에서 고려속요의 현대역은 역사적 거리를 좁혀 문학사의 계승과 변용, 현재와 과거의 혼용 예술과의 만남을 이끄는 방법이자 매개라 할 수 있다.

이렇듯 고려속요의 현대역이 의미 있는 방법이자 매개일지라도 실제 작업에 임하게 되면 많은 난관을 만나게 된다. 고려속요 가운데 풀

판사, 1959) ; 박병채, 『고려가요 어석연구』(선명문화사, 1968) →『새로고친 고려가요 어석연구』(국학자료원, 1994) ; 전규태, 『고려가요』(정음사, 1968) ; 임기중, 『우리의 옛노래』(현암사, 1993) ; 최철, 『고려국어가요의 해석』(연세대학교 출판부, 1996) ; 최철·박재민, 『석주 고려가요』(이회, 2003).

5) 김형규, 『고가요주석』(일조각, 1968) ; 김완진, 『향가와 고려가요』(서울대학교 출판부, 2000) ; 강헌규, 『고가요의 주석적 연구』(한국문화사, 2004) ; 강헌규, 『고가요의 주석적 연구』 II(한국문화사, 2010).

6) 김명준, 『악장가사 주해』(다운샘, 2004) ; 김명준, 『악장가사』(지식을만드는지식, 2011) ; 김명준, 『시용향악보』(지식을만드는지식, 2011) ; 윤성현, 『우리 옛노래 모듬』(보고사, 2011). 작품론 차원에서의 현대역은 논의를 전개하는 과정에서 밝히기로 하겠다.

7) 김흥규, 『한국고전문학과 비평의 성찰』(고려대학교 출판부, 2002), 308면.

리지 않은 시어가 적지 않게 남아 있고, 어떤 작품은 연구자 간 관점이 심각하게 불일치하여 합의된 현대역을 이끌어내기가 어렵기 때문이다. 이런 점에서 볼 때, 현재 고려속요의 현대역들은 다양한 관점과 고정되지 않은 해석에서 나온 수정 가능한 진행형이지 일자의 가감도 용납할 수 없는 완결형은 아닌 셈이다. 이에 현 단계에서 지금까지 이루어 놓은 현대역을 점검하고 앞으로의 과제를 제언하는 것도 의미 있는 일이라 생각한다. 그리고 추후 이 논문이 긍정적 결과를 얻게 된다면, 고려속요의 어석과 현대역 연구에 발전적인 방향을 제시할 수 있을 것이며 또한 설득력 있는 번역을 통하여 대중적 저변이 확대되고 성숙된 현대역이 중등 문학 교과서 및 외국어 번역의 저본으로 활용되는 데 일정 정도 기여하리라 기대한다.

한편 필자가 다룰 대상은 『악학궤범(樂學軌範)』, 『악장가사(樂章歌詞)』, 『시용향악보(時用鄕樂譜)』 소재 국문 고려속요 20편과 이를 어석·현대역한 앞서의 연구물들이며, 상황에 따라 어석만 있는, 또는 현대역만 되어 있는 연구물도 논의에 포함하기로 하겠다.

2. 현황

고려속요의 현대역은 크게 원전의 형태를 유지하면서 직역 내지 축자역(逐字譯)한 경우와 원전의 의미 전달을 위해 형태를 크게 고려하지 않고 의역한 경우로 나눌 수 있다. 이 둘 사이를 좀 더 나누면 전자에 가깝지만 의미를 부연한 경우와 후자의 입장에 있으나 원전의 형태를 유지하려는 경우를 둘 수 있다. 따라서 이를 정리하면 다음과 같다.[8]

〈1〉 원전의 형태를 유지하여 직역한 경우

〈2〉 원전의 형태를 유지하면서 뜻을 부연한 경우

〈3〉 원전의 형태를 큰 틀에서 염두하여 의역에 치중한 경우

〈4〉 원전의 형태를 고려하지 않고 의역한 경우

이를 기준으로 고려속요의 현대역을 일별하면 아래와 같다.9)

[표 1] 고려속요의 현대역 현황

구분	〈1〉	〈2〉	〈3〉	〈4〉	계
정읍	5	1	1	2	9
동동	4	1	1	2	8
고려 처용가	3	3	1	1	8
정과정	5	4	2	1	12
정석가	5	1	1	1	8
청산별곡	3	1	3	1	8
서경별곡	3	0	4	2	9
사모곡	3	3	1	0	7
쌍화점	2	1	2	1	7
이상곡	5	5	3	1	14
가시리	3	1	2	2	8
만전춘별사	4	1	2	1	8
나례가	1	1	1	0	3
유구곡	5	0	0	1	6
상저가	4	1	0	0	5

---

8) 이상의 4가지 범주는 상보적 분포를 갖는 것이 아니라 논의를 위해 설정한 상대적 개념으로 상호 넘나들 수 있음을 밝힌다.

9) 현대역의 통계를 위해, 김명준, 『개정판 고려속요 집성』(다운샘, 2008)을 참고하였으므로 이후의 성과물은 논의 과정에서 언급하고자 한다.

성황반	3	0	0	0	3
내당	3	0	0	0	3
대왕반	3	0	0	0	3
삼성대왕	3	0	0	0	3
대국 1, 2, 3	3	0	0	0	3
계	71	24	24	16	135

표에서 보듯 현대역은 작품당 평균 6.7건이 있으며, 작품에 따라 3건에서 15건까지 분포되어 있음을 알 수 있다. 이 가운데『시용향악보』에만 수록된 〈유구곡〉, 〈상저가〉, 〈성황반〉, 〈내당〉, 〈대왕반〉, 〈삼성대왕〉, 〈대국 1, 2, 3〉 등은 현대역이 상대적으로 적은 편이다. 그 이유는 여러 가지가 있겠지만『시용향악보』가 한국전쟁 이후에야 발견되어 초기 연구자들이 볼 수 없었고, 소재 작품들 가운데 무가계통의 노래가 적지 않아 본격적인 고려속요로 보기에 미편했던 점들이 작용했던 것으로 보인다.

현대역의 방식은 원전의 형태를 유지하면서 직역한 경우가 53%(71건), 원전의 형태를 유지하면서 뜻을 부연한 경우가 17%(23건), 원전의 형태를 큰 틀에서 염두하여 의역에 치중한 경우가 18%(24건), 원전의 형태를 고려하지 않고 의역한 경우가 12%(16건)이었다. 이를 직역 대 의역으로 다시 분류하면 70% 대 30%로 직역이 압도하고 있음을 알 수 있다. 이런 까닭은 양주동 이후 국어학적 입장에서 어석과 현대역에 참여한 연구자가 지속적으로 이어졌고, 직역에 비해 의역이 재가공의 수고로움을 더해야 했기 때문에 참여가 적었다고 할 수 있다.

이상의 번역 방식을 상기하면서 시어, 여음, 서술어, 화자의 발화 방식 등을 작품을 예로 살펴보기로 하겠다.

1) 시어 : 〈정읍〉

전강(前腔)	둘하 노피곰 도두샤
	어긔야 머리곰 비취오시라
	어긔야 어강됴리
소엽(小葉)	아으 다롱디리
후강(後腔)	全 져재 녀러신고요
	어긔야 즌디룰 드디욜셰라
	어긔야 어강됴리
과편(過編)	어느이다 노코시라
금선조(金善調)	어긔야 내 가논 디 졈그룰셰라
	어긔야 어강됴리
소엽(小葉)	아으 다롱디리.[10]

〈정읍〉은 9건의 현대역 가운데 직역과 직역에 가까운 번역이 6건(5건, 1건), 의역에 가깝거나 의역이 3건(1건, 2건)이 있다.

직역을 한 연구자는 김태준, 홍기문, 임기중, 박병채, 최철·박재민과 전규태로 이들은 모두 〈정읍〉이 수록된 『악학궤범』의 악조 표기에 따라 줄을 나누고 여음까지 고려하여 번역하였다. 다만 이들 연구자 간 '後腔 全'에서 '全'을 어떻게 읽을지에 대해서는 의견이 분분하다. '全'을 시어로 보지 않고 뒤에 있는 "져재"만을 해석하여 "시장에"로 번역한 이들은 김태준, 임기중, 박병채 등이며, '全'을 살려 "온 시장"으로 번역한 이들은 홍기문, 최철·박재민 등이다. 전규태는 번역 본문에는 "저자에"로 옮기면서 바로 앞 괄호 안에 '내님은 온'을 추가하

---

10) 봉좌문고본(蓬左文庫本) 『악학궤범(樂學軌範)』 권5 시용향악정재도의(時用鄕樂呈才圖儀), 무고(舞鼓).

는 방식을 취했다. 이외에도 번역은 아니지만 어석의 차원에서 '숓'을 '전주(全州)'의 약칭으로 보는 연구자도[11] 있어 "져재"는 '전주 시장', '(특정하지 않은 몇몇) 시장', '모든 시장' 등으로 읽힐 여지를 모두 열어 두고 있다. 이는 작품 해석과도 연관되는데, 시적 화자가 기다리는 대상이 정읍에서 가까운 전주에 가 있는 것과 근처 몇 군데 시장을 다니는 것은 귀환의 가능성이 있지만 님이 모든 시장에 다닌다는 것은 돌아올 가능성이 희박함을 암시하기에 시적 분위기는 그만큼 애상감이 증폭된다고 할 수 있다.

의역을 시도한 연구자는 지헌영과 최철, 김완진 등으로 지헌영은 원전의 틀을 유지하면서도 "즌티"와 "내 가논 티 졈그롤셰라"를 각각 "예쁜데", "내임이 賤한데 빠질가 두렵하옵네"로 적극적 번역을 하고 있으며, 최철은 시적 화자의 정서를 괄호 안에 담아 옮겼다. 김완진은 작품의 실사 부분인 여섯 줄을 3단으로 재구성하여 제2단과 제3단만을 번역하였다. 특히 김완진은 "어느이다 노코시라"의 주체를 '님'으로 보지 않고 님을 해하려는 '시정잡배'로 보아 "제발 우리 그이 다 놓아 주시구려"로 읽어 새로운 작품 해석의 가능성을 열어 놓았다.

이외에도 직역과 의역 모두 "내 가논 티"의 "내"를 '님'으로 볼 것인가, 시적화자인 '나'로 볼 것인가에 의견도 모아지지 않은 편이다.

이처럼 〈정읍〉의 시어 번역을 둘러싼 대립은 작품의 주제 즉, '열녀의 노래인가' 아니면 '음사인가'와도 연결되어 있기 때문에 앞으로의 번역에 더욱 신중을 기할 필요가 있겠다.

---

11) 양주동, 같은 책, 51면 ; 김형규, 같은 책, 205~206면 ; 이등룡, 『여요석주』(한국학
   술정보, 2010), 326~331면.

2) 여음 : 〈동동〉, 〈가시리〉

正月ㅅ 나릿 므른
아으 어져 녹져 ㅎ논더
누릿 가온더 나곤
몸하 ㅎ올로 녈셔
아으 動動다리 (2연)

二月ㅅ 보로매
아으 노피 현
燈ㅅ블 다호라
萬人 비취실 즈싀샷다
아으 動動다리 (3연)

三月 나며 開혼
아으 滿春 둘욋고지여
느믹 브롤 즈슬
디녀 나샷다
아으 動動다리[12] (4연)

〈동동〉은 8건의 현대역 가운데 직역과 직역에 가까운 번역이 5건(4건, 1건), 의역에 가깝거나 의역이 3건(1건, 2건)이 있다. 직역한 연구자는 김태준, 홍기문, 임기중, 박병채와 전규태로 이들은 원전의 형태를 어느 정도 유지하면서 시어에 치중하여 현대역 하였으며, 의역한 연구자는 지헌영과 최철, 최철·박재민으로 시적 의미를 따라 가면

---

12) 봉좌문고본(蓬左文庫本) 『악학궤범(樂學軌範)』, 권5 시용향악정재도의(時用鄉樂呈才圖儀), 아박(牙拍).

서 가역(加譯)하였다. 직역이든 의역이든 간에 여기서 우리가 주목할 점은 여음의 처리 문제이다. 대체로 고려속요의 여음은 무의미한 조흥구로 처리되기 때문에 의역에서는 고려의 대상이 아니고 직역에서도 옮기지 않은 경우가 있다. 박병채가 여음을 옮기지 않은 것과 홍기문이 옮기되 괄호 안에 둔 것도 이런 예라 할 수 있다.

하지만 지헌영은 여음의 시적 기능을 한껏 살려 번역하였는데 자못 흥미롭다. 그는 "아으 動動다리"를 "아으, 두리둥둥 다리리……"(1연), "아으, 두리둥둥 다롱디리"(2, 5, 8연), "어허, 둥둥 내사랑 두리둥둥"(3, 6, 7, 10연), "아으 둥둥 내사랑아, 두리둥둥"(4장), "둥둥 내사랑이야 어허둥둥둥 두리둥둥"(9연), "어허 둥둥 내사랑 두리둥둥 다롱디리……"(11연), "어허 둥둥 두리둥둥 다롱디리……"(12연), "어허 둥둥 내사랑이야 내사랑이야 두리둥둥……"(13연) 등으로 옮겨 놓았다. 이는 각 장마다 시적 화자의 정서를 읽어 여음에 반영한 것으로 볼 수 있다.

> 가시리 가시리잇고 나는
> ㅂ리고 가시리잇고 나는
> 위 증즐가 대평셩디大平盛代 (1연)
>
> 셜온님 보내읍노니 나는
> 가시는 둣 도셔 오쇼셔 나는
> 위 증즐가 대평셩디大平盛代[13] (4연)

지헌영의 이와 같은 번역 태도는 〈가시리〉에서도 잘 나타난다. 여음인 "위 증즐가 대평셩디大平盛大"에 대해 "아! 나는 怨望스럽다 太

---

13) 봉좌문고본(蓬左文庫本) 『악장가사(樂章歌詞)』 가사(歌詞) 상(上).

平聖代가", "오! 나는 不平하오리 太平聖代에", "나는 怨望하오리 설어운 太平乾坤", "오호! 怨望스럽다 太平聖代가 나는" 등으로 의미상 변주를 주면서 시적 기능을 강화하고 있다. 이렇게 여음을 적극적으로 읽어 낸 것은 다소 과한 측면이 없지 않으나 의역의 상황에서 여음을 시적 기능에 따라 처리했다는 측면에서 생각해볼 만하다.

이처럼 고려속요의 여음은 지헌영을 제외하면 대부분 무의미한 어사로 간주하여 번역에서 큰 관심을 두고 있지 않고 있다. 하지만 여음은 고려속요와 음악(무용)과의 관련성, 율격적 특징 그리고 시적 구조와 시상을 전개하는 기능[14] 등을 보여주는 표지라는 점에서 추후 번역에서 고려할 부분이라 하겠다.

3) 서술어 : 〈청산별곡〉

살어리 살어리랏다
청산靑山애 살어리랏다
멀위랑 ᄃᆞ래랑 먹고
청산靑山애 살어리랏다
얄리얄리 얄랑셩 알라리 얄라 (1연)

가던 새 가던 새 본다
믈아래 가던 새 본다
잉무든 장글란 가지고
믈아래 가던 새 본다
얄리얄리 얄라셩 얄라리 얄라 (3연)

---

14) 김진희, 「고려가요 여음구와 반복구의 문학적·음악적 의미」, 『한국시가연구』 31집 (한국시가학회, 2011), 111~116면.

가다가 가다가 드로라
에졍지 가다가 드로라
사스미 짒대예 올아셔
히금嵇琴을 혀거를 드로라
얄리얄리 얄라셩 얄리리 얄라[15) (7연)

〈청산별곡〉은 8건의 현대역 가운데 직역과 직역에 가까운 번역이
4건(3건, 1건), 의역에 가깝거나 의역이 4건(3건, 1건)이 있다. 직역한
연구자는 홍기문, 임기중, 박병채와 최철·박재민이며, 의역을 한 연
구자는 지헌영, 전규태, 강헌규와 김태준이다.

주지하다시피 〈청산별곡〉은 시어 "가던 새"와 7연의 해석에 대해
많은 쟁론이 있었고, 이와 더불어 종결어미의 어석에 대해 적지 않은
논란이 있어 왔다. 직역에 충실한 번역가들은 원전의 시어를 고어투
(古語套) 그대로 가져오는 쪽을 택했으며, 의역에 기댄 연구자들은 대
체로 작품을 먼 거리에서 읽었다.

[1연]
박병채 : "살어리 살어리랏다 / 청산에 살어리랏다 / 머루랑 다래랑 먹
고 / 청산에 살어랏다 / 얄리얄리 얄랑셩 얄라리 얄라"
김태준 : "멀위와다례같은것을먹고 靑山에서살어간다"

[7연]
박병채 : "가다가 가다가 듣네 / 에정지 가다가 듣네 / 사슴이 짐대에 올
라 있어 / 해금을 켜느니 듣네 / 얄리얄리 얄라리 얄라리 얄라"
김태준 : "정지로가다가 嵇琴을 듯는다, 사스미짒대에올라서 嵇琴을
듯는다"

---

15) 봉좌문고본(蓬左文庫本)『악장가사(樂章歌詞)』가사(歌詞) 상(上).

1연의 "살어리랏다"에서 박병채는 감탄형 종결어미를 고어형(-랏다) 그대로 살리면서 원전의 시어와 틀을 유지하고 있는 데 비해 김태준은 1연 전체를 재조직하여 조망하듯 풀고 있다. 7연 또한 박병채는 1연과 같은 방식으로 읽고 있으며, "에정지"를 어석에서 "淨地", "청산"으로 보고 있지만16) 현대역에서는 원전의 시어를 그대로 사용하고 있다. 김태준은 1·2구와 3·4구를 합쳐 번역하고 있으며 해금 소리를 듣는 주체를 복수인 시적 화자와 사슴으로 설정하였다.

한편 〈청산별곡〉의 서술어에 대한 해석도 현대역의 관점에서 눈여겨 볼 점이다. 특히 앞서 본 "살어리랏다"와 2연의 "본다"에 대해 연구자마다 의견을 달리 하고 있다.

> [살어리랏다]
> 양주동 : "살아갈것이러라"17)
> 박병채 : "살아갈 것이로다"18)
> 정병욱 : "살았겠는 것을"19)
> 강헌규 : "살 것이었다?(어림도 없는 소리다. 못 살 것이었다.)20)
> 최철·박재민 : "살았을 것임에 틀림없다"

"살어리랏다"에 대해 양주동과 박병채는 '미래형 의지'로, 정병욱은 '과거 가정법'으로, 강헌규는 '반어형 의문'으로, 최철·박재민은 '과거 사실에 대한 강한 추측' 등으로 읽고 있다. 이에 따라 화자의 처지도

---

16) 박병채, 같은 책, 232~233면.
17) 양주동, 같은 책, 309면.
18) 박병채, 같은 책, 216면.
19) 정병욱, 『증보판 한국고전시가론』(신구문화사, 1991), 106면.
20) 강헌규, 같은 책, 242면.

달리 읽힐 수 있는 바, 미래 의지로 해석하면 희망찬 미래를 기다리는 화자를 읽을 수 있고, 가정법이나 반어, 과거 사실의 추측으로 해석하면 아쉬움과 안타까움에 놓인 화자 혹은 좌절의 상황에 놓인 화자를 만날 수 있겠다.

[본다]
지헌영 : "바라보노라"[21)]
홍기문 : "부네"[22)]
임기중 : "본다"[23)]
박병채 : "보느냐?"[24)]
최철·박재민 : "보았느냐?"[25)]

"본다"에 대해 지헌영, 홍기문, 임기중은 1인칭 현재 평서형으로, 박병채는 2인칭 현재 의문형으로, 최철·박재민은 2인칭 과거 의문형으로 각각 보고 있다. 이러한 차이는 화자의 심리 상태와 해당 연의 감상에도 적지 않은 영향을 미치게 된다. 먼저 1인칭 현재 평서형으로 읽어보자. 새를 어떤 비유(혹은 상징)로 보든지 간에 그것은 화자에게 소중한 것이리라. 이것이 사라지고 있음을 바라보는 화자의 심리 상태는 상실의 아픔에 놓여 있을 것이다. 더욱이 이것을 제대로 보지 못하고 시선마저 아래로 향해 있음에 2연 전체는 무거운 비애로 가득찰 것이다. 다음으로 2인칭 현재 의문형으로 읽을 때, 화자는 망실의 충격을

---

21) 지헌영, 같은 책, 123면.
22) 홍기문, 같은 책, 305면.
23) 임기중, 같은 책, 125면.
24) 박병채, 같은 책, 221~222면.
25) 최철·박재민, 같은 책, 114~115면.

자신이 감당하지 못해 타자에게 확인할 수밖에 없는 놀라움의 상태에 놓일 수 있다. 이에 비해 2인칭 과거 의문형으로 읽으면, 과거에 대한 아쉬움과 그리움을 재확인하는 화자의 평정한 심리를 엿볼 있다.

이렇듯 서술어는 비서술어 시어들에 비해 화자의 심정과 작품의 색채를 비교적 강하게 드러내고 있기 때문에 보다 섬세한 해독이 요구된다고 하겠다.

4) 화자의 발화 방식 : 〈처용가〉, 〈쌍화점〉

후강(後腔) 머자 외야자 綠李야

샬리나 내 신고홀 미야라

부엽(附葉) 아니옷 미시면 나리어다 머즌말

......

대엽(大葉) 이런 저긔 處容아비옷 보시면

熱病神이아 膾ㅅ가시로다

千金을 주리여 處容아바

七寶를 주리여 處容아바

부엽(附葉) 千金 七寶 말오

熱病神를 날자바 주쇼셔

중엽(中葉) 山이여 미히여 千里外예

부엽(附葉) 處容아비롤 어여려거져

소엽(小葉) 아으 熱病大神의 發願이샷다[26]

雙花店솽화뎜에 雙花솽화사라 가고신딘

回回휘휘아비 내손모글 주여이다

이 말슴미 이 店뎜 밧긔 나명들명

---

26) 봉좌문고본(蓬左文庫本) 『악학궤범(樂學軌範)』, 권5 시용향악정재도의(時用鄕樂呈才圖儀), 학연화대처용무합설(鶴蓮花臺處容舞合設).

다로러거디러
죠고맛감 삿기광대 네 마리라 호리라
더러둥셩 다리러디러 다리러디러 다로러거디러 다로러
긔 자리예 나도 자라 가리라
위위 다로러거디러 다로러
긔 잔디ᄀᆞ티 덦거츠니 업다[27]

〈처용가〉는 8건의 현대역 가운데 직역과 직역에 가까운 번역이 6
선(3건, 3건), 의역에 가깝거나 의역이 2건(1건, 1건)이 있다. 직역한 연
구자는 홍기문, 임기중, 박병채와 김태준, 전규태, 최철이며, 의역을
한 연구자는 지헌영과 최철·박재민이다. 그리고 〈쌍화점〉은 7건의
현대역 가운데 직역과 직역에 가까운 번역이 3건(2건, 1건), 의역에 가
깝거나 의역이 4건(2건, 2건)이 있다. 직역한 연구자는 임기중, 박병
채와 최철이며, 의역을 한 연구자는 전규태, 최철·박재민과 김태준,
지헌영이다.

이 두 작품은 고려속요 가운데 극적(劇的) 성격을 지닌 노래로 보는
견해가 있으며,[28] 대개가 이를 따르는 편이다. 이런 점 때문인지 현
대역들을 보면 대화적 요소를 감안하여 옮겨 놓았다. 하지만 아래 임
기중과 지헌영의 번역에서 보듯 직역을 수행한 쪽은 시적 화자가 작
품 속 인물 간의 대화를 간접화법의 방식으로 전달하고 있으며, 의역
에서는 시적 화자 외에 작품 속 인물들이 직접 말하는 방식으로 표현

27) 봉좌문고본(蓬左文庫本) 『악장가사(樂章歌詞)』 가사(歌詞) 상(上).
28) 여증동, 「고려 처용 노래 연구」, 국어국문학회 편, 『고려가요연구』(백문사, 1979)
   ; 여증동, 「〈쌍화점〉 노래 연구」, 김열규·신동욱 편, 『고려시대의 가요문학』(새문
   사, 1982).

하고 있다. 다시 말해 단일 화자가 노래 전체를 부르는 방식이 전자라면, 후자는 여러 화자가 노래의 각 부분을 부르는 형식을 취했다고 할 수 있다. 마치 판소리가 1인 창자에 의해, 창극이 여러 창자에 의해 서로 달리 진행되어 가듯이.

> 버찌아 오얏아 녹리야, / 빨리 나와 내 신코를 매어라. / 아니 곧 맨다면 궂은 말 떨어지리라.
>   ……
> 이럴 적에 / 처용아비만 본다면 / 열병신이야 / 횟감이로다.
> 천금을 주랴 / 처용아비야. / 칠보를 주랴 / 처용아비야.
> 천금 칠보도 말고 / 열병신 잡아 날 주소서. (임기중 번역)

> "慌忙한 疫神의 臺詞" / 멎아, 외얏아, 祿李야, / (아이고 무서워라) 빨리나 내신코를 매어라
> 萬若에 아니매면 最後宣言을 나리리라
>   ……
> "「處容아비」에게 묻는臺詞" / 千金을 주랴, 處容아버지여, / 七寶를 줄거나 處容아버지,
> "「處容아비」의 答" / 千金도 七寶도 다 말고 熱病神 저것을 날잡어 주시오 (지헌영 번역)

"아니옷 미시면 나리어다 머즌말"에 대해 임기중은 시적 화자의 발화("아니 곧 맨다면 궂은 말 떨어지리라.")로 처리한 반면, 지헌영은 역신의 대사("萬若에 아니매면 最後宣言을 나리리라")로 처리했으며, 그 이하 부분 역시 임기중은 단일 화자의 발화로, 지헌영은 화자와 처용의 문답으로 옮겼다. 이러한 차이는 작품의 성격과 분위기에도 연관되는데 전자에서 서정성과 장중함을, 후자에서 연극성과 생동감을 느낄 수 있다.

> 화자 A 雙花店에 雙花 사러 갔더니
> 　　　 回回아비(광대의 首長) 내 손목을 쥡니다.
> 　　　 이 말이 이 店밖에 나고 들면
> 　　　 다로러거디러
> 　　　 조그만 소광대 네 말이라 하리라.
> 　　　 더러둥셩 다리러디러 다리러디러 다로러거디러 다로러
> 화자 B 그 자리에 나도 자러 가리라
> 　　　 위 위 다로러거디러 다로러
> 화자 A 그 잔 곳같이 허황한 소문이 없단다 (최철·박재민 번역)

　최철·박재민은 〈처용가〉는 물론 〈雙花店〉의 극적 성격을 부각하기 위해 발화자를 복수로 드러내어 번역하였다. 원전에 복수 화자에 대한 정보는 없지만 내용을 짐작하고, '雙花店'이 대중가면극단이 머물 수 있는 공간이라는 추정에 따라[29] 두 명의 (여성)화자를 등장시켜 대화 상황으로 작품을 옮겨 놓음으로써 현장성을 극대화하였던 것이다.

　이렇듯 화자의 발화는 현대역의 방식에 따라 작품의 성격과 분위기가 달라질 수 있기 때문에 앞으로의 번역에서 유의해야 하겠다.

3. 문제점과 번역 방향

　전장에서 우리는 직역과 의역, 역자 간의 번역 태도에 따라 시어, 여음, 서술어, 화자의 발화 표현 등이 달리 현대역되어 있음을 살폈다. 또한 동일 역자라 할지라도 번역의 방식이 일관적이지 못함을 알

---

29) 최철·박재민, 같은 책, 174면.

수 있었다. 이는 고려속요의 현대역이 그만큼 어렵다는 방증이기도
하겠거니와[30] 완벽한 현대역의 불가능성으로도 이해할 수 있을 것이
다. 하지만 이상적 번역이 어렵다 할지라도 이에 가까워지려는 노력
또한 의미 있는 일이기에 현대역에 대한 점검과 반성이 필요하다 하
겠다. 이에 이 장에서는 기존 현대역들에 대한 문제점을 살피고 앞으
로의 번역 방향에 대해 몇 가지 언급하고자 한다.

첫째, 시어의 정확한 해독에 따른 번역이 없었다. 고려속요는 향가만
큼 난독어구가 많은 것은 사실이다. 〈정과정〉의 "믈힛마리신뎌", 〈청산
별곡〉의 "에졍지" 등이 대표적이라 할 수 있다. 하지만 이 시어들은 여러
자료를 통해 치밀한 고증이 진행되고 있어 매우 고무적인 상황이라 할
수 있다. 이처럼 난독어구에 대해서도 어느 정도 해결의 실마리가 보이
는 반면, 분명한 오류에 대해서는 수정하는 데 주저하고 있는 듯하다.
앞서 살핀 〈정읍〉의 '후강 전'의 '전'은 악곡 명칭의 일부로 볼 수
없고, 전주(全州)의 '전(全)'으로도 읽을 수 없음에도 불구하고 여전히
뒤따른 시어 "져재"를 '일상의 시장' 혹은 '전주 시장'으로 번역하고 있
는 예를 쉽게 볼 수 있다. 이외에 〈이상곡〉의 "열명길"을 양주동이 막
연한 추정에 의해 "(十念怒明王과 같이) 무서운 길"로[31] 읽었던 것을 지
금도 받아들이고 있는 점은 심각한 문제라 할 수 있다. 이에 대해 김
완진이 언급한 바 있듯이 이를 "여는[開] 길"로[32] 보는 것이 타당하

---

30) 다른 각도에서 보면 대상 작품을 온전하게 옮겨 보려는 연구자의 의도도 반영되었
   다고 할 수 있겠다.
31) 양주동, 같은 책, 352면.
32) 김완진, 같은 책, 405~408면.

다. 『악장가사』의 표기 관습에 의하면, 한자어 시어는, 특히 의미를 분명히 주고 싶은 한자어는 반드시 국문과 병기하는데 '열명길'에 대해서는 한자어 병기가 없기 때문에 고유어로 읽어야 하기 때문이다. 따라서 시어의 번역은 지금까지의 어석 현황을 살펴 난해어구는 명확한 해독이 나올 때까지 가능성을 열어 두고, 분명하고 오류가 적은 어석을 적극 수용하여 적극 반영하기를 바란다.

둘째, 여음구에 대한 명확한 번역이 없었다. 주지하다시피 여음구는 고려속요의 색깔을 보여주는 독특한 표지이자 각 작품의 개성을 드러내는 시어라 할 수 있다. 일찍이 이에 대한 연구가 비교적 활발했던 것도 여음구의 성격과 기능이 중요하다고 판단했기 때문이다. 하지만 대부분의 역자들은 여음구를 번역에 반영하는 데 매우 소극적이었다. 〈서경별곡〉의 "위 두어렁셩 두어렁셩 다링디리"에 대해 홍기문, 임기중, 박병채를 제외하고는 대부분 연구자들은 번역에서 생략하였다. 심지어 여음구 번역에 적극적이던 지헌영마저도.

〈이상곡〉의 "다롱디우셔 마득사리 마두너즈세 너우지"는 논자마다 번역에 어느 정도 적극적이었지만 논란은 상존하고 있다. 이 부분에 대한 어석상 쟁점은 크게 무의미한 여음으로 보느냐 아니면 유의어로 보느냐로 나눌 수 있는데 양주동, 박병채 등은 전자에 지헌영, 장효현, 강명혜 등은 후자에 놓여 있다고 할 수 있다. 무의미한 여음구로 보는 쪽 역시 범어(梵語) 진언(眞言)의 해학적 의어,[33] '장고장단'과 '주술적 조율음'으로[34] 읽고 있으며, 유의어로 파악한 지헌영은 "관

---

33) 양주동, 같은 책, 350~351면.
34) 박병채, 같은 책, 298~299면.

목총림(灌木叢林)이 마득너널에 隱密히"로,[35] 장효현은 "어우러져 모이어 온통 너저분한 모습에"로,[36] 강명혜는 "~시적 화자의 내적 갈등을 의성적으로 표현~"으로[37] 각각 풀고 있다. 이 부분을 유의어(有意語)로 해석하여 번역에 반영한 것은 문제가 있어 보인다. 왜냐하면 이를 유의어로 해독할 분명한 근거 없이 자의적으로 해석할 가능성이 높기 때문이다. 그리고 "다롱디……"가 〈정읍〉이나 〈신도가〉에서 여음구로 사용된 바 있고, "마득사리" 또한 형태가 유사한 "석석사리"를 '눈 밟는 의성어'로 본다면 이 역시 의성어일 가능성이 높다. 게다가 〈이상곡〉을 전하는 『대악후보』와 『악학편고』에 이 부분이 기록 상의 차이를 심하게 보이고 있어 이 부분을 의성어로 쓰여진 여음구로 보는 것이 어떨까 한다. 따라서 여음구의 번역은 지나친 의역을 경계하고 원전의 시어를 생략 없이 옮기기를 바란다.

셋째, 서술어 번역에 어학적 고려를 충분히 하지 않았다. 한국어의 특성 상 서술어는 존대와 시제를 나타내는 선어말어미와 평서, 의문, 감탄, 명령, 청유를 정하는 어말어미를 포함하고 있어 산문뿐만 아니라 시에서도 신경 써야 하는 부분이다. 물론 운문에서 서술어가 생략되거나 서술어의 일부가 영형태(零形態)로 처리될 때 측역(測譯)하는 것은 문제가 있지만 앞서 살핀 〈청산별곡〉의 "살어리랏다"처럼 선어말어미와 어말어미가 있음에도 불구하고 해독과 번역이 매끄럽지 못한 점은 더욱 문제가 된다. 차재은에 따르면[38] "살어리랏다"에서 '-어-'는

---

35) 지헌영, 같은 책, 108면.

36) 장효현, 「이상곡의 생성에 대한 고찰」, 『국어국문학』 92, 1984, 319~323면.

37) 강명혜, 『고려속요·사설시조의 새로운 이해』(북스힐, 2002), 152면.

자동사나 형용사의 어간 뒤에 붙어 동작이나 상태가 확정되거나 완료
됨을 나타내며, '-리랏다'는 용언의 어간이나 어미 뒤에 붙어 '-겠더
구나'의 의미를 지니므로 이 서술어를 "살았겠더구나"로 읽고 있다. 차
교수의 주장에 대해 좀 더 살펴봐야 하겠지만 기존 해독에서 정밀하게
보지 못한 부분을 읽었다는 점에서 시사하는 바가 적지 않다.

한편 서술어는 번역에 따라 다양한 어감을 줄 수 있다. 〈쌍화점〉의
"주여이다"에 대해 "쥔다(김태준)", "잡더이다(지헌영)", "쥐더라!(전규태)",
"쥐었어요(임기중)", "쥡니다(박병채)" 등 여러 가지 현대역이 있다. 이
가운데 평서형 어말어미에 위배되는 전규태를 배제하고 나머지 가운
데 시제와 시적 정황과 화자의 상황을 고려하면 지헌영과 임기중의
현대역이 가장 신뢰할 만하다 하겠다.

따라서 서술어의 번역은 중세어 문법 규칙에 위배되지 않으면서도
문학 텍스트로서의 미감을 살리는 방향으로 옮기기를 바란다.

넷째, 현대역에서 화자의 발화 방식 처리가 작품 해석의 다양성을
오히려 제한하기도 하였다. 문학 연구의 의의는 작품을 다양하게 해석
하여 문학적 사유의 지평을 넓히는 데 있다. 문학 연구의 방법과 관점
이 다양한 것도 이런 데서 연유한 까닭이라 할 수 있다. 전장에서 보았
듯이 복수 화자로 읽을 수 있는 작품을 단수 화자의 발화로 처리함에
따라 입체적일 수 있는 작품을 평면적 해석에 가두기도 하였다. 그리
고 복수 화자로 처리하여 번역한 경우에도 해석을 제한하는 경우가 있

---

38) "살어리랏다"에 관해 차재은 교수(경기대학교)는 기존의 해석에 문제점을 지적하고
   필자에게 관련 문건을 제공한 바 있으며, 본서에서 이를 인용한다. 차재은, 「청산별
   곡 해석 문제」(미발표 원고, 2008), 1면.

었다. 〈쌍화점〉의 화자 간 대화에서 최철·박재민은 '화자A(㉮)-화자
B(㉯)-화자A(㉰)'의 문답으로 처리하고 있으나, ㉰가 화자A라고 단정
할 이유가 없다. 그곳에 다녀온 화자는 '화자B' 혹은 '화자A·화자B'가
아닌 '제3자'일 수도 있기 때문이다. 이렇게 보았을 때 〈쌍화점〉에 대
한 이해의 범위는 보다 넓어질 수 있을 것이다. 따라서 화자의 발화
번역은 단·복수를 고려하면서 문학적 해석을 제한하지 않은 쪽으로
옮기기를 바란다.

4. 제언

앞서 보았듯이 지금까지 고려속요의 현대역은 많은 연구자들의 노
력에도 불구하고 해결해야 할 많은 숙제들을 남겨 놓고 있다. 이런 문
제들을 해결할 방향에 대해서는 이미 전 장에서 밝힌 바 있으며, 이와
더불어 이 장에서는 보다 시급한 과제인 중등 문학 교과서 및 외국어
번역 대본으로서의 현대역 정전 정립을 위한 방안을 제언하고자 한다.

2011년 검정을 통과한 문학 교과서(Ⅰ, Ⅱ)는 모두 26종(Ⅰ-13종, Ⅱ-
13종)으로 도서마다 고려속요 1~4편씩을 수록하고 있다. 수록의 형식
은 현대역 없이 원전에·주석만 단 것과 원전에 주석을 달고 현대역까지
제공한 것으로 구분할 수 있다. 전자는 자기주도 학습을 어렵게 하며
교사의 수업 부담이 가중된다는 점에서 권장할 것은 아니라고 본다.
이런 점에서 후자가 바람직한 교과서의 길을 걷고 있다고 할 수 있으나
현대역을 수록하는 과정에서 어느 정도의 문제점을 안고 있다.

〈동동〉을 제재로 삼은 교과서 중 천재문화, 신사고, 비상교평은 모

두 현대역을 싣고 있다. 천재문화는 박병채의 현대역을 그대로 옮기면서 여음을 추가하였으며,[39] 신사고는 부록에 박병채의 현대역을 참고하면서 해석에 이견이 있는 시어들에 대해 괄호 안에 부기하였고,[40] 비상교평은 임기중의 현대역을 참고하면서도 여음을 생략한 채 현대역 풀이만을 주었다.[41] 또한 신사고는 문학I에서 〈서경별곡〉과 〈가시리〉를, 문학II에서 〈정읍(사)〉과 〈동동〉을 제재로 들었는데 현대역의 참고 대상은 제각각이었다. 〈서경별곡〉과 〈가시리〉의 현대역은 최철을, 〈정읍(사)〉과 〈동동〉은 박병채를 참고한 것이다.

언급한 바 있듯이 현재의 현대역은 적지 않은 문제점을 갖고 있기 때문에 이를 그대로 활용하거나 편의 상 가감하는 것은 또 다른 문제를 야기할 수 있다. 특히 원전의 훼상 없이 작품의 의미와 가까운 현대역이 요구되는 중등교육에서 이질적 해독들을 나열한 풀이나 일관성 없이 현대역을 수록하는 것은 교육적 효과를 기대하기 어렵기 때문이다.

한편, 신뢰할 만한 현대역이 없어 일어난 또 다른 문제는 서구어 번역 과정에서 나타난 적지 않은 혼란과 오역이다.[42] 지금까지 고려속요의 서구어 번역은 약 40여 건 정도 있는데, 그 중 영어가 다수를 차지하고 있다. 하지만 영역(英譯)에서 역자마다 번역을 달리 하고 있어 영어권 학습자들에게 큰 혼란을 줄 수 있다. 〈청산별곡〉의 "살어리랏다"를 김우창과 맥캐인이 미래-의지형으로("I'll go and live", "I'll

---

39) 고형진, 『문학』II(천재문화, 2011), 23~25면.
40) 이숭원, 『문학』II(신사고, 2011), 377~378면.
41) 우병환, 『문학』II(비상교평, 2011), 100~101면.
42) 김명준, 「고려속요의 외국어 번역 현황과 과제」, 『우리문학연구』34집(우리문학회, 2011).

shall live"), 피터 리가 청유형으로("Let us live"), 이승길이 명령형으로("Dwell") 제각각 풀고 있는데[43] 이는 한국어 현대역 과정과 비슷한 양상으로 적극적 수용자(학습자)가 오히려 작품을 이해하는 데 방해를 받을 수 있다. 또한 같은 작품에서 맥캐인은 "믈아래 가던 새 본다"를 "Did you see the bird that flew off to the east?"로 옮기면서 원문에 없는 '동쪽으로(to the east)'를 넣어 잉여 번역을 하기도 했다.[44] 이외에도 서구어 번역물들은 일관성 없는 번역, 고유명사와 한국문화의 상징어의 불충분한 번역, 원전의 형태와 율격이 반영되지 않은 번역 등도 문제로 지적할 수 있다.

한국문화와 문학에 대한 요구가 그 어느 때보다 절실한 이때 한국문학의 서구어 번역은 매우 긴요한 일이라 하겠다. 특히 작품의 원전 형태를 온전히 살리는 번역, 오독과 오역이 없는 번역, 문학적 공감을 극대화하는 번역은 우리 모두의 책무라 할 수 있다. 하지만 역자가 외인(外人), 해당언어권 전공자가 대부분인 상황에서 이들이 번역으로 삼을 만한 현대역 정전이 없다는 점에서 위와 같은 문제가 지속되리라 의심치 않는다.

그렇다면 이런 문제들을 극복하기 위해 우리는 어떤 노력을 해야 할까. 이에 필자는 다음과 같이 제언한다.

① 현대역의 정전 정립을 위한 공동 작업. 완벽한 현대역을 위해 연구자마다의 방법과 관점에 따라 연구를 진행하는 것이 보다 효율적이라 할 수 있다. 하지만 뚜렷한 공동의 목적을 위해 연구자 간 협력도

---

43) 김명준, 같은 글, 16면.
44) 김명준, 같은 글, 30면.

생산적이라 생각한다. 지금까지 제출된 현대역들을 객관적 거리에서 서로 검토하여 합의된 부분은 정리하여 반영하고 논쟁이 된 부분은 과제로 남겨두는 학문적 공증이 필요하다 하겠다. 이런 점에서 북한이 1983년부터 펴낸 〈조선고전문학선집〉 100권은 좋은 예라 할 수 있다.[45] 이를 위해서 개인이 주도하기보다는 학회, 대학, 국가적 차원에서 계획을 수립하고 체계 있게 운영할 때 긍정적 결과를 얻을 수 있으리라 본다.

② 용도와 수용자를 고려한 현대역의 다품종 생산. 공동 작업을 통해 현대역을 생산할 때 소용(所用)과 대상을 고려하여 여러 종의 현대역을 내놓아야 하겠다. 국내 국어교육의 차원에서 내용 이해 위주의 의역판과 시적 의미를 살리면서 율격적 특성이 드러난 직역판이 필요하다. 그리고 해외 한국어교육의 차원에서 초·중급 정도의 한국어 실력을 지닌 외국인도 쉽게 이해할 수 있는 낮은 어휘 수준의 의역판 내지 이를 외국인 학자도 쉽게 서구어로 옮길 수 있는 번역 대상본, 외국문학으로서 한국문학을 전공으로 하는 외국인이 고려속요의 형식미와 특성을 이해할 수 있도록 의역과 직역을 적절히 정리한 혼합본 내지 이를 문학적 요소로 갖추며 옮길 수 있도록 준비된 번역 대상본 역시 요구되는 바이다. 이렇듯 수용자와 목적에 맞게 여러 종의 현대역을 제공하게 된다면 현대역의 가치와 한국문학의 해외 위상도 함께 제고되리라 생각한다.

---

45) 〈조선고전문학선집〉은 우리 쪽 보리출판사에서 2004년부터 〈겨레고전문학선집〉 이란 이름으로 출간하고 있다.

5. 결론

앞서의 논의를 정리하고 앞으로의 전망을 제시하는 것으로 결론을 삼겠다.

필자는 현재까지 축적된 고려속요의 현대어 번역을 점검하여 추후 연구 방향을 제시함과 아울러 현대역 연구의 당면과제가 문학 교과서 및 외국어 번역 대상으로서의 현대역 정전 정립에 있음에 주목하여 이 글을 이끌게 되었다.

고려속요의 현대역 상황에서 번역 건수는 130여건으로 편당 평균 6.7건이 이루어졌으며, 직역과 의역의 비율은 7 : 3으로 직역이 앞섰 다. 번역물들을 직역과 의역에 따라 시어, 여음, 서술어, 화자의 발화 방식 등으로 살펴본 결과 시어에서 직역을 수행한 이들은 시어의 생략, 오역을 하였으며, 의역자들은 원전을 넘치는 번역, 원전의 구성을 바꾸 는 번역을 하기도 하였다. 여음의 번역에서 직역자들은 여음을 원전 그대로 옮기거나 생략하였으며, 의역자 가운데는 시적 기능을 살려 의 미역을 하기도 하였다. 서술어 번역에서 직역자는 원전의 고어투를 그 대로 옮기는 경우가 많았으며 의역자는 작품을 재조직하여 설명하는 방식으로 옮겼다. 또한 역자마다 서술어 번역을 시제와 정서를 달리하 기도 하였다. 화자의 발화 번역에서 등장인물이 여럿일지라도 직역자 는 단수 화자의 목소리로, 의역자는 복수 화자의 톤으로 옮겼다.

이런 결과 시어와 여음구에 대한 옳은 번역이 없었고, 서술어 번역 에서 어학적 고려를 충분히 하지 않았으며, 화자의 발화 처리 방식이 작품 해석의 다양성을 오히려 제한하기도 하였다. 이에 시어의 번역 은 난해어구는 명확한 해독이 나오기를 기다리고 분명하고 오류가 적은 어석을 적극 반영하며, 여음구의 번역은 넘치는 의역을 피하여 원 전대로 옮기며, 서술어의 번역은 문법 규칙을 따르면서 운문 갈래의 미감을 살리며, 화자의 발화 번역은 단·복수를 고려하여 해석의 제한 을 두지 않기를 제안했다.

그리고 중등 문학 교과서들에서 현재의 현대역을 활용함으로써 나 타난 문제점과 번역 대상으로 삼을만한 현대역이 없어 발생한 서구어 번역물에 보이는 혼란과 오역들을 극복하기 위해 현대역이 정전 정립 을 위한 공동 작업과 용도와 수용자를 고려한 현대역의 다품종 생산 을 제언하였다. 이상의 노력이 어려운 일임은 분명하지만 현대어역의 학문적 가치, 교육적 의미 그리고 한국문학의 세계화에 작지 않은 보 탬이 되리라 믿는다.

제2장

고려속요의 외국어 번역 현황과 과제

1. 서론

이 글은 고려속요(高麗俗謠)의 외국어 번역 현황을 살펴 발전적 번역을 위한 전망을 제시하는 데 그 목적이 있다.

한역(漢譯)을 제외한 한국 문학의 외국어 번역은 19세기 말부터 시작되었고 현재 많은 작품들이 여러 언어로 번역되었으며,[1] 이에 대한 연구도 최근 들어 적지 않게 이루어지고 있다.[2] 하지만 고려속요의 경우 다른 갈래들에 비해 번역과 연구가 매우 미흡한 편이라 할 수 있다. 『한국문학 번역서지 목록』,[3] 대산문화재단의 번역 목록[4] 그리고 한국문학번역원 번역 목록을[5] 보더라도 고려속요의 외국어 번역

---

1) 金興圭 編, 『한국문학 번역서지 목록』(한국문학번역금고·고려대 민족문화연구원, 1998).

2) 김종길 외 28인, 『한국문학의 외국어 번역』(민음사, 1997) ; 유럽문화정보센터, 『한국문학의 외국어 번역』(연세대학교 출판부, 2004) ; 오윤선, 『한국 고소설 영역본으로의 초대』(집문당, 2008) ; 조동일 외, 『한국학 고전자료의 해외 번역: 현황과 과제』(계명대학교 출판부, 2008).

3) 金興圭 編, 같은 글.

4) 대산문화재단, 「재단지원 번역·출판도서 목록」(2010. 03. 05.).

은 아직은 시작 단계라 할 수 있으며, 이 방면에 대한 연구 또한 케빈 오루크(Kevin O'Rourke)가 유일하다고 할 수 있다.[6]

주지하다시피 세계문학은 여러 개별 문화권의 문학들로 이루어져 있기 때문에 문학 권역 간 소통과 이해는 곧 세계 보편주의 가치관을 이룩하는 데[7] 중요하다고 할 수 있다. 고려속요 또한 한국문학사의 한 부분이므로 고려속요의 외국어 번역을 살피는 것은 한국문학의 보편주의를 지향하는 데 일조를 할 수 있다는 점에서 의미 있는 일이라 할 것이다.

한편 필자가 다룰 대상은 국문으로 전승된 고려속요 20편으로, 이 작품들은 『악학궤범(樂學軌範)』, 『시용향악보(時用鄕樂譜)』, 『금합자보(琴合字譜)』, 『악장가사(樂章歌詞)』, 『악학편고(樂學便考)』, 『대악후보(大樂後譜)』 등에 산재(散在)하고 있다. 그 작품들을 보이면 다음과 같다.

〈동동(動動)〉, 〈정읍(井邑)〉, 〈고려 처용가(處容歌)〉, 〈정과정(鄭瓜亭)〉, 〈정석가(鄭石歌)〉, 〈청산별곡(靑山別曲)〉, 〈서경별곡(西京別曲)〉, 〈사모곡(思母曲)〉, 〈쌍화점(雙花店)〉, 〈이상곡(履霜曲)〉, 〈가시리〉, 〈만전춘별사(滿殿春別詞)〉, 〈유구곡(維鳩曲)〉, 〈상저가(相杵歌)〉, 〈나례가(儺禮歌)〉, 〈성황반(城隍飯)〉, 〈내당(內堂)〉, 〈대왕반(大王飯)〉, 〈삼성대왕(三城大王)〉, 〈대국(大國) 1,2,3〉

그리고 번역물은 중세 한역(漢譯)과 근대 이후 모든 번역을 포함하지만 현황에서는 영역(英譯)을 주로 다룰 예정이다. 다만 중세 한역인

---

5) 한국문학번역원, 「연도별 출간 현황 목록」(2011. 04.).

6) 케빈 오루크, 「한국 고전 시 번역 제고」, 조동일 외, 『한국학 고전자료의 해외 번역: 현황과 과제』(계명대학교 출판부, 2008).

7) 조동일, 「한국의 고전에서 무엇을 찾을 것인가」, 조동일 외, 『한국학 고전자료의 해외 번역 : 현황과 과제』(계명대학교 출판부, 2008), 12면.

소악부에 대해서는 전사(前史)로서의 의미를 확인할 것이고, 영역을 제외한 외국어역은 번역 내용보다는 전체 현황을 살피는 데 반영하고자 한다.

2. 번역 현황

1) 전사(前史)

고려속요를 포함한 한국고전시가의 번역 전통은 결코 짧지 않은 역사를 가지고 있다. 〈황조가(黃鳥歌)〉, 〈구지가(龜旨歌)〉, 〈공무도하가(公無渡河歌)〉 등 상대시가(上古詩歌)가 여러 고문헌에 한역되어 전하며, 균여(均如)의 〈보현시원가(普賢十願歌)〉가 최행귀(崔行歸)에 의해 한역된 점 등에서 이를 알 수 있다. 특히 최행귀의 번역은 당시 보편문어(文語)인 한문의 국제성과 효용성을 인정하고 이를 통해 〈보현시원가〉의 명성을 국제적으로 알리려 했다는 점에서[8] 그 의미가 적지 않다고 할 수 있다.

이런 흐름 속에서 이제현(李齊賢)과 민사평(閔思平)이 고려속요를 소악부(小樂府)라는 이름으로 번역한 점은 주목할 만하다.

〈1〉 어제 곽충룡이 급암이 소악부에 화답하려 해도 한 가지 일에 거듭되는 말이 되어 그만 두었다 한다. 내가 이르기를 유빈객의 죽지사는 모두 기주나 협주 사이의 남녀가 서로 좋아하는 말이고, 동파는 이비, 굴자, 회왕, 항우 등의 일을 가지고 긴 노래를 지었으니, 어찌 전대 사람들을

---

8) 金敏洙, 『新國語學史(全訂版)』(一潮閣, 1989), 71~77면.

도습하겠는가? 급암도 별곡에서 감동한 뜻이 있다면 새로운 가조로 지어도 좋을 듯하다. 이에 두 편을 지어 인도하다.9)

〈2〉 종백 익재공께서 근래 지으신 몇 편의 시를 보내셨다. 절배행은 후진을 이끄시는 뜻이 아주 간절하니 비록 어리석은 자이지만 어찌 감동되지 않겠는가! 그러나 졸렬하고 거친 처지라 화답을 할 수 없어 미루다 지금까지 되어 황송하던 차에 공께서 게으른 죄를 용서하시고, 다시 소악부 두 수를 보내시니 더욱 감동되고 더욱 송구스러워 삼가 약간 몇 수를 지어 정성으로 써서 비칩니다.10)

〈1〉은 이제현이 아홉 편의 소악부를 완성하고 나서 민사평[급암(及菴)]에게도 소악부를 짓도록 독려하는 내용이다. 글에서 이제현은 민사평의 번역 고민을 덜어주고[飜爲新詞可也] 그 번례(飜例)로 두 편을 붙이기도 하였다. 이에 민사평이 이제현의 뜻에 따라 여섯 편을 지어 화답한다는 내용이 〈2〉에 보인다. 이렇게 이 두 사람에 의해 고려시대 노래[별곡(別曲)] 17편이 한역되었다.

【이제현의 소악부 11편】
〈장암(長巖)〉, 〈거사연(居士戀)〉, 〈제위보(濟危寶)〉, 〈사리화(沙里花)〉, 〈소년행(少年行)〉, 〈처용(處容)〉, 〈오관산(五冠山)〉, 〈구슬詞〉, 〈정과정(鄭瓜亭)〉, 〈수정사(水精寺)〉, 〈북풍선(北風船)〉

---

9) 『益齋亂藁』卷4. "昨見郭翀龍 言及菴欲和小樂府 以其事一而語重 故未也 僕謂劉貧客作竹枝歌 皆其峽間男女相悅之辭 東坡則用二妃屈子懷王項羽事 綴爲長歌 夫豈襲前人乎 及菴取別曲之感於意者 飜爲新詞可也 作二篇挑之."

10) 『及庵先生詩集』卷3. "伏蒙宗伯益齋公 錄示近所爲詩數篇 其折輩行 誘掖後進之意 深且切矣 雖以庸愚 寧不知感 然自惟拙澁 必不能攀和 因循至今惶悚間 公恕其遲慢之罪 再以小樂府二章示之 愈感愈悚 謹和成若干首 薰沐繕寫 拜呈左右."

【민사평의 소악부 6편】

〈황룡사문(黃龍寺門)〉, 〈인세사(人世事)〉, 〈심야행(深夜行)〉, 〈삼장(三藏)〉, 〈안동자청(安東紫青)〉, 〈청지주(請蜘蛛)〉

이 가운데 〈처용〉, 〈정과정〉, 〈삼장〉, 〈구슬사〉는 현전 국문 작품과 내용상 관련한 것들이고, 〈오관산〉, 〈거사연〉, 〈사리화〉, 〈장암〉, 〈제위보〉, 〈안동자청〉 등은 국문으로 전하지는 않지만 궁중 속악가사로 사용된 점에 비추어 볼 때,11) 이들은 고려속요의 번역물이라 할 수 있다. 이외에도 『고려사』 악지 속악조에 작자를 알 수 없는 〈삼장〉, 〈사룡(蛇龍)〉, 〈한송정(寒松亭)〉 또한 고려속요의 번역으로 볼 수 있다.

이처럼 고려속요의 한역은 구비문학의 영역에 있던 고려속요를 기록문학화함은 물론 개별문학으로서의 한국문학을 당시 보편주의 문학권으로 편입하려는 문화적 자부심에 따른 것이라고 할 수 있다.

2) 현황

[표 1] 언어권별 번역 현황

구분	영어	이탈리아어	스페인어	체코어	계
정읍		1		1	2
동동	1(2)12)	1			2(3)
고려 처용가	1				1
정과정	3				3
정석가	3				3
청산별곡	5	1	1	1	8
서경별곡	3				3

---

11) 『高麗史』卷71, 樂志 俗樂.

사모곡	2	1			3
쌍화점	4				4
이상곡	3	1			4
가시리	3	1	2		6
만전춘별사	3				3
나례가	1				1
상저가	1				1
계	33(34)	6	3	?	44(45)

근대 이후 고려속요의 번역은 주로 구미어(歐美語)를 중심으로 이루어졌다. 번역 대상에서 〈유구곡〉, 〈성황반〉, 〈내당〉, 〈대왕반〉, 〈삼성대왕〉, 〈대국 1, 2, 3〉은 빠졌으며, 나머지 작품들은 1건에서 8건까지 번역되어 총 45건의 번역이 있다. 이 가운데 영역(英譯)은 34건(75.5%)으로 가장 많고 그 다음으로 이탈리어역 6건(13.3%), 스페인어역 3건(6.6%), 체코어역 2건(4.4%) 순이다. 또한 번역된 작품으로는 〈청산별곡〉이 8건(17.7%)으로 가장 많고, 〈가시리〉 6건(13.3%), 〈쌍화점〉〈이상곡〉은 각 4건(8.8%), 〈동동〉〈정과정〉〈정석가〉〈서경별곡〉〈사모곡〉〈만전춘별사〉 각 3건(6.6%), 〈정읍〉 2건(4.4%), 〈고려 처용가〉〈나례가〉〈상저가〉 각 1건(2.2%) 순이다. 이를 작품별로 살펴보기로 하자.[13]

---

12) 〈동동〉은 같은 번역물이기는 하지만 전체 번역 건수를 위해 괄호 안에 두어 따로 표시하였다.

13) 번역 현황은 金興圭 編, 『한국문학 번역서지 목록』(한국문학번역금고·고려대 민족문화연구원, 1998), 대산문화재단, 「재단지원 번역·출판도서 목록」(2010. 03. 05.), 한국문학번역원, 「연도별 출간 현황 목록」(2011. 04.), 유럽문화정보센터, 『한국문학의 외국어 번역』(연세대학교 출판부, 2004) 등과 출전에서 밝힌 책을 참고하였다.

(1) 정읍

[표 2] 〈정읍〉 번역 현황

번역 제목	언어	번역자
		출전
Chong-upsa	체코어	Pultr, Alois
		Báseň O Tom, Jak Mesîc Svîtil Na Cestu Muzi S Bremenem, 1961.
Poesia di Chong' up	이탈리아어	Riotto, Maurizio
		Storia della letteratura coreana : Palermo, Novencento, 1996.

〈정읍〉은 체코어와 이탈리아어 각 1건의 번역이 있다. 영어 번역이 없는 것이 약간 의문이기는 하지만 영역(英譯) 번역의 선구자라 할 수 있는 피터 리(Peter H. Lee)가 한국고전시가사의 구도를 "통일신라(향가)-고려(고려 노래)-……"로[14] 설정하면서 백제에서 기원한 노래인 〈정읍〉이 번역의 대상에서 제외된 것에서 기인했다고 할 수 있다.

〈정읍〉의 체코어 번역은 체코 한국학의 대부라 할 수 있는 풀터(Pultr, Alois) 교수에 의해 비교적 이른 시기에 이루어졌다. 그의 이런 활동의 배경에는 체코의 현대사와도 관련이 있다. 체코는 1945년 독립 이후에 소련과 더불어 동아시아 국가들에 대한 관심을 갖게 되었고 이에 찰스 대학에 한국학과가 설립되었으며 이 일을 풀터 교수가 주도하면서 문학 작품 번역, 한국어 교재 등을 집필하였던 것이다. 이

---

14) "The Silla Dynasty(Hyangga) – The Koryo Dynasty(Koryo Songs) – ……"의 사적 구도가 Poems from Korea : GEORGE ALLEN &UNWIN LTD, 1974 ; ANTHOLOGY OF KOREAN LITERATURE : University of Hawaii Press, 1990 ; A History of Korean Literature : CAMBRIDGE, 1995. 등에서 드러나고 있다.

후 체코의 한국학은 그의 제자들이 계승하고 있다.[15]

이탈리아어 번역은 한국 정부의 지원을 받아 한국학 박사학위를 취득하고 현재 나폴리 대학에 있는 리오또(Riotto, Maurizio) 교수에 의해 이루어졌다. 그는 1996년부터 한국학 관련 연구서와 문학 작품을 번역하고 있으며, 1차로 한국문학사(Storia della letteratura corea)를 번역하면서 고려속요를 포함하였던 것이다. 〈정읍〉의 역제(譯題)를 원제에서 약간 변형하여 "정읍의 시(Poesia di Chong'up)"로 한 점은 특이하다고 할 수 있다.[16]

(2) 동동

[표 3] 〈동동〉 번역 현황

번역 제목	언어	번역자
		출전
Ode On the Seasons	영어	Peter H. Lee
		Poems from Korea : GEORGE ALLEN & UNWIN LTD, 1974.
Ode On the Seasons	영어	Peter H. Lee
		ANTHOLOGY OF KOREAN LITERATURE : University of Hawaii Press, 1990.
Tongdong	이탈리아어	Riotto, Maurizio
		Storia della letteratura coreana : Palermo, Novencento, 1996.

---

15) 블라디미르 푸체크(Vladimir Pucek), 「체코슬로바키아에서의 한국학 연구」, 『퇴계학연구논총』 제9호(경북대학교 퇴계연구소, 2000), 1~4면 ; 송순섭, 「체코어로 소개된 한국문학의 현황 연구」, 유럽문화정보센터, 『한국문학의 외국어 번역』(연세대학교 출판부, 2004), 191~192면.

16) 아래에서 밝히겠지만 다른 작품들의 제명은 그대로 직역한 경우가 많다.

〈동동〉은 영어 2건과 이탈리아어 1건의 번역이 있으나, 영어 2건은 동일한 번역이므로 실제 2건의 번역이 있는 셈이다. 영역자(英譯者)인 피터 리는 한국계 재미(在美) 학자로 1960년부터 한국문학의 꾸준한 번역을 하였으며 현재 20여 권의 한국문학 번역서를 출간한 바 있다. 고려속요의 영역(英譯)도 그의 비중이 매우 크다고 할 수 있다. 다만 작품에 따라 의역과 직역이 서로 섞여 있기도 하다. 〈동동〉의 경우 의역 (意譯)에 치중하여 여음구는 번역에서 제외하였으며, 제명 또한 원제목 대신 내용을 고려하여 "계절의 송시(Ode On the Seasons)"로 하였다.

이탈리아어 번역은 앞서 본 리오또(Riotto, Maurizio) 교수가 행한 것으로 제명을 원제 그대로 옮기고 있다. 이는 여음구의 일부인 '동동 (動動)'을 번역할 마땅한 용어가 없었기 때문인 듯하다.

(3) 고려 처용가

[표 4] 〈고려 처용가〉 번역 현황

번역 제목	언어	번역자
		출전
Song of Choyong : A Choral Dance for Exorcising Demons	영어	Peter H. Lee
		Poems from Korea : GEORGE ALLEN & UNWIN LTD, 1974.

〈고려 처용가〉는 피터 리의 영역 1건이 있다. 부제에서 보듯 그는 이 노래가 새해 "구나(驅儺) 의식에 사용된 가무극(歌舞劇)(A Choral Dance for Exorcising Demons)"으로 이해하여 희곡 구성에 따라 번역하였다. 번역 당시 〈고려 처용가〉에 대한 (현대역을 포함한) 해석과 연구가 많지 않았던 상황에서 이 노래를 가무극적 관점에서 번역한 점은 연구사적으로도 의의가 있다고 할 수 있다.

(4) 정과정

[표 5] 〈정과정〉 번역 현황

번역 제목	언어	번역자
		출전
Complaint	영어	Kim U-chang
		Korea Journal 6-4, Seoul : Korean National Commission for Unesco, 1966.
Regret	영어	Peter H Lee
		Poems from Korea : GEORGE ALLEN & UNWIN LTD, 1974.
The Arbor of Jeong Gwha	영어	Lee Seung-gil
		The Anthology of Korean Poetry, Seoul : The Literature and Life Co.,1988.

〈정과정〉은 영어 3건의 번역이 제출되었다. 그 가운데 2건은 국내 학자의 번역이며 나머지는 피터 리의 것이다. 역제(譯題)에서 알 수 있 듯이 3인의 번역 방식에서 약간의 차이가 있다. 김우창과 피터 리는 의역(意譯)의, 이승길은 직역(直譯)의 방식을 택했다고 할 수 있다. 그리 고 같은 의역이라도 역자에 따라 김우창은 〈정과정〉을 불평·불만 (complaint)으로, 피터 리는 후회·유감(regret)으로 이해하고 있다. 직 역을 한 이승길의 경우 김우창 쪽에 좀 더 가깝다고 할 수 있다. 이처럼 번역 태도가 다른 이유는 원작이 자체가 지니는 해석의 다양성 즉, 화자 의 목소리가 세계로 향하는지, 아니면 자신에게 향하고 있는지의 문제 에 따른 것이다. 이는 〈정과정〉의 번역이 원작의 해석 여하에 따라 달라졌다고 할 수 있다.

(5) 정석가

[표 6] 〈정석가〉 번역 현황

번역 제목	언어	번역자
		출전
Song	영어	Kim U-chang
		Korea Journal 6-4, Seoul : Korean National Commission for Unesco, 1966.
Song of The Gong	영어	Peter H. Lee
		Poems from Korea : GEORGE ALLEN & UNWIN LTD, 1974.
Song of The Gong	영어	Peter H. Lee
		ANTHOLOGY OF KOREAN LITERATURE : University of Hawaii Press, 1990.

〈정석가〉는 영역 3건이 있으며, 2건은 피터 리가 시간을 두고 내놓은 조금 다른 결과물들이다. 김우창은 〈정석가〉 6연 가운데 서사(1연)와 구슬詞(6연)를 옮기지 않았고, 역제를 '노래(song)'로 하였다. 이에 비해 피터 리는 정석(鄭石)의 의미를 살려 역제를 '악기 징의 노래(song of the gong)'로 하였으며, 전 6연을 번역하였다. 1974년 번역과 1990년 번역이 크게 다르지 않으나 서사와 2연에서 차이가 나타난다. "先王聖 代"를 1차 역에서 "The King reigns ; ……In this age, calm and lucky" 라 했던 것을 2차 역에서 "(The King reigns는 삭제) In this age, calm and plenty"로 한 것이 그 예이다. 전체적으로 보면 피터 리는 시어의 상징적 의미에 치중하면서 의역에 충실했다고 할 수 있다.

(6) 청산별곡

[표 7] 〈청산별곡〉 번역 현황

번역 제목	언어	번역자
		출전
Cchonsan Pjilgok	체코어	Pultr, Alois
		Pisen O Zelenych Horach, Ptacich a Mori, O Lidskem Nevdeku a jeste mnoha jinych vecech z vyhnanstvi, Novy Orient 15, 1960.
Song of Groon Mountain	영어	Kim U-chang
		Korea Journal 6-4, Seoul : Korean National Commission for Unesco, 1966.
Song of Green Mountain	영어	Peter H. Lee
		Poems from Korea : GEORGE ALLEN & UNWIN LTD, 1974.
Cancion de la verde colina	스페인어	Kim Hyun-chang
		Antologîa de la poesîa coreana, Seúl : Universidad Nacional de Seúl, 1987.
Ode to Blue Mountain	영어	Lee Seung-gil
		The Anthology of Korean Poetry, Seoul : The Literature and Life Co.,1988.
Song of Green Mountain	영어	Peter H. Lee
		ANTHOLOGY OF KOREAN LITERATURE : University of Hawaii Press, 1990.
Canzone della montagna verde	이탈리아어	Riotto, Maurizio
		Storia della letteratura coreana : Palermo, Novecento, 1996.
Song of Green Mountains	영어	DAVID R. McCANN
		EARLY KOREAN LITERATURE SELECTIONS AND INTRODUCTIONS : COLUMBIA UNIVERSITY PRESS, 2000.

〈청산별곡〉은 영어 5건과 체코어, 스페인어, 이탈리아어 각 1건의

번역이 있다. 영역인 경우 국내외 학자들이 고루 번역물을 내놓았고
체코어역과 이탈리아어역은 국외 학자가, 스페인어역은 국내 학자가
번역을 하였다. 다른 작품에 비해 〈청산별곡〉의 번역이 많은 이유는
역자가 이를 고려속요의 대표적인 작품으로 여긴 결과라 생각한다.

　〈청산별곡〉 연구사에 제기된 다양한 해석만큼 번역들도 다양한 양
상을 보인다. 다만 역제에서 체코어역만 한국어음을 그대로 반영하였
으며, 나머지는 '푸른 산의 노래'(이탈리아어, 영어), '푸른 언덕의 노
래'(스페인어) 등으로 대부분 이견이 없었다. 내용에서는 많은 차이를
보이고 있는데, 이를 영역을 중심으로 살펴보면 다음과 같다.

　1연의 "살어리랏다"에 대해 김우창과 맥캐인은 미래-의지형으로
("I'll go and live", "I'll shall live"), 피터 리는 청유형으로("Let us live"),
이승길은 명령형으로("Dwell") 풀었다. 2연의 "우러라"에 대해 김우창
은 "노래하라"(sing)로, 나머지는 "울어라"(cry, weep)로 보았다. 3연의
"가던 새 본다"에 대해서는 맥캐인을 제외하고는 모두 현재진행 평서
형으로 읽고 있다. 후술하겠지만 "본다"는 한국 중세어에서는 의문형
이기 때문에 맥캐인의 번역이("Did you see?") 원작에 더 가깝다고 할
수 있다. 그리고 같은 연의 "가던 새"에 대해서 한국어 어석(語釋)이
날아가던 새[飛鳥]와 갈던 밭[耕田] 등으로 의견이 양분되고 있는 반
면 영역 대부분은 전자를 따르고 있다.[17] 5연의 "누리라 마치던 돌코"
에 대해서는 '화자'를 '돌을 던지는 주체'로(피터 리, 이승길, 맥캐인) '돌

---

17) 맥캐인의 경우 "가던 새"를 "the bird that flew away"로 풀고 있지만 각주에서,
　　다른 견해로 "the ploughed field"를 들고 있다. DAVID R. McCANN, EARLY KOREAN
　　LITERATURE SELECTIONS AND INTRODUCTIONS : COLUMBIA UNIVERSITY PR
　　ESS, 2000, p.27.

에 맞는 객체'(김우창)로 각각 번역하고 있다. 또한 8연의 "설진 강수"에 대해서 "독한 술"(피터 리, 이승길), "덜 익은 술"(맥캐인) 등으로 옮기고 있다. 이외에도 여음구를 번역에 반영하거나(이승길, 맥캐인) 하지 않은 경우, 율격을 고려한 시행을 배치한 번역과(피리 리 : 1990, 맥캐인) 그렇지 않은 번역 등에서도 차이를 보이고 있다.

(7) 서경별곡

[표 8] 〈서경별곡〉 번역 현황

번역 제목	언어	번역자
		출전
Song of Sogyong	영어	Kim U-chang
		Korea Journal 6-4, Seoul : Korean National Commission for Unesco, 1966.
Song of Pyongyang	영어	Peter H. Lee
		Poems from Korea : GEORGE ALLEN & UNWIN LTD, 1974.
Song of Pyongyang	영어	Peter H. Lee
		ANTHOLOGY OF KOREAN LITERATURE : University of Hawaii Press, 1990.

〈서경별곡〉은 영역 3건이 있는데, 김우창의 1건과 피터 리 2건이 그것들이다. 역제에서 김우창은 원제대로 서경의 노래로(Song of Sogyong), 피터 리는 평양의 노래로(SONG OF PYONGYANG)로 약간 달리 풀었으며, 의미를 모두 3개 단락으로 두었다. 다만 첫 번째 단락을 김우창은 6줄로, 피터 리는 5줄로 풀었다.

이러한 공통점에 불구하고 양자 간 큰 차이를 보이는 것은 번역의 방식으로 김우창은 전면 의역을, 피터 리는 부분 의역(1974)과 직역

(1990)을 하였다. 예컨대, "셔경西京이 서울히 마르는"에 대해 김우창은 "Sogying is the city I love"으로, 피터 리의 1974년 번역은 "Although Pyongyang is my home and capital"로, 1990년 번역에서는 "Although Pyongyang is capital" 등으로 하였다. 밑줄 부분은 "서울"로 이를 주목해 보면 김우창은 "서울"을 화자의 고향으로 의역했으며, 피터 리는 1974년 번역에는 화자의 고향과 원전의 서울의 의미를, 1990년에는 원전 시어만 살리고 있는 것을 알 수 있다. 이외에도 세 번째 단락의 해석에서 김우창이 뱃사공과 그의 아내에 초점을 둔 점과 피터 리가 화자, 님, 뱃사공의 관계에 주목한 점도 큰 차이라 할 수 있다.

(8) 사모곡

[표 9] 〈사모곡〉 번역 현황

번역 제목	언어	번역자
		출전
Maternal Love	영어	Peter H. Lee
		Poems from Korea : GEORGE ALLEN & UNWIN LTD, 1974.
Song of Mother's Love	영어	Yang Kyoung-Zoo
		The Anthology of Korean Poetry, Seoul : The Literature and Life Co., 1988.
Pensando alla madre	이탈리아어	Riotto, Maurizio
		Storia della letteratura coreana : Palermo, Novencento, 1996.

〈사모곡〉은 영역 2건과 이탈리아역 1건이 있다. 역제에서 영역은 "어머니의 사랑(Maternal Love)" 혹은 "어머니의 사랑 노래(Song of Mother's Love)"로, 이탈리아역은 "어머니를 생각하며(Pensando alla madre)"로 풀

어 놓았는데, 원제 "사모곡(思母曲 : 어머니를 그리워하는 노래)"에 주목한
다면 후자가 좀 더 직역한 감이 든다.

비교적 짧은 노래인 〈사모곡〉에 대하여 영역 2건은 시어, 분단 고
려, 화자의 시점 등에서 적지 않은 차이를 보이고 있다. 먼저 "호미"
를 양경주는 "괭이(hoe)"로, 피터 리는 "삽(spade)"으로 읽었으며, 분
단에 대해서는 양경주는 비유의 화자의 시선을 고려하여 3분단으로,
피터 리는 단연으로 처리하였다. 그리고 피터 리가 화자의 시점을 3
인칭에 두면서 담담하게 시를 풀었던 반면, 양경주는 3인칭에서 1인
칭으로 시점을 전환하면서 감정을 견인하였다. 이처럼 양자가 감정의
개입 정도에서 차이를 보인 이유는 아마도 〈사모곡〉과 〈목주가(木州
歌)〉와의 관련성 여부와도[18] 관계가 있는 것으로 보인다.

(9) 쌍화점

[표 10] 〈쌍화점〉 번역 현황

번역 제목	언어	번역자
		출전
The Bakery	영어	Kim U-chang
		Korea Journal 6-4, Seoul : Korean National Commission for Unesco, 1966.
The Turkish Bakery	영어	Peter H. Lee
		Poems from Korea : GEORGE ALLEN & UNWIN LTD, 1974.
Bun-Shop	영어	Lee Seung-gil

---

18) 한국 고전시가연구사에서 〈사모곡〉을 〈목주가〉와 관련한 연구 성과가 적지 않으
며, 이렇게 이 두 작품을 맺을 때, 〈목주가〉의 원부적(怨父的) 성격이 〈사모곡〉에
반영되기도 한다.

		The Anthology of Korean Poetry, Seoul : The Literature and Life Co.,1988.
The Turkish Bakery	영어	Peter H. Lee
		ANTHOLOGY OF KOREAN LITERATURE : University of Hawaii Press, 1990.

〈쌍화점〉은 영역 4건이 있는데, 김우창과 이승길의 각 1건과 피터 리의 2건이 있다. 역제를 보면 김우창은 빵가게(The Bakery), 이승길은 빵의 종류를 구체화하여 둥근 빵 가게(Bun-Shop) 그리고 피터 리는 "무슬림이 운영하는 빵 가게(The Turkish Bakery)"로 각각 번역하고 있다. 쌍화점의 주인에 대해서는 이승길을 제외하고는 무슬림으로 보고 있으며, "쌍화"에 대해서는 만두(dumpling)(김우창), 난(naan)(이승길, 피터 리)으로 약간 다르게 해석하고 있다.

이러한 차이 외에 역자 간 많은 차이를 보이는 것은 번역의 방식으로 이승길은 원시 형태 그대로 시행을 살리고 여음구를 반영하여 다소 시적으로 직역하고 있다. 이에 비해 김우창은 한 연으로 의미 상 두 개로 나누고 의미역에 치중하였으며 피터 리는 이 둘 사이에 놓여 있다고 할 수 있다. 또한 각 연 후반부의 "긔 자리예 나도 자라 가리라"와 "그 잔터ㄱ티 덦거츠니 업다"에 대해서 번역자마다 차이가 있다. 동일 화자가 '그 자리'에 가기 전부터 그곳을 부정하고 각성했는지(이승길), 전 발화자의 무모한 행동에 대해 후 발화자가 각성하게 했는지(김우창), 동일 화자가 '그 자리'를 체험으로 통해 스스로 각성했는지(피터 리)가 그것이다. 이외에도 손목을 잡힌 시점을 과거로 보는 견해(이승길, 김우창)와 현재형으로 보는 견해(피터 리)가 있으며 "삿기 광대"를 "꼭두각시"로 보는 견해(김우창, 피터 리 : 1974)[19]와 "배우·광대"(이승길, 피터 리 : 1990)로 보는 견해 등에서도 차이가 난다.

(10) 이상곡

[표 11] 〈이상곡〉 번역 현황

번역 제목	언어	번역자
		출전
Winter Night	영어	Peter H. Lee
		Poems from Korea : GEORGE ALLEN & UNWIN LTD, 1974.
To My Feet on Rime	영어	Lee Seung-gil
		The Anthology of Korean Poetry, Seoul : The Literature and Life Co.,1988.
Winter Night	영어	Peter H. Lee
		ANTHOLOGY OF KOREAN LITERATURE : University of Hawaii Press, 1990.
Camminando sul ghiaccio	이탈리아어	Riotto, Maurizio .
		Storia della letteratura coreana : Palermo, Novencento, 1996.

〈이상곡〉은 영역 3건과 이탈리아역 1건이 있는데, 영역 3건 가운데 2건은 피터 리가 1건은 이승길의 것이고 이탈리아역은 리오또가 행한 것이다. 역제에서 이승길과 리오또는 원제 '履霜'을 따라 "To My Feet on Rime(서리를 걸으며)", "Camminando sul ghiaccio(얼음 위로 걸어가며)"로 하였으며, 피터 리는 "Winter Night(겨울밤)"로 달았다.

영역을 보면 이승길은 직역에, 피터 리는 의역에 가깝게 번역하고 있음을 알 수 있다. 이승길은 여음구로 보는 "다롱디우셔……"를 그대로 음사하였고, 중복되는 "죵죵 벽력霹靂……내 모미" 부분을 삭제하여 11행

---

19) 피터 리의 1974년 번역에서 "삿기광대"에 대해 "The Turks were supposed to have a little doll(puppet) on the shelves of their bakeries for decoration."이라 설명하고 있다. Peter H. Lee, Poems from Korea : GEORGE ALLEN & UNWIN LTD, 1974, p.180.

으로 놓았으며 가능한 원전의 시어를 그대로 두려는 태도를 보이고
있다. 이에 비해 피터 리는 의미 상 세 단락으로 나누어 연 구분을 하였고
화자와 님의 관계와 상태에 대해 원전에 없는 단어를 추가하고 있다.
다만 1974년 번역에 비해 1990년 번역은 다소 과한 번역이 사라진 점은
차이라 할 수 있다. 또한 쟁점이 되는 "잠짜간"에 대해 이승길은 "bereaved
of sleep"로 "Lie awake half the night"로 읽었는데 이는 전자가 이
노래를 "청상(靑孀)"으로, 후자가 "기생(妓生)"으로[20) 보았기 때문이라
할 수 있다.

(11) 가시리

[표 12] 〈가시리〉 번역 현황

번역 제목	언어	번역자
		출전
Will You Go?	영어	Peter H. Lee
		Poems from Korea : GEORGE ALLEN &UNWIN LTD, 1974.
Te irás	스페인어	Min Yong-tae
		Versos coreanos : Árbol de fuego, 1977.
Te ves, te ves	스페인어	Kim Hyun-chang
		Antología de la poesía coreana, Seúl : Universidad Nacional de Seúl, 1987.
Will You Go?	영어	Peter H. Lee
		ANTHOLOGY OF KOREAN LITERATURE : University of Hawaii Press, 1990.

---

20) 피터 리(1974)는 이 작품 외에도 〈쌍화점〉, 〈서경별곡〉, 〈가시리〉, 〈만전춘별사〉
   등도 기생("Unknown Kisaeng")의 작으로 본다.

Vuoi andartene?	이탈리아어	Riotto, Maurizio
		Storia della letteratura coreana : Palermo, Novencento, 1996.
Would You Go?	영어	DAVID R. McCANN
		EARLY KOREAN LITERATURE SELECTIONS AND INTRODUCTIONS : COLUMBIA UNIVERSITY PRESS, 2000.

〈가시리〉는 영역 3건, 스페인어역 2건, 이탈리아역 1건이 있는데, 영역은 피터 리의 2건과 맥캐인의 1건이, 스페인어역은 민용태와 김현창의 각 1건씩이, 이탈리아역은 리오또의 1건 등이 그것이다. 민용태와 김현창은 국내 스페인 문학 연구자로 일찍부터 한국문학의 스페인어 번역에 관심을 가진 바 있으며 한국고전시를 번역하는 과정에서 이 노래를 번역한 것으로 보인다. 역제를 보면 민용태는 "넌 갈 것이다(Te irás)", 김현창은 "넌 간다, 간다(Te ves, te ves)" 등으로 평서형으로 풀었으며, 나머지는 "갈 것입니까(Will you go?)", "가 주시렵니까(Would You Go?)", "갈 것인가?(Vuoi andartene?)" 등 의문형으로 보았다. 이는 원제 "가시리"와 본문의 "-잇고"와의 연결 유무에서 비롯한 차이라고 볼 수 있다.

영역을 보면 피터 리와 맥캐인은 화자의 감정 노출 정도에서 그 차이를 볼 수 있다. 피터 리는 화자를 자기 감정에 충실한 인물로, 맥캐인은 절제·인내하는 여성상으로 보고 있다. 이에 따라 번역의 양상도 달라진 것으로 보인다.

이외에도 피터 리의 1974년 번역과 1990년 번역 사이에 변화가 있음을 알 수 있다. 1974년 역문은 철저한 의역에 기반한 나머지 각 연을 석 줄로 하고, 내용 상 원전을 넘는 번역을 하고 있다. 예컨대, 3연은 "선ᄒ

면 아니 올셰라"로 끝나지만 여기에 "Scared by my salt tears"를 붙이는 경우이다. 이후 1990년 역문은 각 연을 두 줄로 조정했으며 과한 부분도 삭제하여 직역의 방식을 택하고 있다. 맥캐인은 형태상 원전과 가깝게 유지하고 있으나 노래의 정황에서 다소 벗어난 번역을 하고 있다. 이 노래는 화자가 자신을 버리고 떠나는 님에 대한 여러 감정을 표현한 작품인데, 역자는 님에게 이별을 권유하는 어조로("Would you go……") 옮겨 놓았다. 게다가 (쟁점으로 남아 있기는 하지만) "선ᄒ면"을 "if you are sad"로 번역하여 오히려 화자보다 님이 이별을 더 아파하는 것으로 보고 있다.

(12) 만전춘별사

[표 13] 〈만전춘별사〉 번역 현황

번역 제목	언어	번역자
		출전
Spring Overflows The Pavilion	영어	Peter H. Lee
		Poems from Korea : GEORGE ALLEN & UNWIN LTD, 1974.
The Song of Mid-Spring at Arbour	영어	Leé Seung-gil
		The Anthology of Korean Poetry, Seoul : The Literature and Life Co.,1988.
Spring Overflows The Pavilion	영어	Peter H. Lee
		ANTHOLOGY OF KOREAN LITERATURE : University of Hawaii Press, 1990.

〈만전춘별사〉의 번역은 영역만 있는데 피터 리의 2건과 이승길의 1건이 그것들이다. 피터 리의 2건은 대동소이하나 1990년 번역에서는 1974년 빠뜨린 마지막 연("아소 님하 원뎌평성遠代平生애 여힐 술 모

ㄹ옵새")을 추가하여 옮겨 놓은 차이를 보이고 있다. 역제를 보면 피터 리는 "건물을 덮은 봄(Spring Overflows The Pavilion)"으로 동적인 느낌을, 이승길은 "정자에서 부른 봄의 노래(The Song of Mid-Spring at Arbour)"로 정적인 느낌을 주고 있다.

노래 번역을 보면 이승길은 원전의 행 수와 참고한 번역문 그대로 옮기고 있고, 피터 리는 중복된 부분을 빼고 번역해 놓았다. 두 번역 모두 작품을 이해하는 정도는 비슷하나 제3연에서 차이를 보이고 있다. 제3연의 "넉시라도 님을 흔디 녀닛경景"을 이승길은 "Pray, hold your tongue, She is only soul loved."로, 피터 리는 "I have believed those who vowed to each other" : "My soul will follow yours forever."로 옮겼다. 이 부분에 대해 "넋이라도 님과 함께 하고자 한다."로 푸는 현대역의 추세에서 볼 때, 피터 리의 번역이 이승길보다 직역에 가깝다고 할 수 있다. 그리고 그 다음 시어인 "벼기더시니 뉘러시니잇가"에 대해서 이승길은 "who is that would our two souls separate?"로, 피터 리는 "Who, who persuaded me this was true?"로 옮겼다. 전자의 경우 제3자에 의해 사랑이 이루어지지 못한 것으로 읽을 수 있으며, 후자로 볼 경우 상대방의 배신으로 파국에 이르렀다고 볼 수 있다. 이러한 번역은 '벼기다'를 어떻게 어석할 것인가와 관련이 있는 것으로, 두 역자가 '이간질하다' 혹은 '믿게 하다' 가운데 하나를 따랐던 결과로 보인다.[21]

---

21) "넉시라도 님을 흔디 벼기더시니 뉘러시니잇가"는 〈만전춘별사〉 외에도 〈정과정〉에서 공히 나타나며, '벼기다'에 대한 어석은 '저항하다(김태준, 지헌영), 우기다·고집하다(양주동, 전규태), 굳게 하다(남광우), 어기다(박병채), 이간질하다(김형규), 아집(我執)하다(권영철), 버겁게 하다(서재극)' 등 다양한 견해가 제출되었다. 김명준, 『개정판 고려속요집성』(다운샘, 2008), 103면 참고.

(13) 나례가

[표 14] 〈나례가〉 번역 현황

번역 제목	언어	번역자
		출전
The Song of an Exorcism	영어	Lee Seung-gil
		The Anthology of Korean Poetry, Seoul : The Literature and Life Co.,1988.

〈나례가〉는 이승길의 영역 1건이 있다. 역제는 '나례(儺禮)'를 살려 "악령을 쫓는 노래(The Song of an Exorcism)"로 하였고 노래 내용도 원전의 의미를 그대로 살려 놓았다. 다만 "羅令公宅 儺禮日이"를 조건절인 "If, my lord, I exorcise house of a fiend"로 옮겼으며, "鬼衣도 金線이리라"를 "Will even a demon's tattered coat be so done"으로 약간 추상적으로 풀어 놓았다.

(14) 상저가

[표 15] 〈상저가〉 번역 현황

번역 제목	언어	번역자
		출전
Song of the Rice Pounders	영어	Yang Kyung-joo
		The Anthology of Korean Poetry, Seoul: The Literature and Life Co., 1988.

〈상저가〉의 번역은 양경주의 영역 1건이 있다. 역제는 원제목의 의미를 살려 "방아 찧는 노래(Song of the rice pounders)"로 풀었다. 노래의 의미를 그대로 살려 번역하였으나 의성어와 여음에서 약간 변화가 있었다. 노래 시작 부분인 "듥긔동"을 "쿵더쿵(Kung-dok-kung),

쿵더쿵(Kung-dok-kung)"으로 두 번 1행으로, "히얘"와 "히야해"를 모
두 "heah"로 옮겼다.

3. 문제점과 제언

1) 기존 번역의 문제점

앞서 우리는 고려속요에 대한 번역 현황을 살펴보았다. 검토 결과
같은 작품이라 할지라도 역자 간 번역의 차이가 있었으며, 동일 역자의
번역물 사이에서도 일관성이 결여되는 경우가 있었다. 이를 언어 또는
문화의 차이에 따른 완벽한 번역의 불가능성으로[22] 이해할 수도 있으
나 문학 번역은 작품의 언어, 국가, 시간의 경계를 초월하여 세계문학
적 연관성을 확인하여 외국문학에 대한 이해는 물론 자국문학의 지평
을 넓히는 일이기[23] 때문에 번역물에 대한 점검은 필요하다고 할 수
있다. 이에 본장에서는 기존 번역의 문제점에 대해 살펴보기로 하겠다.

첫째, 고려속요 전 작품에 대해 일관성이 있는 번역이 없었다. 고
려속요 20편 가운데 14편이 번역된 점은 다행이나 그 번역들 사이에
서 작품 간 일관성을 찾기 어려웠다. 이는 해외 한국문학 전공자 및
관심자에게 고려속요에 대한 혼란과 곡해를 야기할 수 있어 심각한
문제라 할 수 있다.

고려속요는 시조나 가사에 비해 갈래의 규모가 작기 때문에 의지만

---

22) 수잔 바스넷, 『번역학 이론과 실제』, 김지원·이근희 옮김(한신문화사, 2004), 65~
72면.
23) 김효중, 『번역학』(민음사, 1998), 67~68면.

있다면 일관성 있는 전역이 가능하리라 생각한다. 이런 점에서 고혜선 교수의 스페인어 전역(全譯)은 시사하는 바가 적지 않다.[24] 앞으로 동일한 번역 태도를 가진 역자들에 의한 고려속요의 전역이 이루어진다면 고려속요 전체에 대한 이해를 제고할 수 있을 것으로 기대한다.

둘째, 고려속요 번역이 주로 영역(英譯)에 집중되었다. 앞서 언급한 바 있듯이 영역은 전체 번역의 75.5%를 차지하고 있다. 현실적으로 영어가 공용어로서의 지위를 차지하고 있고 한국학 연구가 영미권에서 시작된 점을 감안하면 영역이 우세한 것은 당연하다고 할 수 있다.

하지만 영역 가운데는 동일 번역물이 여러 책에 거듭 실리기도 하고 번역물이 국내 출판 비중이 높아 번역의 질과 예상 수용층을 위한 적합한 공급이라는 측면에서 문제가 나타날 수 있다.[25] 소수의 역자가 수행한 번역을 약간의 수정을 거쳐 중복 게재하다 보니 번역물에 대한 자타의 검증이 미약할 수밖에 없으며, 번역물의 50% 이상을 국내에서 출간하였기 때문에 주 독자층으로 상정한 해외 연구자 및 관심자들에게 효과적인 전파를 기대하기 어렵기 때문이다.

최근 여러 언어권에서 한국문학에 대한 관심이 높아지고 있고 이에 대한 연구가 활발한 시점에서 고려속요 번역의 다양화를 추진해야 할 것이다. 유럽과 남미에서의 한국문학 연구 열기를 감안하지 않더라도 세계 주요 언어 사용자들을 위해 프랑스어, 독일어, 러시아어, 스페인어, 포르투칼어로의 번역과 특히 인접국인 중국과 일본의 한국문학

---

24) Key-Zung Lim, Hyesun Ko·Carranza Romero, Cantos cl cos de Corea : poes a Hiperi n, 2011.

25) 고려속요뿐만 아니라 여타 갈래의 번역에서도 비슷한 문제를 가지고 있다. 김수용, 「한국문학의 해외 소개 현황」, 유럽문화정보센터. 『한국문학의 외국어 번역』(연세대학교 출판부, 2004), 310~312면.

수용자를 고려한 중국어와 일본어역이 시급하다. 또한 중동과의 학술
교류가 빈번해지는 시점에서 (페르시아어 및 우르두어를 포함한) 아랍어
역도 번역 과제에 포함해야 할 것이다. 앞으로 다양한 언어로 고려속
요를 세계인들에게 읽히게 된다면 한국 고전시의 독자층을 넓힐 수
있으며 이와 동시에 세계 고전문학사에 고려속요를 포함시킬 수 있는
계기를 마련하리라 생각한다.

셋째, 제목을 포함한 고유명사 및 문화적 상징어 번역에 혼란이 있었
다. 대개 고유명사의 번역은 음역(音譯)하나[26] 제목인 경우 역어 수용
자의 이해를 돕기 위해 의역하기도 한다. 하지만 이런 경우 작품을 이해
하는 데 적지 않은 혼란을 야기할 수 있다. 〈정과정〉을 "불평·불만
(complaint)" 혹은 "후회·유감(regret)"으로 각각 달리 번역함에 따라
작품의 주제를 달리 할 수 있고, 〈사모곡〉을 "어머니의 사랑(Maternal
Love)", "어머니의 사랑 노래(Song of Mother's Love)", "어머니를 생각하
며(Pensando alla madre)" 등으로 옮겨 놓아 사랑과 사모의 주체를 혼동
할 우려가 있게 된다. 특히 〈가시리〉의 경우 평서형으로 옮긴 "넌 갈
것이다(Te irás)"와 "넌 간다, 간다(Te ves, te ves)"는 시제상의 차이를
보이며, 의문형으로 푼 "갈 것입니까(Will you go?)"와 "가 주시렵니까
(Would You Go?)"는 반문과 권유의 화법상의 거리를 나타내고 있다.
이처럼 독자의 이해를 돕기 위한 의역이라 할지라도 간혹 혼란을 가져
올 수도 있어, 〈정읍(사)〉을 "Chong-upsa"로, 〈동동〉을 "Tongdong"
으로 음역하고 의미 설명은 주석으로 처리하는 것도 나을 듯하다.

문화적 용어 역시 의역하는 과정에서 여러 가지로 번역되곤 한다.
〈쌍화점〉에서 "쌍화"와 "회회아비"를 어떻게 보고 견인하느냐에 따라

---

26) 김효중, 『번역학』(민음사, 1998), 86면.

"빵가게(The Bakery)", "둥근 빵가게(Bun-Shop)", "무슬림이 운영하는 빵가게(The Turkish Bakery)" 등으로 옮겨 놓기도 하였다. 하지만 "쌍화"를 '빵', '만두', '난(naan)'으로 보기 어렵고 오히려 '사모사(samosa)'의 음사(音寫)일 가능성이[27] 높기 때문에 위의 번역에 대해 재고할 여지가 있다고 본다.[28] 또한 〈사모곡〉에 등장하는 "호미"를 "괭이(hoe)" 혹은 "삽(spade)"으로 읽고 있으나 둘 다 바른 번역이라고는 할 수 없다. 이 역시 음역으로 옮기고 주석으로 처리하는 것이 오해를 없애는 길이라 생각한다.

넷째, 여음구, 시 형태 그리고 율격 등을 고려하지 않았다. 운문은 산문에 비해 번역이 용이한 편은 아니다. 시어의 상징성, 수사, 어조 등 완벽한 번역을 하기에 어려운 측면이 많기 때문이다. 더구나 고려속요의 경우 시대적인 간격도 커다란 걸림돌이 되기도 한다.[29] 이 때문에 내용에 치중한 번역이 대부분이었다. 이처럼 고려속요의 시적 특징이라 할 수 있는 음보율, 여음구 등을 무시하고 산문처럼 번역하다 보니 고려속요만이 갖는 특성을 놓치고 말았다.

피터 리는 여음구를 번역에 전혀 반영하지 않았고, 김우창은 〈서경별곡〉 등에서는 여음구를 옮기지 않았다가 〈쌍화점〉에서는 일부 반영하

---

27) 고혜선·김명준 외, 『중세 동·서 시가의 만남』(단국대학교 출판부, 2009), 239~240면.

28) "쌍화점"의 영역(英譯)에 대해 파우저(Fouser)는 "A Mandu Shop"를 주장하고 있지만 이 또한 "쌍화"를 "만두"로 곡해한 결과라 할 수 있다. Robert J. Fouser, 「Selection and Stylistics in Translating Classical Korean Literature」, 『民族文化硏究』第31號(高大民族文化硏究院, 1988), pp.341~343.

29) 김효중, 『번역학』(민음사, 1998), 124~127면 ; 케빈 오루크, 「한국 고전 시 번역 제고」, 조동일 외, 『한국학 고전자료의 해외 번역 : 현황과 과제』(계명대학교 출판부, 2008), 332~334면.

였으나 원문의 "다로리거디로……"를 "Tralala Traladdy"로 다르게 음
사(音寫)해 놓았다. 그리고 양경주는 의성어인 "듥긔동"(〈상저가〉)을 "쿵
더쿵(Kungdokkung)"으로, 감탄어사인 "아소"(〈정과정〉)에 대해서 피터
리와 김우창은 생략을, 양경주는 "So"로 번역하였다. 그리고 원시 형태
를 무시하고 의미 단위로 나누어 번역한 경우도 있었다. 〈서경별곡〉은
시적 음악적 분단은 14연이나 피터 리는 3분단으로, 〈사모곡〉과 〈이상
곡〉은 단연체이나 양경주와 피터 리는 각각 3분단으로 나누기로 하였
다. 결국 이러한 번역은 3음보의 고려속요를 제대로 반영하지 못한
결과를 낳게 된 것이다. 따라서 고려속요의 속성을 살리기 위해서는
원전의 음악적 문학적 틀에 맞게 시 형태를 유지하고 여음구 및 감탄어
사를 본래 음가대로 번역해야 할 것이다.

　다섯째, 오역이 적지 않았다. 시 해석의 다양성은 문학 연구의 존재
가치이기도 하고 번역 또한 역자의 이해에 따라 용인될 수 있다고 생
각한다. 하지만 원전을 심각하게 오독하여 내놓은 번역물은 원전의
가치를 손망할 우려가 있어 번역에 신중을 기할 필요가 있다. 앞에서
언급했던 "가시리(잇고)"는 님과 이별을 아파하는 화자의 처지를 고려
한다면, 화자가 님에게 정중하게 떠나기를 요청하는 맥캐인의 "Would
You Go?"의 표현은 오역이라 할 수 있다. 또 맥캐인은 〈청산별곡〉의
"믈아래 가던 새 본다"를 "Did you see the bird that flew off to the
east?"로 옮기면서 원전에 없는 "동쪽으로(to the east)"를 넣어 잉여
번역을 하였다. 이와 달리 피터 리는 "滿春 돌욋고지여"를 "Plums are
in the full"로 번역하면서 "만춘(滿春)"을 생략하기도 하였다. 따라서
앞으로 원전의 내용을 훼손하지 않는 번역을 위해서는 시적 맥락을
고려하고 원전의 잉여나 결핍이 없도록 노력해야 할 것이다.

2) 제언

이상에서 살폈듯이 지금까지 고려속요의 번역은 몇몇 역자들의 성과에도 불구하고 풀어야 할 과제들을 안고 있다. 우리는 이미 전 절에서 지적한 문제들과 해결 방향에서 이를 어느 정도 간취한 바 있다. 이와 더불어 본 절에서는 근본적인 차원에서 과제를 확인하고 향후 번역의 방향을 제시하고자 한다.

첫째, 신뢰할 만한 번역 대상 정립. 고전문학 연구에서 원전 확립과 해석은 가장 기본적인 작업이라 할 수 있다. 고려속요 작품들은 다른 문헌들에, 혹은 동일 문헌이지만 시기를 두고 편찬된 문헌들에 수록되면서 이본을 파생하였다. 『시용향악보』(〈엇노리〉), 『금합자보』, 『악장가사』, 『악학편고』, 『가집』 등에서 〈사모곡〉의 이본들이 전자의 경우라면, 초간본 『악학궤범』(1493)과 중간본(태백산본) 『악학궤범』(1610)에서 〈정과정〉의 차이가 후자의 예라 할 수 있다. 이처럼 고려속요가 여러 문헌에 수록되어 있지만 문헌들의 편찬 시기와 선후가 비교적 분명하기 때문에 작품의 선본(先本)을 쉽게 추정할 수 있다.

그리고 김태준의 『고려가사』(1935)부터 최철·박재민(2003)에 이르기까지 고려속요의 어석과 현대역에 대해 많은 연구가 있었으며, 작품 당 10건 내외의 현대역이 제출되기에 이르렀다. 물론 〈청산별곡〉, 〈이상곡〉 등 몇몇 작품들에 대해 여전히 논란은 남아 있지만, 대개의 작품들은 학계의 합의를 일정 정도 이룬 상태라 할 수 있다.

이런 상황을 염두할 때 고려속요의 번역 대상을 정립하는 일은 결코 어려운 일이 아니다. 원전 비평에서 원전의 선본(善本)은 선본(先本)과 작품 전체가 수록된 문헌의 작품을 기준으로 삼는 점을 감안한다면 〈동동〉, 〈정읍〉, 〈고려 처용가〉, 〈정과정〉 등은 초간본 『악학궤범』의 작품을, 〈청산별곡〉, 〈서경별곡〉, 〈쌍화점〉, 〈이상곡〉, 〈가시리〉, 〈만전춘별사〉 등은『악장가사』의 작품을, 〈사모곡〉, 〈유구곡〉, 〈상저가〉, 〈나례가〉, 〈성황반〉, 〈내당〉, 〈대왕반〉, 〈삼성대왕〉, 〈대국 1,2,3〉 등은『시용향악보』의 작품을 원전으로 삼으면 되겠다. 그리고 현대역은 어학적 해석에 충실한 박병채의 연구[30] 내지 문학적 해석에 비중을 둔 임기중의 연구[31] 둘 중 하나를 따르거나 절충하여 현대역의 정본으로 삼아도 될 것이다. 또한 어석의 난제로 남은 시어들은 각주 처리를 통해 해석을 열어 두는 것이 나을 듯하다.

둘째, 번역의 공동 작업과 통일성. 대부분의 번역은 개인에 의해 이루어지지만 고려속요의 경우 역자가 원어와 역어를 완벽히 구사하고 원전을 제대로 이해하는 경우가 아니라면 공동 번역이 효과적이라 할 수 있다. 각 분야별 역할을 분담하여 상호 의견을 수렴해 간다면 오류나 오역을 줄일 수 있기 때문이다. 한국어문학 전공자는 원전 비평, 어석, 현대역 고구 등 번역 대상 정립을 위한 역할을 담당하고, 해당 외국어 번역가는 수립한 정전에 따라 번역을 수행하면서 번역자 간 번역 방식과 문제가 되는 사안들에 대해 의견을 조율한다면 번역의 일관성과 통일성을 꾀할 수 있으리라 생각한다. 이러한 공동 연구를 위해서는 각 분야의 전문 인력을 체계적이고 효율적으로 운용할 수 있는 조직과 단계별 치밀한 계획을 수립하는 것과 각 언어권별 고급 역자를 발굴·양성하는 것 역시 긴요하다고 할 수 있다. 이러한 일들이 비록 지난한 것임에는 틀림없지만 작게는 고려속요를 세계적 고전으로 만들고 크게는 한국문학을 세계문학사에 편입하기 위해서는 당위적 요청이라고 할 수 있다.

---

30) 박병채, 『새로 고친 고려가요 어석연구』(국학자료원, 1994).

31) 임기중, 『우리의 옛노래』(현암사, 1993).

4. 결론

이상의 논의를 정리하면 다음과 같다.

고려속요의 외국어 번역은 다른 갈래들에 비해 늦게 시작되었으며 번역 건수와 이에 대한 연구도 매우 미미한 편이었다. 최근 한국문학이 세계문학사에 기여하고 보편주의를 지향하는 시점에서 한국문학의 한 갈래를 차지하는 고려속요의 번역과 연구 부족이 본서를 이끌게 되었다.

고려속요의 번역 역사는 이미 고려말 소악부에서 시작되었으며 이는 개별문학으로서의 한국문학을 당시 보편주의 문학권으로 편입하려는 문화적 자부심에 따른 것이라 할 수 있다. 이후 고려속요의 서구어를 중심으로 하는 외국어 번역은 근대 이후 시작되었다. 번역은 고려속요 20편 가운데 14편만 이루어졌다. 모두 총 45건의 번역물이 있으며 이 가운데 영역(英譯)은 34건, 이탈리어역 6건, 스페인어역 3건, 체코어역 2건 순이었다. 번역된 작품으로는 〈청산별곡〉이 8건, 〈가시리〉 6건, 〈쌍화점〉과 〈이상곡〉이 각각 4건 순이었다. 번역들은 의역과 직역 그 한쪽에 있거나 이 둘이 서로 혼잡한 양상을 보여 주었다. 그리고 같은 작품이라 할지라도 역자들의 참고한 문헌과 스스로의 문학적 해석들에 따라 상이한 번역을 내놓기도 하였다.

이러한 결과 고려속요 전 작품에 대해 일관성이 있는 번역이 없었고, 번역은 주로 영역(英譯)에 집중되었으며, 제목을 포함한 고유명사 및 문화적 상징어 번역에 혼란이 있었다. 그리고 고려속요의 특성을 보여 주는 여음구, 시 형태 그리고 율격을 고려하지 않은 번역을 하였으며 오역 또한 적지 않았다. 이에 이런 문제점을 극복하여 앞으로 발전적인 번역을 위해 신뢰할 만한 번역 대상을 정립하고 공동 번역을 통해 번역물 간 통일성을 도모해야 할 것이다. 이상의 노력이 성공적으로 이루어진다면 고려속요는 세계 고전으로 자리매김을 할 수 있으며, 한국문학은 세계문학사 구도에서 적지 않은 영향을 줄 것이라 믿는다.

제3장

고려속요의 작품 정리와 활용 방안

1. 서론

이 글의 목적은 고려속요의 원본과 이본, 악부시(樂府詩), 현대역 그리고 외국어 번역물에 대한 정리 방안과 활용 가능성을 보고하는 데 있다.

주지하다시피 현재 국문 고려속요는 『악학궤범(樂學軌範)』, 『악장가사(樂章歌詞)』, 『시용향악보(時用鄕樂譜)』 등에 수록된 20편이 있다. 이 작품들은 작품 자체로의 전승을 거치면서 중세에는 악부시(樂府詩)를 낳았고, 근대 학문이 시작된 이후에는 현대어와 외국어로 번역되기도 하였다. 이처럼 고려속요는 발생부터 지금까지 원본과 이본, 악부시, 현대역, 외국어 번역 등 여러 형태로 파생하여 존재한다고 볼 수 있다. 이는 고려속요의 전승과 변용이 비교적 긴 시간동안 펼쳐진 증거이자 계승의 가치를 보여주는 증좌라 할 수 있다.

문학 연구에서 가장 먼저 고려해야 할 점은 연구 자료의 선정이다. 이에 관련 자료를 수집, 정리하는 일이 그만큼 중요하다고 할 수 있다. 이러함에도 불구하고 그간 고려속요의 정리는 시조나 가사에 비해[1] 거의 이루어지지 않았다. 이렇게 된 까닭에 여러 가지 요인이 있겠으나 다른 갈래에 비해 작품 수가 적어 상대적으로 관심을 적게 받았기 때문이라 할 수 있다. 하지만 고려속요 작품들은 여러 문헌에 산재되어 있다 보니 2차 자료집을 생산하는 연구자가 임의로 작품을 배열하여 자료집들 사이에 작품 배열 및 이본 선정 등에서 통일성 없이 혼란을 야기하기도 하였다. 더욱이 이런 2차 자료집을 활용한 연구물 가운데 인용 원전에 대한 점검을 미처 하지 못해 연구의 객관성마저 손상되는 경우도 없지 않았다. 따라서 연구의 객관성을 확보하기 위해 연구 대상으로서의 원전을 확정하고 이에 따른 원본과 이본, 현대역, 외국어 번역본들에 대한 번호붙이기(numbering)가 긴요하다고 본다. 각 작품마다 고유번호를 주게 되면 이들을 효율적으로 관리하여 갈래 전체에 대해 통일성을 부여할 수 있고, 연구 대상이 분명히 드러나게 되어 연구의 객관성을 보장할 수 있으며 특히, 정전을 수립하는 데 바탕을 삼을 수 있기 때문이다.

이와 같은 전제를 바탕으로 본서에서는 고려속요의 정리 체계를 구체적으로 언급하고 활용 가능성을 타진해 보고자 한다. 이러한 논의가 고려속요의 정전 수립은 물론 고전시가 자료 구축의 방향을 제시하는 데 어느 정도 도움이 되기를 기대한다.

---

1) 고시조에 대한 자료 정리는 심재완, 『교본 역대시조전서』(세종문화사, 1972) ; 박을수, 『한국시조대사전』(아세아문화사, 1991)가 있으며 데이터베이스를 통한 시조 자료 정리 방안은 김흥규, 「컴퓨터에 의한 고시조 데이터베이스 구성과 활용」, 『모산학보』 제3집(동아인문학회, 1992)과 최근 고시조 4만 5천여수를 정리한 『고시조대전』(고려대학교 민족문화연구원, 2012) 등이 있다. 가사 자료와 정리 방안은 임기중, 『역대가사문학전집』1~51권(아세아문화사, 1987~1998)과 「가사문헌의 연구」·「가사의 주석현황과 대책」, 『한국고전문학과 세계인식』(역락, 2003)이 주목할 만하다.

2. 작품 현황

1) 원문

국문 고려속요는 개념에 따라 그 범위가 유동적일 수 있으나 '고려시대에 발생하여 고려와 조선 궁중 정재 및 연향악에서 불린 노래로 조선시대에 국문으로 기록된 것들'로 정의하면 다음 20편을 들 수 있다.

[표 1] 작품별 수록 문헌2)

문헌 작품	악학궤범 (성종24, 1493)	시용향 악보 (중종?)	금합자보 (명종16, 1572)	악장가사 (효종·숙종)	악학편고 (숙종·영조)	대악후보 (1759)	가집 (1934)
동동	전문						전문
정읍	전문						전문
처용가	전문			전문	전문		전문
정과정	전문					전문	전문
정석가		1장	1장	전문	전문		전문
청산 별곡		1장		전문	전문		전문
서경 별곡		1장		전문	전문	1장	전문
사모곡		〈엇노리〉	전문	전문	전문		전문
쌍화점				전문	전문	1장: 전문 2·3장: 전절	전문
이상곡				전문	전문	전문	전문
가시리		〈귀호곡〉 (1장)		전문	전문		전문

---

2) 김명준, 『개정판 고려속요집성』(다운샘, 2008), 381면.

만전 춘별사				전문	전문		전문
나례가		전문					
유구곡		〈비두 로기〉					
상저가		전문					
성황반		전문					
내당		전문					
대왕반		전문					
삼성 대왕		전문					
군마 대왕		전문					
대국 1,2,3		전문					
구천		전문					
별대왕		전문					

이 작품들은 단일 문헌에 수록되지 않고 『악학궤범(樂學軌範)』, 『시용향악보(時用鄕樂譜)』, 『금합자보(琴合字譜)』, 『악장가사(樂章歌詞)』, 『악학편고(樂學便考)』, 『대악후보(大樂後譜)』, 『가집(歌集)』 등에 흩어져 있다. 그리고 여러 문헌에 실린 작품이 있는가 하면 어떤 작품은 한 문헌에만 수록되기도 하였다. 또한 한 작품이 여러 문헌에 수록된 경우 수록 형태가 같거나 다르기도 하고, 수록 문헌이 여러 이본이 있는 경우 실린 작품이 변화가 있기도 하여 조금 복잡한 양상을 보여준다.

위 표에서 보듯 〈처용가〉, 〈정석가〉, 〈사모곡〉 등은 여러 문헌에 수록된 작품이며, 〈유구곡〉, 〈상저가〉, 〈나례가〉 등은 『시용향악보』에만 실린 노래이다. 그리고 『악학궤범』은 봉좌문고본(1493년), 태백산본

(1610년), 국립국악원본(1763년)이, 『악장가사』는 봉좌문고본(17세기 후
반), 윤씨본(18세기 초반), 장서각본(19세기) 등 각 세 이본이 존재하며,
전자의 경우 〈동동〉, 〈정읍〉, 〈처용가〉, 〈정과정〉 등의 표기가 초간본
(初刊本)과 복간본(復刊本) 사이의 표기를 달리 하고 있다. 이처럼 고려
속요는 원본과 이본을 합할 경우 79본이 존재한다고 할 수 있다.

2) 악부시

고려속요의 악부시 전통은 고려말 이제현(李齊賢)과 민사평(閔思平)
부터 시작하여 조선 시대 이익(李瀷), 김양근(金養根), 이유원(李裕元),
최영년(崔永年) 등으로 계승되었다. 이들은 국문 고려속요뿐만 아니라
고대가요, 향가 그리고 민간가요까지도 악부시화함으로써 한국문학
의 보편 문어로의 변환과 함께 세계문학으로의 편입 가능성을 어느
정도 열었다고 할 수 있다.

[표 2] 악부시 편수

작품	편수
정읍	2
동동	1
처용가	6
정과정	14
정석가(서경별곡)	1
쌍화점	3
만전춘별사	1
계	28

현재까지 발견된 고려속요의 악부시는 모두 28편이며, 고려속요
가운데 일곱 작품이 악부시의 대상이었다. 이 가운데 〈정과정〉이 14

편으로 가장 많았으며 〈처용가〉는 6편, 〈쌍화점〉은 3편, 〈정읍〉은 2
편, 〈동동〉, 〈정석가〉(〈서경별곡〉), 〈만전춘별사〉는 각 1편이 있다. 그
리고 〈유구곡〉을 〈벌곡조〉로 볼 경우와 새롭게 악부 작품을 발굴할
것을 예상한다면 악부 편수는 이보다 늘어날 것으로 보인다.

3) 현대역

ㄱ려속요의 현대역은 작품의 어석 연구와 함께 시작하였으며 김태
준의『고려가사』[3] 이후 양주동의 실증적 어석 연구를[4] 기반으로 지
헌영, 홍기문, 전규태, 박병채, 임기중, 최철, 최철·박재민 등이[5] 뒤
를 이었다. 이외에도 김형규, 김완진, 강헌규 등은[6] 어학적 차원에서
일부 작품에 대한 해독을 시도하였으며, 문학 연구자 중 일부는[7] 작
품론을 전개하면서 혹은 작품 선집을 정리하면서 해시(解詩) 차원에서
작품을 현대어로 옮기기도 하였다.

---

3) 김태준,『고려가사』(학예사, 1939).

4) 양주동,『여요전주』(을유문화사, 1947).

5) 지헌영,『향가여요신석』(정음사, 1947) ; 홍기문,『고가요집』(국립문화예술서적출
   판사, 1959) ; 박병채,『고려가요 어석연구』(선명문화사, 1968)→『새로고친 고려가
   요 어석연구』(국학자료원, 1994) ; 전규태,『고려가요』(정음사, 1968) ; 임기중,『우
   리의 옛노래』(현암사, 1993) ; 최철,『고려국어가요의 해석』(연세대학교 출판부,
   1996) ; 최철·박재민,『석주 고려가요』(이회, 2003).

6) 김형규,『고가요주석』(일조각, 1968) ; 김완진,『향가와 고려가요』(서울대학교 출
   판부, 2000) ; 강헌규,『고가요의 주석적 연구』(한국문화사, 2004) ; 강헌규,『고가요
   의 주석적 연구』II(한국문화사, 2010).

7) 김명준,『악장가사 주해』(다운샘, 2004) ; 김명준,『악장가사』(지식을만드는지식,
   2011) ; 김명준,『시용향악보』(지식을만드는지식, 2011) ; 김명준,『악학궤범』(지식을
   만드는지식, 2013) ; 윤성현,『우리 옛노래 모둠』(보고사, 2011).

[표 3] 작품별 현대역 건수

구분	직역	의역	계
정읍	6	3	9
동동	5	3	8
처용가	6	2	8
정과정	9	3	12
정1석가	6	2	8
청산별곡	4	4	8
서경별곡	3	6	9
사모곡	6	1	7
쌍화점	3	4	7
이상곡	10	4	14
가시리	4	4	8
만전춘별사	5	3	8
나례가	2	1	3
유구곡	5	1	6
상저가	5	0	5
성황반	3	0	3
내당	3	0	3
대왕반	3	0	3
삼성대왕	3	0	3
대국 1, 2, 3	3	0	3
계	94	41	135

고려속요의 현대역은 크게 직역과 의역으로 나뉘어 진행하였으며 경우에 따라 양자 사이에서 약간의 주고받음이 있었다. 지금까지 현대역은 135건이 있으며,[8] 작품에 따라 3건에서 15건까지 분포되어

---

8) 김명준, 『개정판 고려속요 집성』(다운샘, 2008).

있음을 알 수 있다. 앞으로 현대역은 연구가 진행될수록 증가할 것으로 보인다.

4) 외국어 번역

고려속요의 외국어 번역은 한국문학의 다른 갈래들에 비해 비교적 늦은 편이었다. 1960년대 풀터(Pultr, Alois)를 시작으로 피터 리(Peter H. Lee), 케빈 오루크(Kevin O'Rourke), 맥캐인(DAVID R. McCANN) 등에 의해 번역이 간헐적으로 이루어졌다.

[표 4] 고려속요의 언어권별 번역 건수[9]

구분	영어	이탈리아어	스페인어	체코어	계
정읍	0	1	0	1	2
동동	3	1	0	0	3
고려 처용가	1	0	0	0	1
정과정	3	0	0	0	3
정석가	3	0	0	0	3
청산별곡	5	1	1	1	8
서경별곡	3	0	0	0	3
사모곡	2	1	0	0	3
쌍화점	4	0	0	0	4
이상곡	3	1	0	0	4
가시리	3	1	2	0	6
만전춘별사	3	0	0	0	3
나례가	1	0	0	0	1
상저가	1	0	0	0	1
계	34	6	3	2	45

---

9) 김명준, 「고려속요의 외국어 번역 현황과 과제」, 『우리문학연구』 제34집(우리문학회, 2011), 9면.

지금까지 외국어 번역은 모두 45건이며 번역 언어는 주로 구미어
(歐美語)로 이루어졌다. 번역 대상 작품으로 〈유구곡〉, 〈성황반〉, 〈내
당〉, 〈대왕반〉, 〈삼성대왕〉, 〈대국 1, 2, 3〉은 제외되었으며 나머지
작품은 1건에서 8건씩 번역되었다. 영역(英譯)은 34건(75.5%)으로 가
장 많고 그 다음으로 이탈리어역 6건(13.3%), 스페인어역 3건(6.6%),
체코어역 2건(4.4%) 순이다. 또한 작품에 따라 1건에서 8건까지 번역
이 있었다. 고려속요의 외국어 번역은 앞으로의 추세에 짐작해 볼 때,
지속적으로 늘어갈 것으로 예상된다.

[표 5] 고려속요의 원문, 악부, 현대역, 외국어 번역 통계

작품	원문	악부	현대역	외국어 번역	계
정읍	4	2	9	2	17
동동	4	1	8	3	16
처용가	8	6	8	1	23
정과정	4	14	12	3	33
정석가	7	1	8	3	19
청산별곡	6	0	8	8	22
서경별곡	7	0	9	3	19
사모곡	7	0	7	3	17
쌍화점	6	3	7	4	20
이상곡	6	0	14	4	24
가시리	6	0	8	6	20
만전춘별사	6	1	8	3	18
나례가	1	0	3	1	5
유구곡	1	0	6	0	7
상저가	1	0	5	1	7
성황반	1	0	3	0	4

내당	1	0	3	0	4
대왕반	1	0	3	0	4
삼성대왕	1	0	3	0	4
대국 1, 2, 3	1	0	3	0	4

이상에서 보듯 고려속요의 원문(원전과 이본), 악부시, 현대역, 외국
어 번역은 꽤 복잡한 양상을 보이면서 존재한다고 할 수 있다. 원문
79본, 악부시 28편, 현대역 135건 그리고 외국어 번역 45건 등 모두
287종이 고려속요의 동심원 안에 있는 셈이다. 이처럼 적지 않은 종
들을 그냥 둘 수만은 없고 앞으로 더 증가할 것을 염두한다면 기준을
두고 자료를 정리해야 할 필요성이 있는 것이다. 이에 다음 장에서는
자료 정리의 기준과 실례를 들어 설명하고자 한다.

3. 구상

1) 원문

원본과 이본을 정리하기 위해서 각 작품별 고유 번호를 부여하는
것이 선행되어야 한다. 고려속요 20편에 대해 여러 가지 기준에 따라
번호를 붙일 수 있겠으나 수록 문헌의 시대와 소재 작품 순서로 기준
삼을 수 있겠다. 다만 가사 위주의 악서가 악보 위주의 악보보다 후대
에 간행된 것이라 할지라도 문학적 측면을 고려하여 앞으로 두고자
한다. 이를 기준으로 작품 고유의 번호를 부여하면 다음과 같다.

01 - 〈정읍〉
02 - 〈동동〉

03 - 〈처용가〉

04 - 〈정과정〉

05 - 〈정석가〉

06 - 〈청산별곡〉

07 - 〈서경별곡〉

08 - 〈사모곡〉

09 - 〈쌍화점〉

10 - 〈이상곡〉

11 - 〈가시리〉

12 - 〈만전춘별사〉

13 - 〈나례가〉

14 - 〈유구곡〉

15 - 〈상저가〉

16 - 〈성황반〉

17 - 〈내당〉

18 - 〈대왕반〉

19 - 〈삼성대왕〉

20 - 〈대국 1, 2, 3〉

　그 다음은 수록 문헌, 원본[혹은 선본(先本)] 및 이본을 고려하여 이를 나타내는 영어 대문자 A와 함께 문헌별 번호를 줄 수 있다. 이본이 없는 경우에는 문헌 번호 뒤에 '0'을 두고, 이본이 있는 경우 문헌 번호 뒤에 '1'부터 시작한다. 그리고 앞으로 추가하거나 발굴되는 원문은 수록문헌에 번호를 부여하여 동일 방식으로 한다.

A01 - 악학궤범 [이본] A011 - 봉좌문고본, A012 - 태백산본,
　　　　A013 - 국립국악원본

A02 - 시용향악보

A03 - 금합자보

A04 - 악장가사 [이본] A041 - 봉좌문고본, A042 - 윤씨본,
　　　A043 - 장서각본

A05 - 악학편고

A06 - 대악후보

A07 - 가집

이를 기준으로 작품별 번호붙이기를 하면 다음과 같다.

[표 6] 원문 번호붙이기

작품	원문 번호	문헌 수	총 종수
정읍	01A011, 01A012, 01A013 01A070	2	4
동동	02A011, 02A012, 02A013 02A070	2	4
처용가	03A011, 03A012, 03A013 03A041, 03A042, 03A043 03A050 03A070	4	8
정과정	04A011, 04A012, 04A013 01A070	2	4
정석가	05A020 05A030 05A041, 05A042, 05A043 05A050 05A070	5	7
청산별곡	06A020 06A041, 06A042, 06A043 06A050 06A070	4	6

서경별곡	07A020 07A041, 07A042, 07A043 07A050 07A060 07A070	5	7
사모곡	08A020 08A030 08A041, 08A042, 08A043 08A050 08A070	5	7
쌍화점	09A041, 09A042, 09A043 09A050 09A060 09A070	4	6
이상곡	10A041, 10A042, 10A043 10A050 10A060 10A070	4	6
가시리	11A020 11A041, 11A042, 11A043 11A050 11A070	4	6
만전춘별사	12A041, 12A042, 12A043 12A050 12A070	3	6
나례가	13A020	1	1
유구곡	14A020	1	1
상저가	15A020	1	1
성황반	16A020	1	1
내당	17A020	1	1
대왕반	18A020	1	1
삼성대왕	19A020	1	1
대국 1, 2, 3	20A020	1	1

원문별 번호붙이기 결과를 보면 각 작품별 칸에서 맨 위쪽 혹은 각 원전별 맨 앞쪽이 선본(先本)임을 알 수 있다. 다만 문헌 비평에서 선본(先本)이 반드시 선본(善本)이지는 않기 때문에 대상 작품을 선정할 때 다른 요소도 고려해야 할 것이다. 예컨대 〈정읍〉의 '01A011'이 다른 본들보다 선본(先本)이자 선본(善本)이라 할 수 있지만, 〈정석가〉의 '05A020'이 '05A041'보다 선본(先本)이기는 하나 꼭 선본(善本)이라 할 수는 없다. 〈정석가〉를 최초로 수록한 『시용향악보』가 전 작품을 싣지 않고 각 1연 만을 담고 있어[10] 이것만으로는 전체를 읽기 어렵기 때문이다. 이에 비해 『악장가사』는 가사 위주의 악서이므로 본서 소재 작품이 선본(善本)이라 할 수 있다. '05A042'나 '05A043'도 글자상의 변화는 없으나 후대에 인쇄된 것이므로 자체의 선명도에서 떨어져 주요 대상 자료로는 미편한 감이 없지 않다. 물론 〈정읍〉이나 〈정석가〉를 수록 시기에 따라 표기의 변화와 내용상의 수정 혹은 변이에 주목하고자 한다면 전 이본들을 동일 시선을 바라보아야 하겠다.

이처럼 원문에 대해 번호로 층차를 둔다면 이본들을 거시적으로 조망하여 택하는 데 보다 수월하지 않을까 한다.

2) 악부시

악부시의 번호붙이기는 전절에서 밝힌 각 작품의 고유 번호를 따르며, 영어 대문자 B를 뒤에 두어 악부시를 가리킨다. 그리고 지금까지 발견된 악부시를 시대 순으로 번호를 두도록 한다. 이후 발견되는 악부시는 시대에 상관없이 발굴 순으로 한다.

---

10) 『時用鄕樂譜』, "歌詞只錄第一章其餘見歌詞冊他樂倣此."

[정읍]

B01 『투호아가보(投壺雅歌譜)』 소재 작품

B02 이익(『성호선생문집(星湖先生文集)』 「해동악부(海東樂府)」)

[동동]

B01 〈동동곡(動動曲)〉 최영년(『해동죽지(海東竹枝)』 「속악유희(俗樂遊戲)」)

[처용가]

B01 이제현(『익재난고(益齋亂藁)』)

B02 민사평(『급암선생시집(及庵先生詩集)』)

B03 이숭인(『도은집(陶隱集)』)

B04 이익

B05 이학규(『영남악부(嶺南樂府)』)

B06 〈처용가(處容歌)〉 이복휴(『해동악부(海東樂府)』)

[정과정]

B01 이제현

B02 민사평

B03 〈서회기조호선배(書懷寄趙瑚先輩)〉 유숙(『동문선(東文選)』)

B04 〈추일우중유감(秋日雨中有感)〉 이숭인

B05 〈영해(寧海)〉 변중량(『동문선(東文選)』)

B06 〈효익재가사(效益齋歌詞)〉 어세겸(『함종세고(咸從世稿)』)

B07 〈정과정〉 이신원(『구원집(九腕集)』)

B08 〈정과정〉 윤훤(『동래부읍지(東萊府邑誌) 「고적(古蹟)」』)

B09 〈제정과정〉 소두산(『월주집(月洲集)』)

B10 〈과정곡〉 이익

B11 〈진작〉 이유원(『귤산고(橘山藁)』 「가오악부(嘉梧樂府)」)

B12 김양근(『동야집(東埜集)』)

B13 최영년

B14 이가원(『귤우선관시화(橘雨仙館詩話)』)

[정석가(서경별곡)]

B01 이제현

[쌍화점]

B01 민사평

B02 김만중(『서포집(西浦集)』「악부(樂府)」)

B03 이익

[만전춘별사]

B01 김수온(『식우집(拭疣集)』)

위 악부시를 대상으로 번호붙이기를 하면 다음과 같다.

[표 7] 악부시 번호붙이기

작품	악부시 번호	계
정읍	01B01, 01B02	2
동동	02B01	1
처용가	03B01, 03B02, 03B03, 03B04, 03B05, 03B06	6
정과정	04B01, 04B02, 04B03, 04B04, 04B05, 04B06, 04B07, 04B08, 04B09, 04B10, 04B12, 04B13, 04B14	14
정석가 (서경별곡)	05B01	1
쌍화점	09B01, 09B02, 09B03	3
만전춘별사	12B01	1

악부시의 번호붙이기 결과에서 보듯 작품에 따른 악부시의 유무, 악부시의 편수 등에서 각 작품이 중세에서의 비중을 일정 정도 가늠할 수 있다.

3) 현대역

현대역의 번호붙이기는 각 작품의 고유 번호를 따르며, 영어 대문자 C를 뒤에 두어 현대역임을 가리킨다. 그리고 현대역의 방식에 따라 직역(direct translation)과 의역(liberal translation)으로 나누어 영어 소문자 d와 l을 두고 그 다음은 발표 시기에 따라 번호를 두도록 한다. 이후 제출된 현대역은 발표 순으로 번호를 매긴다. 직역과 의역을 엄밀히 구분하는 것은 어려우나 대체로 원전의 형태를 유지하거나 원전의 형태를 유지하면서 뜻을 부연한 경우에는 직역으로, 원전의 형태를 큰 틀에서 염두했거나 원전의 형태를 고려하지 않고 현대어로 옮긴 경우에는 의역으로 한다.[11]

> [정읍]
> 직역 Cd01 김태준, Cd02 홍기문, Cd03 전규태, Cd04 임기중, Cd05 박병채, Cd06 최철·박재민
> 의역 Cl01 지헌영, Cl02 최철, Cl03 김완진
>
> [동동]
> 직역 Cd01 김태준, Cd02 홍기문, Cd03 전규태, Cd04 임기중, Cd05 박병채
> 의역 Cl01 지헌영, Cl02 최철·박재민

---

11) 현대역은 김명준, 『개정판 고려속요 집성』(다운샘, 2008)을 참고 하였으므로 이후의 성과물은 아직 검토 중이므로 본서에는 제외하고자 한다.

[처용가]

직역 Cd01 김태준, Cd02 홍기문, Cd03 전규태, Cd04 임기중, Cd05 박병채, Cd06 최철

의역 Cl01 지헌영, Cl02 최철·박재민

[정과정]

직역 Cd01 김태준, Cd02 홍기문, Cd03 전규태, Cd04 임기중, Cd05 박병채, Cd06 양태순, Cd07 강길운, Cd08 최철, Cd09 최철·박재민

의역 Cl01 지헌영, Cl02 임광, Cl03 김명준

[정석가]

직역 Cd01 홍기문, Cd02 전규태, Cd03 임기중, Cd04 박병채, Cd05 최철, Cd06 최철·박재민

의역 Cl01 김태준, Cl02 지헌영

[청산별곡]

직역 Cd01 홍기문, Cd02 임기중, Cd03 박병채, Cd04 최철·박재민

의역 Cl01 김태준, Cl02 지헌영, Cl03 전규태, Cl04 강헌규

[서경별곡]

직역 Cd01 홍기문, Cd02 임기중, Cd03 박병채

의역 Cl01 김태준, Cl02 지헌영, Cl03 전규태, Cl04 최철, Cl05 김명준, Cl06 최철·박재민

[사모곡]

직역 Cd01 지헌영, Cd02 홍기문, Cd03 전규태, Cd04 임기중, Cd05 박병채, Cd06 최철·박재민

의역 Cl01 김태준

[쌍화점]
직역 Cd01 임기중, Cd02 박병채, Cd03 최철
의역 Cl01 김태준, Cl02 지헌영, Cl03 전규태, Cl04 최철·박재민

[이상곡]
직역 Cd01 홍기문, Cd02 전규태, Cd03 이임수, Cd04 장효현, Cd05
　　　임기중, Cd06 박병채, Cd07 박한진, Cd08 최철, Cd09 최용수,
　　　Cd10 최철·박재민
의역 Cl01 김태준, Cl02 지헌영, Cl03 김사엽, Cl04 강명혜

[가시리]
직역 Cd01 홍기문, Cd02 임기중, Cd03 박병채, Cd04 최철·박재민
의역 Cl01 김태준, Cl02 지헌영, Cl03 전규태, Cl04 강헌규

[만전춘별사]
직역 Cd01 전규태, Cd02 임기중, Cd03 박병채, Cd04 최철, Cd05 최철
　　　·박재민
의역 Cl01 김태준, Cl02 지헌영, Cl03 이임수

[나례가]
직역 Cd01 임기중, Cd02 최철
의역 Cl01 박병채

[유구곡]
직역 Cd01 전규태, Cd02 임기중, Cd03 박병채, Cd04 최철, Cd05 최철
　　　·박재민
의역 Cl01 이병기

[상저가]
직역 Cd01 전규태, Cd02 임기중, Cd03 박병채, Cd04 최철, Cd05 최철
    · 박재민

[성황반]
직역 Cd01 임기중, Cd02 박병채
의역 Cl01 최철

[내당]
직역 Cd01 임기중, Cd02 박병채, Cd03 최철

[대왕반]
직역 Cd01 임기중, Cd02 박병채, Cd03 최철

[삼성대왕]
직역 Cd01 임기중, Cd02 박병채, Cd03 최철

[대국 1, 2, 3]
직역 Cd01 임기중, Cd02 박병채, Cd03 최철

위 현대역에 대해 번호붙이기를 하면 다음과 같다.

[표 8] 현대역 번호붙이기

작품		현대역 번호	계	
정읍	직역	01Cd01, 01Cd02, 01Cd03, 01Cd04, 01Cd05, 01Cd06	6	9
	의역	01Cl01, 01Cl02, 01Cl03	3	
동동	직역	02Cd01, 02Cd02, 02Cd03, 02Cd04, 02Cd05	5	8
	의역	02Cl01, 02Cl02	3	

처용가	직역	03Cd01, 03Cd02, 03Cd03, 03Cd04, 03Cd05, 03Cd06	6	8
	의역	03Cl01, 03Cl02	2	
정과정	직역	04Cd01, 04Cd02, 04Cd03, 04Cd04, 04Cd05, 04Cd06, 04Cd07, 04Cd08, 04Cd09	9	12
	의역	04Cl01, 04Cl02, 04Cl03	3	
정석가	직역	05Cd01, 05Cd02, 05Cd03, 05Cd04, 05Cd05, 05Cd06	6	8
	의역	05Cl01, 05Cl02	2	
청산별곡	직역	06Cd01, 06Cd02, 06Cd03, 06Cd04	4	8
	의역	06Cl01, 06Cl02, 06Cl03, 06Cl04	4	
서경별곡	직역	07Cd01, 07Cd02, 07Cd03	3	9
	의역	07Cl01, 07Cl02, 07Cl03, 07Cl04, 07Cl05, 07Cl06	6	
사모곡	직역	08Cd01, 08Cd02, 08Cd03, 08Cd04, 08Cd05, 08Cd06	6	7
	의역	08Cl01	1	
쌍화점	직역	09Cd01, 09Cd02, 09Cd03	3	7
	의역	09Cl01, 09Cl02, 09Cl03, 09Cl04	4	
이상곡	직역	10Cd01, 10Cd02, 10Cd03, 10Cd04, 10Cd05, 10Cd06, 10Cd07, 10Cd08, 10Cd09, 10Cd10	10	14
	의역	10Cl01, 10Cl02, 10Cl03, 10Cl04	4	
가시리	직역	11Cd01, 11Cd02, 11Cd03, 11Cd04	4	8
	의역	11Cl01, 11Cl02, 11Cl03, 11Cl04	4	
만전춘별사	직역	12Cd01, 12Cd02, 12Cd03, 12Cd04, 12Cd05	5	8
	의역	12Cl01, 12Cl02, 12Cl03	3	
나례가	직역	13Cd01, 13Cd02	2	3
	의역	13Cl01	1	
유구곡	직역	14Cd01, 14Cd02, 14Cd03, 14Cd04, 14Cd05	5	6
	의역	14Cl01	1	
상저가	직역	15Cd01, 15Cd02, 15Cd03, 15Cd04, 15Cd05	5	5
	의역		0	

성황반	직역	16Cd01, 16Cd02	2	3
	의역	16Cl01	1	
내당	직역	17Cd01, 17Cd02, 17Cd03	3	3
	의역		0	
대왕반	직역	18Cd01, 18Cd02, 18Cd03	3	3
	의역		0	
삼성대왕	직역	19Cd01, 19Cd02, 19Cd03	3	3
	의역		0	
대국 1, 2, 3	직역	20Cd01, 20Cd02, 20Cd03	3	3
	의역		0	

현대역 번호붙이기 결과를 보면 각 작품별로 위쪽 직역 칸과 아래 의역 칸에서 연구 시대 순으로 배열되어 있음을 알 수 있다. 이렇게 하면 마지막 기호의 번호를 통해 각 작품별로 지금까지의 제출된 현 대역의 수를 바로 확인할 수 있는 장점이 있다. 예컨대, '04Cd09'는 〈정과정〉을 직역한 현대역이 9편이며, '04Cl03'은 이 작품을 의역한 현대역이 3편임을 나타낸다고 할 수 있다. 이처럼 현대역의 방식에 따라 번호를 둔다면 전체 현대역의 현황과 현대역의 방식에 따른 연 구 성과를 비교 검토하는 데 효율적이지 않을까 생각한다.

4) 외국어 번역

외국어 번역의 번호붙이기는 각 작품의 고유 번호에 따르며, 영어 대문자 D를 뒤에 두어 외국어 번역임을 가리킨다. 그리고 제출된 순 서에 따라 숫자를 붙이고 그 뒤에 번역어를 영어 소문자로 표시한다. 현대역의 방식처럼 직역과 의역을 나누어 부호화를 고려해보았으나 외국어로 번역된 양이 많지 않고, 이를 부호화했을 때 번잡할 수 있다

고 판단하여 제외하였다. 번역어의 표시는 각 언어권별 첫 두 글자를
영어 소문자로 들어 상위 표시(A~D)와의 차이를 두었다. 영어 번역은
'en', 체코어 번역은 'cz', 이탈리아어 번역은 'it', 스페인어 번역은
'es' 등으로 표시하였다. 이런 방식으로 앞으로의 외국어 번역물도 번
호를 주면 되겠다.

[정읍]

D01cz 〈Chong-upsa〉 Pultr, Alois(Báseň O Tom, Jak Mesíc Svítil
Na Cestu Muzi S Bremenem, 1961.)

D02it 〈Poesia di Chong' up〉 Riotto, Maurizio(Storia della letteratura
coreana : Palermo, Novencento, 1996.)

[동동]

D01en 〈Ode On the Seasons〉 Peter H. Lee(Poems from Korea :
GEORGE ALLEN & UNWIN LTD, 1974.)

D02en 〈Ode On the Seasons〉 Peter H. Lee(ANTHOLOGY OF KOREAN
LITERATURE : University of Hawaii Press, 1990.)

D03it 〈Tongdong〉 Riotto, Maurizio

[처용가]

D01en 〈Song of Choyong : A Choral Dance for Exorcising Demons〉
Peter H. Lee(1974)

[정과정]

D01en 〈Complaint〉 Kim U-chang(Korea Journal 6-4, Seoul : Korean
National Commission for Unesco, 1966.)

D02en 〈Regret〉 Peter H. Lee(1974)

D03en 〈The Arbor of Jeong Gwha〉 Lee Seung-gil(The Anthology of Korean Poetry, Seoul : The Literature and Life Co.,1988.)

[정석가]

D01en 〈Song〉 Kim U-chang

D02en 〈Song of The Gong〉 Peter H. Lee(1974)

D03en 〈Song of The Gong〉 Peter H. Lee(1990)

[청산별곡]

D01cz 〈Cchonsan Pjilgok〉 Pultr, Alois(Pisen O Zelenych Horach, Ptacich a Mori, O Lidskem Nevdeku a jeste mnoha jinych vecech z vyhnanstvi, Novy Orient 15, 1960.)

D02en 〈Song of Green Mountain〉 Kim U-chang

D03en 〈Song of Green Mountain〉 Peter H. Lee(1974)

D04es 〈Cancion de la verde colina〉 Kim Hyun-chang(Antología de la poesía coreana, Seúl : Universidad Nacional de Seúl, 1987.)

D05en 〈Ode to Blue Mountain〉 Lee Seung-gil

D06en 〈Song of Green Mountain〉 Peter H. Lee(1990)

D07it 〈Canzone della montagna verde〉 Riotto, Maurizio(Pisen O Zelenych Horach, Ptacich a Mori, O Lidskem Nevdeku a jeste mnoha jinych vecech z vyhnanstvi, Novy Orient 15, 1960.)

D08en 〈Song of Green Mountains〉 DAVID R. McCANN(EARLY KOREAN LITERATURE SELECTIONS AND INTRODUCTIONS : COLUMBIA UNIVERSITY PRESS, 2000.)

[서경별곡]

D01en 〈Song of Sogyong〉 Kim U-chang

D02en 〈Song of Pyongyang〉 Peter H. Lee(1974)

D03en 〈Song of Pyongyang〉 Peter H. Lee(1990)

[사모곡]

D01en 〈Maternal Love〉 Peter H. Lee(1974)

D02en 〈Song of Mother's Love〉 Yang Kyoung-Zoo(The Anthology of Korean Poetry, Seoul : The Literature and Life Co., 1988.)

D03it 〈Pensando alla madre〉 Riotto, Maurizio

[쌍화점]

D01en 〈The Bakery〉 Kim U-chang

D02en 〈The Turkish Bakery〉 Peter H. Lee(1974)

D03en 〈Bun-Shop〉 Lee Seung-gil

D04en 〈The Turkish Bakery〉 Peter H. Lee(1990)

[이상곡]

D01en 〈Winter Night〉 Peter H. Lee(1974)

D02en 〈To My Feet on Rime〉 Lee Seung-gil

D03en 〈Winter Night〉 Peter H. Lee(1990)

D04it 〈Camminando sul ghiaccio〉 Riotto, Maurizio

[가시리]

D01en 〈Will You Go?〉 Peter H. Lee(1974)

D02es 〈Te irás〉 Min Yong-tae(Versos coreanos : Arbol de fuego, 1977.)

D03es 〈Te ves, te ves〉 Kim Hyun-chang

D04en 〈Will You Go?〉 Peter H. Lee(1990)

D05it 〈Vuoi andartene?〉 Riotto, Maurizio

D06en 〈Would You Go?〉 DAVID R. McCANN

[만전춘별사]

D01en 〈Spring Overflows The Pavilion〉 Peter H. Lee(1974)

D02en 〈The Song of Mid—Spring at Arbour〉 Lee Seung—gil

D03en 〈Spring Overflows The Pavilion〉 Peter H. Lee(1990)

[나례가]

D01en 〈The Song of an Exorcism〉 Lee Seung—gil

[상저가]

D01en 〈Song of the Rice Pounders〉 Yang Kyung—joo

위 외국어 번역에 대해 번호붙이기를 하면 다음과 같다.

[표 9] 외국어 번역 번호붙이기

작품	외국어 번역 번호	계
정읍	01D01cz, 01D02it	2
동동	02D01en, 02D02en, 02D03it	3
처용가	03D01en	1
정과정	04D01en, 04D02en, 04D03en	3
정석가	05D01en, 05D02en, 05D03en	3
청산별곡	06D01cz, 06D02en, 06D03en, 06D04es, 06D05en, 06D06en, 06D07it, 06D08en	8
서경별곡	07D01en, 07D02en, 07D03en	3
사모곡	08D01en, 08D02en, 08D03it	3
쌍화점	09D01en, 09D02en, 09D03en, 09D04en	4
이상곡	10D01en, 10D02en, 10D03en, 10D04it	4
가시리	11D01en, 11D02es, 11D03es, 11D04en, 11D05it, 11D06en	6
만전춘별사	12D01en, 12D02en, 12D03en	3
나례가	13D01en	1
상저가	15D01en	1

외국어 번역의 번호붙이기 결과를 보면 각 작품별로 맨 마지막 기호를 통해 지금까지의 제출된 번역물의 성과를 확인할 수 있고, 각 번호 뒤의 표지로 번역어를 확인할 수 있다. 예컨대, 〈청산별곡〉의 '06D01cz, 06D02en, 06D03en, 06D04es, 06D05en, 06D06en, 06D07it, 06D08en' 을 보면 현재까지 외국어 번역은 모두 8건이며, 영어 번역은 5건, 체코 어·스페인어·이탈리아어 각 1건이 있음을 확인할 수 있다. 이처럼 외국어 번역을 발표순과 언어권별에 따라 번호를 둔다면 외국어 번역의 언어권별 진행 상황을 파악하는 데 도움이 된다고 생각한다.

4. 활용과 기대

앞서 우리는 고려속요와 이로부터 파생된 결과물들에 대해 이름을 부여하였다. 이를 통해 부유(浮游)하던 낱낱들은 이름을 얻어 귀속처를 찾을 수 있었다. 이런 번호붙이기는 각 대상마다의 선명성과 고려 속요의 외연을 분명히 할 수 있는 장점과 함께 앞으로의 활용 가능성도 기대할 수 있을 것이다. 이에 본 장에서는 번호붙이기의 활용과 기대에 대해 언급하고자 한다.

전 장에서 고려속요 및 이와 관련된 범주를 작품 원문[A], 악부시 [B], 현대역[C], 외국어 번역[D]로 나누어 번호를 주었지만 이들 사이의 층위가 있다. A와 B는 연구 대상으로의 범주이며, C와 D는 A·B의 연구 결과물이기 때문이다. 이를 염두하여 앞으로의 활용 방안을 밝히면 다음과 같다.

첫째, 원문의 고유번호를 인용 표준으로 하여 연구 대상의 명료화.

고려속요 20편의 원본과 이본은 모두 79본으로, 단일 원문이면 연구 대상에 대해 의문이 없겠지만 여러 이본들이 존재할 경우 연구자가 어떤 이본을 대상으로 했는지 알 수 없는 경우가 종종 있다. 그리고 작품을 인용할 때, 막연히 '〈정읍〉, 〈정과정〉' 식으로 하여 연구를 진행하는 경우도 적지 않다. 여러 이본이 존재하고 표기 상의 차이로 작품 해석에 변화를 줄 수 있다면 연구 결과에 대해 근본적인 의문을 제기할 수밖에 없다. 따라서 각 본마다의 고유번호를 인용 표준 기호 삼아 연구 대상을 명료화하는 것이 위와 같은 문제를 해결할 수 있겠다. 예컨대, '봉좌문고본 〈정읍〉'을 연구대상으로 삼아 인용했을 때, '01A011'과 같이.

둘째, 데이터베이스화를 통한 연관 자료 검색 용이. 287종의 고려속요군을 동일 저장소에 두고 DB를 구축한다면 여러 가지 측면에서 요긴하게 활용할 수 있으리라 본다. 연구자가 '처용가'에 대한 관련 정보 전부를 찾고자 할 때 대단위 검색어 '03'만을 주면 관련 정보 23건이 원문(8), 악부(6), 현대역(8), 외국어 번역(1)별로 출력할 수 있으며, '쌍화점', '만전춘별사'의 현대역 가운데 직역만을 검색하고자 한다면, 대단위 검색어 '09' or '12'와 중단위 검색어 'Cd'를 준다면 8건의 결과물을 얻을 수 있을 것이다. 이외에도 연구사 정리, 작품별 연구 현황, 분야별 연구 현황 등을 살필 때도 수월하게 이용할 수 있으리라 생각한다. 또한 인터넷을 통해 시스템을 관리하여 조회 및 열람 수를 통계화할 수 있다면 작품별 관심 정도, 현대역 및 외국어 번역물의 선호도와 지지도 알 수 있을 것이다.

셋째, 분야별 원전 및 정전 정립에 활용. 고려속요군을 대상으로 삼을 수 있는 주체들은 고려속요 전문 연구자, 고전시가와 한문문학

의 교섭에 관심을 둔 연구자, 중등 문학교육의 교사 및 학습자, 외국
문학으로서 한국문학을 전달하는 교수 및 학습자 등으로 나눌 수 있
다. 이들은 각자의 관심에 따라 정전은 원문, 현대역, 외국어 번역 등
으로 다양화 될 수 있다. 사정이 이와 같다면 각각의 영역에 따라 원
전 및 정전을 선택하는데 위 체계를 활용할 수 있을 것이다. 원전의
선정은 이미 앞에서 언급했으므로 재론하지 않겠으며, 현대역과 외국
어 번역은 두 번째와 연관하여 지지도가 높은 연구물을 정전으로 삼
는데 참고할 수 있을 것이다. 또한 앞으로의 현대역과 외국어 번역을
수행하는 데도 적지 않게 활용할 수 있으리라 생각한다.

5. 결론

이상의 논의를 정리하고 앞으로의 전망을 제시하는 것으로 결론을
대신하고자 한다.

필자는 고려속요와 고려속요와 관련되는 악부시, 현대역 그리고 외
국어 번역물에 대한 정리 방안과 이에 대한 활용 가능성을 보고하기
위하여 본서를 이끌게 되었다. 현재까지 전승되고 있는 국문 고려속요
는 20편으로 『악학궤범(樂學軌範)』, 『시용향악보(時用鄕樂譜)』, 『금합자
보(琴合字譜)』, 『악장가사(樂章歌詞)』, 『악학편고(樂學便考)』, 『대악후보
(大樂後譜)』, 『가집(歌集)』 등에 산재되어 있으며, 이를 대상으로 삼은
악부시들은 고려와 조선시대에 간헐적으로 생산되었다. 그리고 이 둘
을 연구 대상으로 한 현대역과 외국어 번역물들은 근대 학문 이후 제출
되어 지금까지 이어지고 있다. 이를 산술하여 보면 원전과 이본은 79본,
악부시는 28편, 현대역은 135건 그리고 외국어 번역은 45건 등 모두

287종에 달한다. 이에 이들을 효율적으로 관리하고 고려속요군의 통일성을 주기 위해 필는 각 종별 번호붙이기(numbering)를 제안하였다.

이에 따라 추상화된 작품마다 고유번호를 1~20까지 부여하여, 원문에는 A, 악부시에는 B, 현대역에는 C, 외국어 번역에는 D를 표시하였으며 그 다음의 숫자는 발표 시대 순으로 하였다. 그리고 현대역에서는 현대역의 방식에 따라 직역(d)과 의역(l)의 표지를, 외국어 번역에서는 번역어의 표지를 두어 정보를 추가로 제공하였다. 이러한 작업을 통해 원본과 이본들을 거시적으로 조망하고, 각 작품별 중세까지의 영향 정도를 알 수 있으며, 현대역과 외국어 번역의 현황과 연구 상황을 파악하는 데 적지 않은 도움을 예상할 수 있을 것이다. 결국 번호붙이기는 고려속요와 이로부터 파생된 결과물들에 개별적으로 이름을 부여하여 소속을 분명히 함으로써 연구 대상의 선명성과 고려속요의 외연을 획정하는 데 중요 개념인 셈이다.

고려속요 및 이와 관련된 범주를 작품 원문[A], 악부시[B], 현대역[C], 외국어 번역[D]로 나누어 보면 A와 B는 연구 대상이며 C와 D는 A·B의 연구 결과물이다. 이를 염두하여 향후 활용 방안을 다음 세 가지로 살필 수 있다. 첫째, 원문의 고유번호를 인용 표준으로 하여 연구 대상을 명료화하여 연구의 객관성과 신뢰성을 보장하도록 한다. 둘째, 데이터베이스화를 통한 연관 자료 검색를 용이하게 하여 원하는 2·3차 결과물을 손쉽게 얻을 수 있으며, 작품별 분야별 연구 현황을 살피는 데도 수월하게 이용하도록 한다. 마지막으로 분야별 원전 및 정전 정립에 활용하여 각 분야별 관심 연구자 및 학습자에 따라 원전 및 정전을 선택하는데 위 체계를 활용하도록 한다.

본서가 일정 정도 용인된다면 앞으로 고전시가 전반에 확대하여 한

국고전시가의 체계적이고 통일성 있는 운용을 기대할 수 있을 것이
다. 그리고 한국문학의 DB를 한 개인이 아니라 학회, 대학, 국가 차
원에서 계획, 관리, 운영했을 때, 그 효과가 극대화될 수 있음을 전망
하여 우리 모두 이 부분에 관심을 갖고 참여하기를 제언한다.

참고문헌

1. 자료

『고려사(高麗史)』

『악장가사(樂章歌詞)』

『악학궤범(樂學軌範)』

『가집(歌集)』

『경국대전(經國大典)』

『고려도경(高麗圖經)』

『고려사절요(高麗史節要)』

『고종계유년진작의궤(高宗癸酉年進爵儀軌)』

『고종무진년진찬의궤(高宗戊辰年進饌儀軌)』

『고종신축년진찬의궤(高宗辛丑年進饌儀軌)』

『고종임진년진찬의궤(高宗壬辰年進饌儀軌)』

『고종정축년진찬의궤(高宗丁丑年進饌儀軌)』

『고종정해년진찬의궤(高宗丁亥年進饌儀軌)』

『금합자보(琴合字譜)』

『급암선생시집(及庵先生詩集)』

『노사(路史)』

『대동야승(大東野乘)』

『대악후보(大樂後譜)』

『도은집(陶隱集)』

『동경잡기(東京雜記)』

『동국세시기(東國歲時記)』

『목은집(牧隱集)』

『문헌비고(文獻通考)』

『삼국사기(三國史記)』

『삼국유사(三國遺事)』

『성호선생문집(星湖先生全集)』

『순조기축년진찬의궤(純祖己丑年進饌儀軌)』

『시용향악보(時用鄕樂譜)』

『신증동국여지승람(新增東國輿地勝覽)』

『악학편고(樂學便考)』

『오주연문장전산고(五州衍文長箋散稿)』

『옥해(玉海)』

『원행을묘정리의궤(園幸乙卯整理儀軌)』

『익재난고(益齋亂藁)』

『정재무도홀기(呈才舞圖笏記)』

『파한집(破閑集)』

『헌종무신년진찬의궤』

2. 논저

강명관, 『조선시대 문학예술의 생성공간』, 소명출판, 1999.

강명혜, 『고려속요·사설시조의 새로운 이해』, 북스힐, 2002.

강헌규, 「고려가요 이상곡 신고」, 『인문과학』36, 성균관대학교 인문과학연구소, 2005.

_____, 『고가요의 주석적 연구』, 한국문화사, 2004.

_____, 『고가요의 주석적 연구』 Ⅱ, 한국문화사, 2010.

고형진, 『문학』 Ⅱ, 천재문화, 2011.

고혜선, 「중세 동·서 시가류 연구 개관」, 『중세 동·서 시가류의 비교연구』, 단국 대학교 아시아아메리카 문제연구소 국내학술대회 논문집, 2007.

고혜선·김명준·김승기·김철웅·윤선미·임병필·허혜정, 『중세 동·서 시가의 만남』, 단국대학교 출판부, 2009.

고혜선·김명준·김승기·김철웅·윤선미·임병필, 『중세 동·서 문화의 만남』, 단국대학교 출판부, 2008.

국립제주박물관 편, 『실크로드의 역사와 문화』, 서경문화사, 2008.

金敏洙, 『新國語學史(全訂版)』, 一潮閣, 1989.

金鍾國, 「東西의 交流와 元代의 文化」, 東洋史學會 편, 『槪觀 東洋史』, 지식산업사, 1983.

金鎭英, 「處容의 정체」, 張德順 外, 『韓國文學史의 爭點』, 集文堂, 1986.

金學主, 『中國文學槪論』, 新雅社, 1991.

金學主·丁範鎭, 『中國文學史』, 同和出版公社, 1983.

김동욱, 『한국가요의 연구』, 을유문화사, 1961.

김명준, 『개정판 고려속요 집성』, 다운샘, 2008.

_____, 『시용향악보』, 지식을만드는지식, 2011.

_____, 『악장가사』, 지식을만드는지식, 2011.

_____, 『악장가사 연구』, 다운샘, 2004.

_____, 『악장가사 주해』, 다운샘, 2004.

_____, 『악학궤범』, 지식을만드는지식, 2013.

김문태, 「고려속요의 조선조 수용양상」, 『한국시가연구』 제5집, 한국시가학회, 1999.

김성혜, 「통일신라 전돌[塼]에 나타난 비파」, 『音樂學論叢』, 韶巖權五聖博士華甲紀念論文集刊行委員會, 2000.

김수경, 『고려 처용가의 미학적 전승』, 보고사, 2004.

김영수, 『조선초기시가론연구』, 일지사, 1989.

김영숙, 『한국영사악부연구』, 경산대학교 출판부, 1998.

김완진, 『향가와 고려가요』, 서울대학교 출판부, 2000.

김은정, 『한국의 무복』, 민속원, 2004.

김종길 외 28인, 『한국문학의 외국어 번역』, 민음사, 1997.

김종수, 『조선시대 궁중연향과 여악연구』, 민속원, 2001.

김 진, 『처용논쟁』, 울산대학교 출판부(UUP), 2008.

_____, 『처용설화의 해석학』, 울산대학교 출판부(UUP), 2008.

김진희, 「고려가요 여음구와 반복구의 문학적·음악적 의미」, 『한국시가연구』 31집, 한국시가학회, 2011, 111~116면.

김철웅, 『한국중세의 吉禮와 雜祀』, 景仁文化社, 2007.

김쾌덕, 『고려노래 속가의 사회배경적 연구』, 국학자료원, 2001.

김태준, 「고가청산별곡」, 『한글』 2, 1934.

＿＿＿, 『고려가사』, 학예사, 1939.

＿＿＿, 「고려가사의 일종-만전춘별사에 대하여고」, 『조선일보』, 1934. 2. 20.

김형규, 『고가요주석』, 일조각, 1968.

김효중, 『번역학』, 민음사, 1998.

김흥규, 『조선후기 시경론과 시의식』, 고려대학교 민족문화연구소, 1982.

＿＿＿, 『한국고전문학과 비평의 성찰』, 고려대학교 출판부, 2002.

金興圭 編, 『한국문학 번역서지 목록』, 한국문학번역금고·고려대 민족문화연구원, 1998.

대산문화재단, 「재단지원 번역·출판도서 목록」, 2010. 3. 05.

리우짜이성, 『중국음악의 역사』, 김예풍·전지영 옮김, 민속원, 2004.

박경신 외, 『한국 구비문학의 이해』, 월인, 2000.

박경주, 「전승방식과 음악성을 통해 본 고려시대 시가장르의 흐름」, 『한국시가연구』 제13집, 한국시가학회, 2003.

朴魯埻, 『高麗歌謠의 研究』, 새문社, 1990.

박병채, 『고려가요 어석연구』, 선명문화사, 1968. →『새로고친 고려가요 어석연구』, 국학자료원, 1994.

朴恩玉, 『高麗史 樂志의 唐樂研究』, 민속원, 2006.

박창호, 『세계의 민속음악』, 현암사, 2006.

블라디미르 푸체크(Vladimir Pucek), 「체코슬로바키아에서의 한국학 연구」, 『퇴계학연구논총』 제9호, 경북대학교 퇴계연구소, 2000.

삐에르 브뤼넬·끌로드 삐슈와·앙드레-미셸 루소, 『비교문학이란 무엇인가』, 미리내, 1993.

徐大錫, 「高麗 〈處容歌〉의 巫歌的 검토」, 白影 鄭炳昱 先生 10週忌追慕論文集 刊行委員會 편, 『한국고전시가작품론』 1, 集文堂, 1992.

成昊慶, 『제2판 韓國詩歌의 類型과 樣式 研究』, 영남대학교 출판부, 1997.

宋芳松, 「高麗 唐樂의 音樂史學的 照明」, 한국예술종합학교 전통예술원 편, 『한국 중세사회의 음악문화』, 한국예술종합학교, 2001.

_____, 『증보 한국음악통사』, 민속원, 2007.

수잔 바스넷, 『번역학 이론과 실제』, 김지원·이근희 옮김, 한신문화사, 2004.

쓰지 유미, 『번역과 번역가들』, 송태욱 옮김, 열린책들, 2005.

알라이다 아스만, 변학수·채연숙 옮김, 개정판 『기억의 공간』, 그린비, 2011.

양음류, 『중국고대음악사고 하』, 이창숙 옮김, 소명출판, 2007.

양인리우, 『중국고대음악사』, 이창숙 옮김, 솔, 1999.

梁柱東, 『麗謠箋注』, 乙酉文化社, 1954.

양해명, 『당송사사(唐宋詞史)』, 송용준·류종목 공역, 제2판, 신아사, 2007.

에드워드 렐프, 김덕현·김현주·심승희 옮김, 『장소와 장소상실』, 논형, 2005.

여증동, 「〈쌍화점〉 노래 연구」, 김열규·신동욱 편, 『고려시대의 가요문학』, 새문사, 1982.

_____, 「고려 처용 노래 연구」, 국어국문학회 편, 『고려가요연구』, 백문사, 1979.

吳熊和, 『唐宋詞通論』, 李鴻鎭 譯, 啓明大學校出版部, 1991.

오윤선, 『한국 고소설 영역본으로의 초대』, 집문당, 2008.

王國維, 『宋元戲曲史』, 권용호 역, 學古房, 2001.

우병환, 『문학』 Ⅱ, 비상교평, 2011.

움베르트 에코, 『번역한다는 것』, 김운찬 옮김, 열린책들, 2010.

유럽문화정보센터, 『한국문학의 외국어 번역』, 연세대학교 출판부, 2004.

_____, 『한국문학의 해외수용과 연구 현황』, 연세대학교 출판부, 2005.

윤성현, 『우리 옛노래 모둠』, 보고사, 2011.

이근희, 『번역산책』, 한국문화사, 2005.

_____, 『번역의 이론과 실제』, 한국문화사, 2005.

이두현, 「마마배송굿」, 『한국문화인류학』 41-2, 한국문화인류학회, 2008.

李杜鉉, 『韓國의 假面劇』, 一志社, 1979.

이등룡, 『여요석주』, 한국학술정보, 2010.

李明九, 「〈處容歌〉 研究」, 金烈圭·申東旭 編, 『高麗時代의 가요문학』, 새문社, 1982.

李範稷, 『韓國中世禮思想硏究』, 一潮閣, 1991.

李錫浩 譯, 『東國歲時記(外)』, 乙酉文化社, 1988.

이숭원, 『문학』 Ⅱ, 신사고, 2011.

이용범, 「처용설화의 일고찰-당대 이슬람상인과 신라」, 『대동문화연구』 별집1,
　　　　성균관대학교, 1972.

李昌龍, 『比較文學의 理論』, 一志社, 1990.

李昌集, 『中國 古代散曲』, 金德煥 옮김, 문영사, 2001.

이-푸 투안, 구동회·심승희 옮김, 개정판『공간과 장소』, 대윤, 2007.

이홍구, 『처용무』, 화산문화, 2000.

임기중, 「고려가요 동동고」, 『고려가요연구』, 국어국문학회 편, 백문사, 1979.

_____, 『우리의 옛노래』, 현암사, 1993.

임영애, 『서역불교조각사』, 一志社, 1996.

임형택, 「〈정읍사〉 론」. 백영 정병욱 선생 10주기 추모논문집 간행위원회, 『한국
　　　　고전시가작품론』 1, 집문당, 1992.

張德順 외, 『口碑文學槪說』, 一潮閣, 1971.

장사훈, 『국악대사전』, 세광음악출판사, 1984.

장효현, 「이상곡의 생성에 대한 고찰」, 『국어국문학』 92, 1984.

전경욱, 『한국가면극 그 역사와 원리』, 열화당, 1998.

전규태, 『고려가요』, 정음사, 1968.

_____, 『논주 고려가요』, 정음사, 1968.

전인평, 『아시아음악연구』, 중앙대학교 출판부, 2001.

정병욱, 『증보판 한국고전시가론』, 신구문화사, 1991.

정은혜 편저, 『정재연구1』, 대광문화사, 1999.

조동일 외, 『한국학 고전자료의 해외 번역 : 현황과 과제』, 계명대학교 출판부,
　　　　2008.

조윤미, 「고려가요의 수용양상」, 문학석사학위논문, 이화여자대학교, 1988.

조재훈, 「백제가요의 연구」, 문학박사학위논문, 고려대학교, 1998.

존 험블리·제프리 코비·수 엘렌 라이트, 『번역 용어집』, 이연향 옮김, 한국문화
　　　　사, 2005.

지헌영, 「정읍사」의 연구, 국어국문학회 편, 『고려가요연구』, 백문사, 1979.

池憲英, 『鄕歌麗謠新釋』, 正音社, 1947.

차재은, 「청산별곡 해석 문제」, 미발표 원고, 2008.

차주환, 『당악연구』, 범학도서, 1976.

최미정, 『고려속요의 전승 연구』, 계명대학교 출판부, 1999.

崔龍洙, 『高麗歌謠硏究』, 계명문화사, 1996.

최진원, 『한국고전시가의 상징성』, 성균관대학교 대동문화연구원, 1988.

최 철, 『고려국어가요의 해석』, 연세대학교 출판부, 1996.

최철·박재민, 『석주 고려가요』, 이회, 2003.

하태석, 「처용 형상의 변용 양상-처용전승을 중심으로」, 『어문논집』 47호, 민족
어문학회, 2003.

한국문학번역원, 「연도별 출간 현황 목록」, 2011. 04.

_____, 『문학 번역의 이해』, 북스토리, 2007.

한스 위르겐 딜러·요아힘 코르넬리우스, 『번역의 언어학적 문제』, 지광신·최경은
·권선형 옮김, 한국문화사, 2003.

허남춘, 「고려 처용가와 무가의 주술성 비교」, 박노준 편, 『고전시가 엮어 읽기』
상, 태학사, 2003.

_____, 「고려속요의 송도성 연구」, 문학박사학위논문, 성균관대학교, 1990.

許世旭, 『中國古典文學史(上)』, 法文社, 1997.

_____, 『中國古典文學史(下)』, 法文社, 1998.

허혜정, 『처용가와 현대의 문화산업』, 글누림, 2008.

홍기문, 『고가요집』, 국립문화예술서적출판사, 1959.

후지이 도모아끼, 『아시아 민족음악순례』, 沈雨晟 譯, 동문선, 1990.

DAVID R. McCANN, EARLY KOREAN LITERATURE SELECTIONS AND
INTRODUCTIONS : COLUMBIA UNIVERSITY PRESS, 2000.

Key-Zung Lim, Hyesun Ko·Carranza Romero. Cantos cl cos de Corea :
poes a Hiperin, 2011.

Kim Hyun-chang, Antología de la poesía coreana, Seúl : Universidad Nacional
de Seúl, 1987.

Kim U-chang, Korea Journal 6-4, Seoul : Korean National Commission for Unesco, 1966.

Lee Seung-gil, The Anthology of Korean Poetry, Seoul : The Literature and Life Co., 1988.

Min Yong-tae, Versos coreanos : Arbol de fuego, 1977.

PARK GIL SOO, The Anthology of Korean Poetry, Seoul : The Literature and Life Co., 1988.

Peter H. Lee, A History of Korean Literature : CAMBRIDGE, 1995.

_____, ANTHOLOGY OF KOREAN LITERATURE : University of Hawaii Press, 1990.

_____, Poems from Korea : GEORGE ALLEN & UNWIN LTD, 1974.

Pultr, Alois, Báseň O Tom, Jak Mesíc Svítil Na Cestu Muzi S Bremenem, 1961.

_____, Pisen O Zelenych Horach, Ptacich a Mori, O Lidskem Nevdeku a jeste mnoha jinych vecech z vyhnanstvi, Novy Orient 15, 1960.

Riotto, Maurizio, Storia della letteratura coreana : Palermo, Novencento, 1996.

Robert J. Fouser, 「Selection and Stylistics in Translating Classical Korean Literature」, 『民族文化研究』 第31號, 高大民族文化研究院, 1988.

Yang Kyoung-Zoo, The Anthology of Korean Poetry, Seoul : The Literature and Life Co., 1988.

찾아보기

김명준(金明俊)

고려대학교 국어국문학과 학사, 석사, 박사
고려대학교, 상지대학교, 충북대학교, 경기대학교 강사
고려대학교 초빙전임강사
파키스탄 국립외국어대학교(National University of Modern Languages in Islamabad) 한국어학과 조교수
현재 한림대학교 국어국문학과 부교수

주요 저서 : 『조선 중기 시가와 자연』(공저, 2002), 『악장가사 주해』(2004), 『악장가사 연구』(2004,
문화관광부 우수학술도서), 『교주 조선가요 집성』(2008), 『개정판 고려속요 집성』(2008),
『한국 고전시가의 모색』(2008), 『중세 동서 문화의 만남』(공저, 2008), 『중세 동서 시가
의 만남』(공저, 2009), 『악장가사』(2011), 『시용향악보』(2011, 문화관광부 우수학술도서),
『악학궤범』(2013) 등이 있다.

고려속요의 전승과 확산

2013년 9월 27일 초판 1쇄 펴냄

지은이 김명준
펴낸이 김흥국
펴낸곳 도서출판 보고사

책임편집 지아라
표지디자인 윤인희

등록 1990년 12월 13일 제6-0429호
주소 서울특별시 성북구 보문동7가 11번지 2층
전화 922-5120~1(편집), 922-2246(영업)
팩스 922-6990
메일 kanapub3@naver.com
http://www.bogosabooks.co.kr

ISBN 979-11-5516-077-0 93810
ⓒ 김명준, 2013

정가 20,000원

이 도서의 국립중앙도서관 출판시도서목록(CIP)은 서지정보유통지원시스템 홈페이지
(http ://seoji.nl.go.kr)와 국가자료공동목록시스템(http ://www.nl.go.kr/kolisnet)에
서 이용하실 수 있습니다. (CIP제어번호 : CIP2013017520)